D0944148

365
cuentos y
rimas

para
niñas

La editorial ha tratado de respetar los derechos de autor de los textos. Si a pesar de ello se hubiera cometido algún error, se ruega a los afectados que se pongan en contacto con la editorial, para que pueda corregirse en ediciones futuras.

This edition published by Parragon Books Ltd. in 2016 and distributed by:
Parragon Inc.
440 Park Avenue South, 13th Floor
Nueva York, NY 10016, USA
www.parragon.com

© Parragon Books Ltd 2005-2016

Diseño y producción de Aztec Design

Traducción del inglés: Almudena Sasiain
para Equipo de Edición, S.L., Barcelona
Redacción y maquetación:
Equipo de Edición, S.L., Barcelona

ISBN 978-1-4748-3924-2

Impreso en China
Printed in China

365
cuentos y rimas
para niñas

PaRRagon

Bath · New York · Cologne · Melbourne · Delhi
Hong Kong · Shenzhen · Singapore

Contenido

Tengo una muñeca; Carmiña y
    Carmela; Un viejo japonés
    coleccionaba ciempiés   10

Hermano y hermana; El caminito;
    Guisantes con miel   11

La Cenicienta   12

La silla; Pinocho; Pito, pito, colorito;
    Susana; Caracol   18

Mi loro; Mis caballos; La herencia;
    Ratón; La rosa es roja   19

Fina la bailarina   20

Lucía y la puerta verde   22

Un día de nieve   26

La morsa y el marinero; Luna
    lunera; La reina   28

Hay un agujero en el fondo del mar;
    Quien robe este libro;
    A la cama   29

Pobrecito osito   30

El osito tiene apetito   31

La princesa del guisante   32

Arroz con leche; Pim-Pom   36

Hoy es día de fiesta; El jardín de la
    alegría; El señor sapo; De colores   37

Los juguetes que se fueron de casa   38

Casa Dino   42

Monstruos por doquier   43

La gallina Kirika; Al pavo,
    pavito, pavo; El sol; Los pollitos
    de color   44

Tengo una vaquita; El deshielo;
    Trabalenguas; Enrique se
    ha dormido   45

El hada Cascabel   46

El patito feo   48

La Princesa Pétalo de Rosa   52

El narciso rojo   54

Brujas al ataque   58

Corazones solitarios   59

A bailar, Pepo y yo; Arre, Arre;
    El ratón; Hay que lavarse   60

El señor Toronjil; La abuelita Pía;
Doña Asunción; La casita;
A la una — 61

La bruja Piruja — 62

Dormilón, el gato de la granja — 68

El sombrero — 70

El cumpleaños de la abuela elefanta — 74

Los meses del año; La solita; Piluca
es una niña; Ana María — 76

En la calle Mayor; Las frutas; Don
Arlequín; Susi la gordita — 77

Las sirenitas traviesas — 78

La cotorra Penélope — 80

La historia de las dos princesas — 84

Tú no eres mi mejor amigo — 86

¡Ay, osito! — 90

Mariquita; Cinco lobitos; Mañana
domingo; Al pasar por el puente;
Los oficios; Mi niño; Buf — 92

Tres fantasmas; Ronda; Las horas;
Pobre molinera; A la media
vuelta con la pelota; A la nana,
a la nana; Gracias — 93

La elefanta Elsa, la ducha
de la selva — 94

El corte de pelo de Beba — 96

Fresita y la mariposa — 100

Los huevos de Pascua — 102

La nariz de Berta — 103

Mamá va a tener un bebé — 104

María la holgazana; Ana perdió
sus sandalias; Juanita Pérez;
Las hijas de Elena — 108

El patio; Edelmira; A la zapatilla;
Jardinera — 109

El zapatero y los duendes — 110

Un besito lo cura todo — 116

El hámster glotón — 118

La caniche coqueta — 122

Mariposas; Mariposa; Mi gato;
Los pollitos; Jorgito; Helado;
Mi perro — 124

Un cerdo volando; Cuando el viento;
Voy a Madrid; Mi burra Pepita;
Platero; El cartero; El verano — 125

El sombrero de Coni — 126

Bono el valiente — 127

Calma, Sam, calma — 128

El conejito Patablanca — 132

Pequeño y rosado — 134

Gracias, Mini — 138

Tú puedes, Mini — 139

El gato Mimo y la mariposa — 164

Voy a la guardería — 166

Manuela y la flores — 170

El ruiseñor; La presumida;
    Cinco patitos; La cadena — 172

El búho; Cucú, cantaba la Rana;
    La avestruz; Pajaritos — 173

La ardilla Avellana aprende
    una lección — 174

El dragón que tenía miedo
    a volar — 176

Hogar, dulce hogar — 180

Betty, la veterinaria despistada — 182

Edelmira, la ranita pequeñita — 186

Los peces; Cardo borriquero;
    Las abejas; La pluma — 188

Si fuera reina; Mis manitas;
    La nana; El cocherito;
    La trompeta — 189

El manzano; Las cerezas; A dormir
    todos; El vestido — 140

La lavanda; Mi burro está enfermo;
    Arbolitos tengo — 141

No tengas miedo, Mini — 142

Mini y mamá al rescate — 143

Un día de lluvia — 144

Mi querido cachorrito;
    Mi querido gatito — 148

Mi querido poni;
    Mi querido conejito — 149

La hormiga y la cigarra — 150

El conejo Bolita y la lista
    de la compra — 154

Palmas, palmitas; Los pececillos;
    La más bella; Juan y Pinchamé;
    La Betty Boop; El viejo
    granjero — 156

Don Melitón; El anillo; Acuéstate;
    Los chiquitines; La herradura;
    Conejos y patos — 157

Blancanieves — 158

Miseria, el hada gruñona 190
Una amiga para Blas 192
La noche de Carnaval 196
La reina de los monstruos 197
Vecinos excavadores 198
El jardín encantado 202
Al corro de la patata; Campana
  sobre campana; Tío Ignacio;
  El río verde 204
Era un Gato Grande; Pepito conejo;
  Las tres ovejas; Ahora que
  vamos despacio 205
Ricitos de Oro y los tres ositos 206
El hada torpe 212
Un cerdo de altos vuelos 214
Elena y las joyas 218
La ermita; Bajo el sol; Mambrú
  se fue a la guerra; La luna en
  el lago 220
¿Dónde están las llaves...?; Estrellita,
  estrellita; ¿Cuánto falta, mamá?;
  Mi pelota salta y bota;
  La luna y el sol 221
El elefante 222
El tigre 223
La princesa altiva 224
El osito encuentra un amigo 228
El ratón de campo y el ratón
  de ciudad 230
La sirena Serena 234
La colmena; El perro de San Roque;
  Que llueva, que llueva;
  Marinero 236

La casa fría; Murciélagos;
  La oscuridad; Tres ratoncitos 237
El gatito travieso 238
Problemas de trompa 240
La princesa de corazones 244
Un día ventoso 246
En la oscuridad 250
Mermelada; Mari, agarra la tetera;
  Al rico helado; Pepito goloso 252
Diez botellas verdes; Daba-daba,
  daba-du, daba-di; Pastelitos;
  El cocinero 253
La bella y la bestia 254
El cerdo y las joyas 260
La liebre y la tortuga 262
La princesa que nunca sonreía 266
La señora Mari; El alfiler; Papeles;
  Santa Rita; Don Nadie 268

La pequeña Clara; Tú puedes;
   Las lloronas; Tomasín Pérez   269
El león   270
El monito   271
La ratona fugada   272
El hada de los dientes   276
Un buen ejemplo   278
Amigos para siempre   282
Al laurel; La paloma; El gatito;
   Yo tengo un gatito; Mi hermano;
   Palmas, palmitas que viene papá   284
La bella; ¿Cómo se llama la nena?;
   El perro y el gato; El fantasma;
   Te quiero mucho   285
El hada futbolista   286
El gran día de Rústico   288
La princesa Rosita   292
Un gimnasio para jirafas   294

Marina y la sirenita   298
Mi corazón; El ratón Antón;
   Mi mamá; Dos perritos;
   Marido perdido; Los pajaritos;
   El petirrojo   300
Los señores senadores; La señorita
   Fiorina; Navidad; Galletas;
   Primero; El gato Grumo   301
Ositos a bordo   302
Max el imitador   308
Lindos gatitos   310
El día libre del rey Neptuno   314
Una niña y un niño; Arre caballo;
   Ratón y caracol; Despacito
   y buena letra   316
El gato gaitero; Navidad;
   Mi tortuga; Los traviesos ratones   317
El Café Monstruoso   318
Se esta cociendo una tormenta   319
La fortaleza de las nubes   320
Las campanillas azules   324
La fiesta de cumpleaños   326
Una sirena en la piscina   330
El búho y el gato; La jardinera;
   El almirante   332
Hay que cuidar la Tierra entre todos;
   El jardinero y sus flores; Soy un
   pobre pastorcito   333
Michi se hace a la mar   334
La abuela encantadora   336
Una espina; Me topé;
   Las hermanas; Estrellita;
   Pesadillas; La noche   340

Sally la oveja; Las madres;
  Salí a la calle; Los tíos y tías   341
Lágrimas de osito   342
A pesar de todo   346
Este gato lindo; Al niño bonito;
  Adivina, adivinanza;
  Mi señor don gato   348
Mari tiene un cordero; El tendero;
  La pobre oveja negra;
  La cabra y la oveja   349
La bella durmiente   350
La feria de las sirenas   356
Las vacaciones de la señora
  ratona   358
Patos al agua   362
La nana; El comercio de la esquina;
  Arrorró, mi niño   364
¿Cuántas horas duerme...?; Me han
  dicho; Los peces en el río   365
La vaca que saltó por encima
  de la luna   366
Cuando salimos de ronda a cantar
  a las mozas; La familia numerosa
  que vivía en un zapato marrón;
  Una mujer anciana tres hijos
  tenía; El ganso y Ana   370
Un señora de mi pueblo bebía en
  porrón; Un señor que conozco se
  llamaba don Enrique; Mamá fue
  al armario; En una colina lejana
  vivía una mujer muy vieja   371
El jersey de Josefina   372
Poli, la cartera estresada   374

Marta y los monstruos   378
Cuando los monstruos van a una
  fiesta de disfraces   379
Duerme; Mi niño; ¿Cuántos días tiene
  mi niño para jugar?; Arrorró,
  mi niño; Arrurrú, arrurraca   380
Calla, mi vida; Señora Santa Ana;
  Duérmete, niño, duérmete ya;
  Este nene lindo   381
A dormir   382
Índice   383

Tengo una muñeca

Tengo una muñeca
vestida de azul
con su camisita
y su canesú.

La saqué a paseo,
se me constipó,
la tengo en la cama
con mucho dolor.

Y esta mañanita
me dijo el doctor
que le dé jarabe
con un tenedor.

Dos y dos son cuatro,
cuatro y dos son seis,
seis y dos son ocho,
y ocho dieciséis,
y ocho veinticuatro,
y ocho treinta y dos.

Ánimas benditas,
me arrodillo yo.

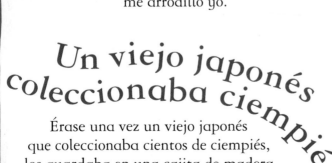

Carmiña y Carmela

Carmiña y Carmela
dormían en una ostra,
como dos blancas perlas,
camino de la costa.

Dormían tranquilas
en su colchón de nácar,
el mar las mecía,
no temían nada.

Dormid, muchachitas,
Carmiña y Carmela,
dormid porque el viento
os sirve de vela.

Dormid, muchachitas,
Carmela y Carmiña.
Dormid, que la luna
protege a las niñas.

Dormid, que mañana
cuando os despertéis,
la luna y el viento
es lo que recordaréis.

LORD ALFRED TENNYSON (adaptación)

Un viejo japonés coleccionaba ciempiés

Érase una vez un viejo japonés
que coleccionaba cientos de ciempiés,
los guardaba en una cajita de madera
y les daba de comer hojas de morera.

Hermano y hermana

—Vamos, pequeña, vete a la cama
—dijo el hermano, responsable, mientras
sacaba el pijama

—Déjame en paz, pesado.
Si no te callas, me enfado
—respondió, apartándose a un lado.

—Cállate tú, listilla.
¿O quieres que te haga papilla?

La hermana arqueó la ceja
y dijo al hermano, desafiante:

—¡Atrévete conmigo, rumiante!

A la cocina el hermano corrió
y al cocinero una olla le pidió.

—¿Para qué la quieres, chico?
—preguntó el cocinero.

—Para hacer un cocido bien rico. La carne
de mi hermana servirá. ¿Me das la olla?

—¡Oh! ¡No!

*Moraleja: nunca cocines a tu
hermana.*

LEWIS CARROL

El caminito

Por un caminito adelante,
cansado de andar,
a la sombra de un árbol
me puse a descansar.
Descansando, descansando
por allí pasó,
una chica muy guapa
que de mí se enamoró,
rubia de cabello,
blanca de color,
estrecha de cintura,
así la quiero yo.
Que una, que dos
y que tres,
que salga la niña
por última vez,
sota, caballo y rey.

Guisantes con miel

Yo como los guisantes
con mucha miel.
Tienen muy mal sabor,
¡pero se pegan al tenedor!

La Cenicienta

É rase que se era un chica muy guapa. Por desgracia, su madre había muerto cuando ella era aún muy pequeña, y su padre se había vuelto a casar. La madrastra de la niña era una mujer malvada. Tenía dos hijas horrorosas que estaban tan celosas de la belleza de nuestra amiga que la trataban como a una sirvienta y la hacían sentarse junto a la ceniza de la chimenea.

Por eso empezaron a llamarla Cenicienta. Al cabo de poco tiempo todo el mundo olvidó el verdadero nombre de la pobre muchacha, incluso su padre. Cenicienta echaba cada día más de menos a su madre.

Un día llegó a casa una invitación del palacio real. El rey y la reina organizaban un gran baile para celebrar el vigésimo primer cumpleaños del príncipe, e invitaban a la gala a todas las damas nobles del reino.

Las hermanastras de Cenicienta se emocionaron al ver la invitación.

—¡Me pondré mi vestido de terciopelo rojo! —chilló la hermanastra mayor—. Y el collar de perlas negras que me regaló mamá.

—¡Y yo me pondré mi vestido azul y la diadema —graznó la otra.

—¡Vamos, Cenicienta! Ayúdanos a prepararnos.

La pobre Cenicienta las ayudó a ponerse las medias de seda y las enaguas con puntilla. Les cepilló el pelo y las peinó. Les empolvó la nariz y las mejillas. Y finalmente las ayudó a ponerse sus vestidos de gala.

Pero incluso después de tantos preparativos, las dos hermanas no estaban ni la mitad de bellas que Cenicienta con sus harapos. Eso las puso aún más furiosas y celosas, y empezaron a reírse de la pobre muchacha.

—Qué pena que no puedas asistir al baile, Cenicienta —le gruñó una de las hermanas.

—Sí —se burló la otra—. Nunca dejarían acercarse a palacio a alguien tan zaparrastrosa como tú.

Cenicienta no dijo nada, pero por dentro sintió cómo se le partía el corazón. Le habría encantado ir al baile. Cuando sus hermanas se marcharon, se sentó en un rincón y se puso a llorar.

—No llores, niña —dijo una suave voz.

Cenicienta se quedó sin palabras. Delante de ella había una dama resplandeciente con una varita mágica en la mano.

—Soy tu hada madrina —anunció—. ¡Y te digo que irás al baile!

—¡Pero si no tengo nada que ponerme! —se lamentó Cenicienta.

El hada madrina sonrió dulcemente y pidió a la joven que trajera la calabaza más grande que encontrara en la huerta. Con un toque de su varita mágica la convirtió en un carruaje dorado, y a los ratones que correteaban por la cocina, en bellos corceles. Una rata enorme que vivía en el sótano quedó transformada en un elegante cochero.

Cenicienta no podía creerlo.

Con una sonrisa, el hada madrina agitó la varita una vez más y Cenicienta quedó vestida con un elegantísimo vestido de gala. Y sus pies, calzados en zapatos de cristal.

—Mi hechizo sólo durará hasta medianoche, así que tienes que volver a casa antes de esa hora —le dijo el hada madrina—. Buena suerte.

Cuando Cenicienta llegó al baile, todo el mundo quedó maravillado ante su belleza. Pronto se oyeron cuchicheos en el salón, pues todo el

mundo se preguntaba intrigado quién podía ser tan elegante dama. Ni siquiera la madrastra y sus hijas la reconocieron.

Tan pronto como el príncipe la vio, se enamoró de ella.

—¿Me concedería el honor de este baile? —le preguntó, galante.

—Será un placer —respondió. Y desde ese momento sólo tuvo ojos para ella.

Pero muy pronto el reloj anunció la medianoche.

—¡Tengo que irme! —exclamó Cenicienta recordando las palabras del hada madrina.

Así que abandonó el salón de baile y bajó corriendo las escaleras de palacio. El príncipe echó a correr detrás de ella pero, cuando salió a la calle, la joven había desaparecido. Apenas reparó en una sucia criada que llevaba una calabaza. Alrededor de sus pies rondaban varios ratoncillos y una rata.

Pero en uno de los escalones había un zapato de cristal. El príncipe lo recogió con cuidado y volvió a palacio.

—¿Sabe alguien a quién pertenece este zapato? —preguntó.

Al día siguiente, las hermanastras de Cenicienta no hablaban de otra cosa que no fuera la gala y la bella desconocida que estuvo bailando toda la noche con el príncipe. De pronto llamaron a la puerta.

—Cenicienta, ve a ver quién es —ordenó la madrastra. Era nada más y nada menos que su Alteza Real. En las manos sujetaba un cojín de terciopelo con el delicado zapatito de cristal.

—La dama a quien pertenezca este zapato es el amor de mi vida —dijo el príncipe—. Estoy visitando todas las casas del reino para buscar a mi amada.

Las dos hermanastras se empujaban la una a la otra en su carrera por probarse primero el zapato. Ambas apretaron y retorcieron sus pies tanto como pudieron, pero eran demasiado grandes para caber en aquel zapatito de cristal.

Entonces Cenicienta avanzó con timidez.

—Por favor, Alteza, ¿podría probarme el zapato yo también?

Mientras sus hermanastras la miraban burlonas, Cenicienta se probó el zapato y, para sorpresa de todos…, ¡le quedaba perfecto!

Cuando el príncipe la miró a los ojos, supo que había encontrado a su amor, y Cenicienta supo asimismo que él era su príncipe azul.

Pronto se anunció en el reino la fecha de la boda. El día de la ceremonia, las campanas repicaron, la gente aclamaba jubilosa a la pareja real, y hasta el sol brilló con especial fuerza. Incluso la malvada madrastra y sus hijas fueron invitadas al banquete. Fue un día inolvidable, y Cenicienta y el príncipe fueron felices y comieron perdices.

La silla

Quien fue a Sevilla
perdió su silla,
y el que volvió
la encontró.
Quien fue a Sevilla
perdió su silla.
Quien fue a Aragón
perdió su sillón.

Pinocho

A la vuelta de mi casa me encontré con Pinocho
y me dijo que contara hasta ocho.
Pin, uno, pin, dos, pin, tres, pin, cuatro,
pin, cinco, pin, seis, pin, siete, pin, ocho...
En un plato de ensalada comen todos a la vez.
Jugaremos a las cartas: sota, caballo y rey.

Pito, pito, colorito

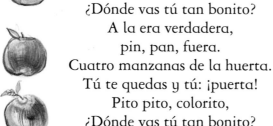

Pito pito, colorito,
¿Dónde vas tú tan bonito?
A la era verdadera,
pin, pan, fuera.
Cuatro manzanas de la huerta.
Tú te quedas y tú: ¡puerta!
Pito pito, colorito,
¿Dónde vas tú tan bonito?
A la era verdadera,
pin, pan, fuera.

Lluvia

Agua, san Marcos,
rey de los charcos,
para mi triguito,
que ya está bonito;
para mi cebada,
que ya está granada;
para mi melón,
que ya tiene flor.

Caracol

Caracol col-col,
saca los cuernos al sol
que tu padre y tu madre
también los «sacó».

Susana

Cuando toma polenta,
Susana está contenta.
Cuando toma alpiste,
Susana está muy triste.

Mi loro

Yo tengo un loro rojo
que está muy cojo.
Era de una pirata
que no tenía pata.
¡Mi loro, lorito
que no abre el pico!

Mis caballos

Tengo un caballo en la pradera
que corre y gana todas las carreras.
Tengo un corcel grande y hermoso
que salta y va al trote primoroso.
Tengo un caballo muy, muy viejo
que es todo huesos y pellejo.
Tengo una jaquilla parda
que no tiene silla ni albarda.

La herencia

Mi tío murió hace un mes
y me dejó toda su riqueza:
nada de comer
y una gran tristeza.
Mi tío murió hace poco
y me dejó todo lo que tenía:
un criado loco
y una casa vacía.

La rosa es roja

La rosa es roja
la violeta es azul,
y el azúcar es dulce,
niño, como tú.

Ratón

Debajo un botón-ton-ton,
que encontró Martín-tin-tin,
había un ratón-ton-ton,
ay, qué chiquitín-tin-tin.

Fina
la bailarina

Fina es una bellísima bailarina de ballet. Le encanta danzar con su vaporoso tutú y sus zapatillas de satén. Fina tiene un amigo: Peluso, un gatito blanco de pelo largo y suave, y de ojos azules. A Peluso le encanta ver cómo Fina salta y gira, mientras parece flotar sobre el suelo.

Hoy Fina se está preparando para una actuación muy especial. El gatito, sentado sobre el tapete rosa que cubre el tocador, ronronea satisfecho mientras ella se empolva la cara.

Fina se siente feliz y nerviosa. Y es que esta noche bailará para los reyes.

Peluso da su aprobación con un suave maullido

cuando Fina se coloca un tutú
azul con lentejuelas que
resplandecen bajo los focos.
Luego se ata las cintas
de las zapatillas de ballet.
Finalmente, Fina se recoge
el pelo con horquillas de plata.
Peluso la encuentra guapísima.
Fina la bailarina, ya preparada,
se encamina de puntillas al escenario...

Suena la música y Fina comienza a girar grácilmente sobre el suelo.
El rey y la reina se quedan admirados: es la bailarina más hermosa
que han visto en toda su vida.

Cuando el público aclama a la muchacha, Peluso vuelve a ronronear
de alegría y orgullo y Fina se siente completamente feliz.

Lucía y la puerta verde

Lucía vivía en una casita normal y corriente, en una calle normal y corriente de un pueblecito normal y corriente. La casa de Lucía tenía un jardín normal y corriente, con flores normales y corrientes y un caminito normal y corriente. Pero al fondo del jardín, había un árbol nada corriente: era un enorme roble con una puertecita verde en la parte inferior del tronco, tan pequeña que Lucía podía pasar por ella pero con dificultad. Sólo ella sabía de la existencia de esa puerta, pero lo que se ocultaba en el interior... ¡eso sí que era un verdadero secreto!

Cada tarde, Lucía llamaba a la puerta verde con golpes flojitos. Al tercer golpecito, la puerta se abría y el patriarca de los elfos le daba la bienvenida.

—Pasa a tomar el té, Lucía —le decía siempre.

Dentro, un grupo de amigos muy especiales recibía a Lucía con una sonrisa. Primero veía a Penélope y Casandra, las hadas más dulces y encantadoras del lugar.

Después se encontraba con Basilio y Lisandro, dos duendecillos traviesos que le daban la bienvenida. Dentro del árbol también vivían los cuentacuentos, que se sentaban durante horas con Lucía y le narraban maravillosas historias de todas partes del mundo. Y para colmo de la felicidad, el patriarca de los elfos solía hacer para Lucía riquísimos bizcochos con crema y batidos deliciosos.

El mundo oculto tras la puerta verde era maravilloso. Todos los días, Lucía salía de allí contenta y feliz. En una ocasión, tras haberse comido unos merengues que estaban de rechupete acompañados de una taza de chocolate caliente con el patriarca de los elfos, se fue a jugar con Basilio y Lisandro.

Últimamente, Lucía se sentía un poco triste porque pronto tendría que ir a la escuela y sólo podría visitar a sus amigos los fines de semana. Ellos la tranquilizaban con la promesa de que no la olvidarían. Siempre que ella siguiera siendo una amiga fiel, podría visitarlos tan a menudo como pudiera o quisiera. Eso tranquilizó a la niña, que se puso como unas castañuelas cuando la llevaron a ver a los cuentacuentos. De todas las maravillas que se escondían tras la puerta, las narraciones eran lo que más le gustaba a Lucía. Los cuentacuentos le hablaban de cómo habían aprendido a cantar las ballenas y le revelaron dónde se retiraban las estrellas una vez que el sol se alzaba en el cielo.

Gracias a las palabras de las hadas, Lucía no estuvo tan preocupada en su primer día de escuela. De todas formas, podría visitar todas las tardes a sus amigos al salir de clase. Más adelante, cuando llegó el invierno y los días fueran más cortos, sólo iba a verlos los fines de semana, deseando, eso sí, que llegaran pronto las vacaciones para ir todos los días.

Mientras, en la escuela, Lucía se hizo amiga de una niña llamada Laura.

Al principio, sólo le hablaba de su casa y su familia, pero nunca de sus amigos especiales, la puerta verde y el mundo mágico que ocultaba. Sin embargo, Lucía le solía contar a Laura las historias de los cuentacuentos, y su amiguita empezó a sentir mucha curiosidad por saber dónde había oído tales aventuras. Laura preguntaba cada día más y a Lucía pronto le resultó difícil ocultar el secreto a su amiga. Un día, la niña se rindió y reveló el secreto de sus aventuras tras la puerta verde.

Laura se burló de ella a carcajadas, porque pensó que Lucía se lo había inventado todo. Lucía protestó ofendida, pero su amiga le dijo que una cosa así era imposible; que los elfos y las hadas no existían, ni tampoco los duendecillos ni los árboles con puertas verdes que ocultaban mundos maravillosos. Así que Lucía decidió demostrarle que se equivocaba.

De camino a casa, sin embargo, a Lucía empezaron a asaltarle ciertas dudas. ¿Y si fuera verdad que ella se lo había inventado todo? Pero, si sus amigos no existían, ¿cómo era posible que los conociera? Laura caminaba junto a Lucía, riéndose aún de ella y de su «mundo» invisible.

Las niñas llegaron por fin al fondo del jardín. Cuando Lucía se disponía a llamar a la puerta, se dio cuenta de que había desaparecido. Miró de nuevo, pero... ¡ni rastro de la entrada!

Laura se rió de Lucía y la llamó tonta e infantil por creer en la magia y en los cuentos de hadas, y regresó a la escuela.

Lucía no se sintió capaz de

acompañarla. Cuando su madre la vio, pensó que estaba enferma, porque tenía un aspecto lamentable. Así que la mandó inmediatamente a la cama, donde la pobre Lucía estuvo llorando hasta caer rendida por el cansancio.

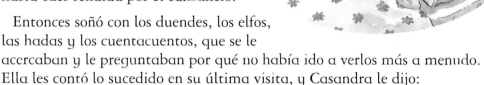

Entonces soñó con los duendes, los elfos, las hadas y los cuentacuentos, que se le acercaban y le preguntaban por qué no había ido a verlos más a menudo. Ella les contó lo sucedido en su última visita, y Casandra le dijo:

—Querida Lucía, tú eres especial. Crees en la magia y en nosotros, los duendes, y por eso puedes vernos y visitar nuestro mundo. Por el contrario, nunca nos dejamos ver por aquellos que se burlan de nuestra existencia. Nunca dejes de creer en nosotros, Lucía.

La niña despertó feliz y contenta, se vistió en un segundo, salió de su casa normal y corriente, siguió la vereda normal y corriente de su jardín normal y corriente hacia el extraordinario árbol ¡y allí estaba de nuevo la puerta! Llamó suavemente y después del tercer golpecito, como siempre, apareció el patriarca de los elfos, que le dijo:

—Querida Lucía, pasa a tomar el té.

Un día de nieve

Un día de duro invierno, el gran Oso Canoso asomó el hocico fuera de su cubil y observó el grueso manto de nieve que había caído.

—Me voy de paseo —se dijo.

Removía la nieve con sus patazas y los copos le hacían cosquillas en la nariz. ¡Cómo le gustaban las nevadas! Caminó por la espesura absorto en sus pensamientos sin reparar en la dirección que tomaba.

Al rato, el Oso Canoso se detuvo y asustado se dio cuenta de que se había perdido. Entonces vio el rastro que había dejado tras de sí.

—¡Jo, jo, jo! —rió aliviado—. No me perderé. Mis pasos en la nieve me llevarán de nuevo a mi osera.

Y sintiéndose orgulloso de lo listo que era, emprendió el camino a casa. Pero pronto se sintió cansado y decidió echarse una siestecita. Seguía nevando y cuando despertó, las huellas habían desaparecido.

—¡Nunca podré volver! —se lamentó. Pero de pronto se fijó en un árbol y añadió—: ¡Uy! Me resulta familiar. Si no me equivoco, he dado un rodeo y al final he vuelto a mi cueva. ¡Soy un oso viejo pero astuto!

La morsa y el marinero

La morsa Lola lloraba triste
en alta mar al verse tan sola.
La morsa Lola lloraba triste
al verse sola y en alta mar.
Y el marinero la consolaba:
no llores, Lola, no te has de ahogar.

La morsa Lola había pescado
pero la sardina se había escapado.
La morsa Lola había pescado
pero el pescado se le escapó.
Y el marinero la consolaba:
no llores, Lola, que aquí estoy yo.

La morsa Lola quería nadar
pero de las olas tenía miedo.
La morsa Lola quería nadar
pero le daban miedo las olas.
Y el marinero la consolaba:
no llores, Lola, que no estás sola.

Luna lunera

Luna lunera,
cascabelera,
cinco pollitos
y una ternera.
Luna lunera,
cascabelera,
toma un ochavo
para canela.
Luna lunera,
cascabelera,
debajo de la cama
tienes la cena.

La reina

Soy la reina de los mares
y ustedes lo van a ver.
Echo mi pañuelo al agua
y lo vuelvo a recoger.
Pañuelito, pañuelito,
quién te pudiera tener
metidito en el bolsillo
como un pliego de papel.
Soy la reina de los mares
y ustedes lo van a ver.

Hay un agujero en el fondo del mar

Hay un agujero, hay un agujero,
hay un agujero en el fondo del mar.
Hay una roca en un agujero
en el fondo del mar.
Hay un agujero, hay un agujero,
hay un agujero en el fondo del mar.
Hay un leño en una roca
en un agujero en el fondo del mar.
Hay un agujero, hay un agujero,
hay un agujero en el fondo del mar.
Hay una rana sobre un leño
en una roca en un agujero
en el fondo del mar.
Hay un agujero, hay un agujero,
hay un agujero en el fondo del mar.
Hay una mosca dentro de una rana
sobre un leño en una roca
en un agujero en el fondo del mar.
Hay un agujero, hay un agujero,
hay un agujero en el fondo del mar.

Quien robe este libro

El canario es amarillo,
el jilguero marroncillo,
y quien robe este libro,
es seguramente un pillo.

A la cama

A la cama, a la cama,
que hay que descansar.
A la cama, a la cama,
a roncar y a soñar.

Entre la caída de la tarde
y el día siguiente,
hay una noche entera
para los niños durmientes.

A la cama, a la cama,
que hay que descansar.
A la cama, a la cama,
a roncar y a soñar.

Los niños y las niñas
sueñan en sus camitas
con montañas de dulces
y otras cosas bonitas.

Pobrecito osito

El osito volvió de la escuela sintiéndose muy cansado y desgraciado.

—No quiero chocolate —le dijo a su madre la osa. El osito se sentó en el sofá y cerró los ojos—. Y tampoco quiero ver la tele.

—¿Ni siquiera te apetece tocar el tambor? —le preguntó su madre, preocupada. El osito negó con la cabeza. Su madre fue buscar el termómetro y se lo colocó bajo la lengua—. Ay, cariño. Mucho me temo que eres un pobrecito oso con fiebre. ¡Vamos, a la cama ahora mismo!

Al día siguiente, el osito estaba cubierto de manchas rojas.

—¡Mírame, mamá! —exclamó orgulloso, mostrándole el sarpullido.

—Tienes la varicela, así que hoy no vas a la escuela —dijo su mamá.

—¡Yupiiii! —exclamó el osito flojito porque le dolía la cabeza. Se pasó el día tumbado en el sofá coloreando cuentos. Su mamá le leyó varias historias y le preparó sopa y helado.

Días después se le fueron las manchas.

—¿Puedo tocar el tambor? —preguntó el osito a su madre.

Y mamá osa se alegró tanto de ver que se había recuperado que le dejó aporrear el tambor toda la tarde.

El osito tiene apetito

—¡Tengo hambre! —exclamó el osito.

—Pero si acabas de comer —le dijo su mamá—. Me parece que vas a tener que esperar un rato.

—¡Pero yo tengo hambre ahora! —protestó el osito—. Tengo un hambre que me muero.

—Si sigues comiendo, vas a reventar —le contestó mamá osa.

—Sólo una galletita o un helado, o un trocito de pastel. ¡Me apetece mucho! —gimoteó el osito. Luego salió fuera y se puso a mirar por la ventana de la cocina intentando poner cara de oso hambriento.

—Lo siento, pero no tienes pinta de necesitar comida… —le dijo la osita Benita, su vecina.

—¡Pues yo tengo hambre! —gimió, pero como nadie le hacía caso, el osito se metió en su caja de arena y se puso a construir un castillo sobre una colina rodeado de un profundo foso que llenó con agua.

—¡Osito! —le llamó su mamá—. ¡Si quieres, ven a comer unas galletas!

Pero el osito negó con la cabeza. ¡Se lo estaba pasando tan bien que se le había pasado el apetito!

La princesa del guisante

Había una vez un príncipe cuyo mayor deseo era casarse con una princesa. Pero debía ser una auténtica princesa de sangre azul. Para dar con ella recorrió todo su reino y otros vecinos, de norte a sur y de este a oeste.

Encontró princesas jóvenes y viejas, guapas y feas, ricas y pobres, pero siempre había algo en ellas que no le convencía.

El príncipe comenzó a desesperarse, así que reunió a sus cortesanos y les comunicó:

—No logro encontrar a la princesa de mis sueños. Regresaremos a palacio sin tardanza.

Ya de vuelta, una noche se desató una terrible tormenta. Los rayos iluminaban el cielo y los truenos azotaban los gruesos muros de palacio.

El príncipe y sus padres charlaban en el salón real. El joven les explicaba que estaba perdiendo la esperanza de hallar una princesa perfecta para hacerla su esposa.

—No te rindas, querido —le dijo su madre, la reina—. Quién sabe qué sorpresas depara el futuro. Puede aparecer cuando menos te lo esperes.

Justo en ese momento se oyó cómo alguien llamaba a la puerta. El príncipe fue a abrir y vio ante sí a una joven muy bella empapada por la lluvia que tiritaba de frío.

La joven se dirigió al príncipe:

—Soy una princesa y me he perdido. ¿Podría resguardarme aquí de la tormenta?

El príncipe quedó atónito. Invitó a la joven a entrar. Luego se dio la vuelta y susurró al oído de la reina:

—Oh, madre, es encantadora, pero ¿cómo puedo estar seguro de que es una verdadera princesa?

—Déjame a mí, hijo —respondió la reina, y se retiró para encargarse de los preparativos de la alcoba de la joven.

Primero, la reina colocó un guisante sobre el somier de la cama. Después ordenó a sus sirvientes que trajeran veinte colchones gruesos y veinte colchas de plumas de ganso, que apiló sobre el guisante.

¡La princesa necesitó una escalera para poder subir a la cama!

A la mañana siguiente, la reina le preguntó a la joven si había dormido bien.

—¡He pasado una noche terrible! —dijo la princesa—. No sé qué era, pero había algo duro en la cama que no me dejó pegar ojo. Mire, Alteza, estoy llena de moretones.

—¡Por fin! No busques más, hijo mío —dijo la reina—. Acabamos de encontrar

una verdadera princesa. Sólo una princesa auténtica puede ser tan delicada como para sentir un guisante bajo veinte colchas y veinte colchones.

El príncipe estaba eufórico y no tardó en casarse con la princesa.

En cuanto al guisante, el príncipe mandó construir una urna especial para exponerlo en el museo real.

Arroz con leche

Arroz con leche, me quiero casar,
con una señorita de este lugar.
Que sepa coser, que sepa bordar,
que sepa hacer las medias para un general.

Abierto el librito me pongo a pensar:
¿cuál es la niñita con quien me he de casar?
¡Con ésta sí, con ésta no,
con esta niñita me caso yo!

Arroz con leche, me quiero casar,
con una señorita de este lugar.
Que sepa reír, que sepa cantar,
que sepa abrir la puerta para ir a jugar.

Abierto el librito me pongo a pensar:
¿cuál es la niñita con quien me he de casar?
¡Con ésta sí, con ésta no,
con esta niñita me caso yo!

Arroz con leche, me quiero casar,
con una señorita de este lugar.
Que sepa nadar, que sepa saltar,
que tenga un auto grande para ir a pasear.

Pim-Pom

Pim-pom es un muñeco
muy guapo y de cartón.
Le lavo la carita
con agua y jabón.
Le desenredo
el pelo
con peine
de marfil
y, aunque
le dé tirones,
no llora
ni hace así.

Pim-pom es
un muñeco
muy guapo
y de cartón.
Le pongo
pantalones y
y una linda camisa.
Le calzo
sus zapatos
y veo su sonrisa.
Le doy la manita
y un beso de buenas
noches
y lo meto en su camita.

Hoy es día de fiesta

Hoy es día de fiesta, vamos a jugar;
salgamos a la calle, después de almorzar.
Bailemos todos juntos
y cantemos sin parar.

El señor sapo

El señor sapo
se viste de gala.
Se pone el sombrero
y agarra su espada.
El señor sapo
se viste elegante,
toma su bastón
y se va al parque.

El jardín de la alegría

Al jardín de la alegría
quiere mi madre que vaya
por ver si me sale un novio
el más guapo de España.

Vamos los dos, los dos, los dos,
vamos los dos, en compañía,
vamos los dos, los dos, los dos,
al jardín de la alegría.

De colores

De colores, de colores se visten los campos en la primavera;
de colores, de colores son los pajaritos que vienen de fuera;
de colores, de colores es el arco iris que vemos lucir
y por eso los muchos colores,
los varios colores me gustan a mí.

Si ellas son así, ¿qué les voy a hacer yo?
Todas para mí son a cuál mejor.
Si ellas son así, ¿qué les voy a hacer yo?
Todas para mí, todas para mí son a cuál mejor.

Los juguetes que se fueron de casa

—Recoge ya los juguetes —dijo la madre de Andrea—. Es hora de irse a dormir.

Andrea suspiró profundamente.

—Pero si es muy pronto, mamá —contestó, aun a sabiendas de que no iba a convencer a nadie.

—Andrea, es hora de ir a la cama y punto. Además, no tendría que decirte todos los días que recojas los juguetes; no los cuidas nada.

Eso era verdad. Andrea nunca había cuidado mucho sus juguetes. Una vez se dejó fuera de casa una muñeca nueva preciosa en su cochecito y se estropeó con la lluvia. Otra vez se le cayó el juego de té al suelo y se le rompieron varias tazas. Además solía meter de forma descuidada todos

los juguetes en el armario en lugar de guardarlos con cariño. Incluso, algunas ocasiones, los arrojaba por ahí o les daba puntapiés.

Esa tarde, Andrea estaba otra vez de mal humor. Agarró un par de muñecas y un oso de peluche, y los tiró al fondo del armario. Luego, sin mirar siquiera, recogió las piezas de un rompecabezas del suelo y la cuerda de saltar, y los arrojó de la misma forma sobre las estanterías, donde aterrizaron con estruendo encima de otros juguetes. Finalmente cerró con fuerza las puertas apretujando los juguetes, que, como estaban desordenados, a duras penas cabían. Luego fue a bañarse.

Dentro del armario, el osito de peluche dijo:

—Yo no me quedo en esta casa ni un segundo más. Me voy de aquí.

—¡Lo mismo digo! —respondió airada la muñeca de trapo.

—La verdad es que me gustaría estar recogidita en alguna caja en lugar de andar tirada por ahí —añadió una pieza del puzle.

Uno tras otro, todos los juguetes se fueron quejando. Al final decidieron regresar juntos al país de los juguetes para esperar allí a otro niño que los quisiera más.

A la mañana siguiente, Andrea tenía ganas de jugar, pero cuando abrió el armario… ¡no podía creer lo que veían sus ojos!

Los juguetes habían desaparecido. Las estanterías estaban vacías. La niña los buscó por toda la casa, pero no los encontró. Así que se fue a la cama llorando y temiendo no volver a ver nunca más sus juguetes.

Por la noche, Andrea se despertó al oír un ruido en su habitación. ¿Estaba viendo visiones o a los pies de la cama había un hada?:

—He oído que tus juguetes han regresado a su país porque los tratabas muy mal.

—Pero ahora los echo muchísimo de menos… —sollozó Andrea.

Entonces, el hada revoloteó alrededor de Andrea, la tomó de la mano y la alzó en el aire por encima de la cama. Ambas salieron volando por la ventana, cruzaron campos y bosques, hasta que se hizo tal oscuridad a su alrededor que no se divisaba nada. Finalmente bajaron al suelo, la niebla se levantó y Andrea se vio en un enorme castillo de cuento.

—Éste es el castillo del país de los juguetes —le explicó el hada. Se encontraban en una amplia y cómoda habitación con una gran chimenea. En una esquina estaba sentado un hombre bajito de aspecto amable con un delantal de carpintero y una muñeca rota en la mano.

—Hola. Me imagino que has venido para preguntar a tus juguetes si quieren volver contigo, ¿no?

—Esto… sí —respondió Andrea sin saber qué decir.

—Desde luego son ellos los que tienen que decidir —afirmó el hombrecillo—. Sólo regresan cuando se los trata mal. Si están rotos, yo los reparo, y se van con otros niños que los quieren más.

—Pero si yo quiero mucho a mis juguetes... —protestó Andrea.

—Entonces ven aquí y díselo tú misma —sonrió el hombre bajito.

Para sorpresa de la niña, en la habitación contigua estaban todos sus juguetes, que ahora parecían nuevos y relucientes.

—Por favor, juguetes, volved a casa. Os quiero mucho y os echo de menos. Prometo que jamás os volveré a tratar mal —dijo llorosa.

—Bueno —dijo el hombrecillo—, es hora de que el hada te lleve a casa. Esperemos que los juguetes te den otra oportunidad.

El hada tomó a Andrea de la mano y pronto estuvieron sobrevolando el jardín de casa. Entraron en la habitación por la ventana. Andrea estaba tan cansada que cayó rendida en la cama y se durmió de inmediato.

Cuando despertó por la mañana, se acercó al armario, aún medio dormida. Allí alineados ordenadamente en las estanterías estaban todos sus juguetes. Andrea se puso contentísima. Desde ese día cuidó sus juguetes con todo el mimo y el cariño del mundo.

Andrea no sabía si todo aquello había sido un sueño, pero la verdad es que había aprendido una gran lección. Pero si había sido producto de su imaginación, ¿por qué sus juguetes tenían un aspecto tan nuevo?

Casa Dino

Casa Dino

Menú
Patatas a la Dino
Almuerzo cavernario
Plato sorpresa del día

Hay un restaurante prehistórico que tiene abierto día y noche. Allí suelen quedar los dinosaurios para charlar de sus cosas y tomar unas tapitas. ¡Aunque desde luego una tapa para dinosaurios es gigantesca!

El restaurante Casa Dino está siempre lleno a rebosar de dinosaurios grandotes y ruidosos. Los triceratops suelen pedir tapas de diplodocus, y a los pterosaurios les encantan las famosas patatas a la Dino. Los raptores prefieren los lagartos a la barbacoa. En el menú hay también filetes de estegosaurio y asado de brontosaurio, batidos de mamut gigante y un menú cavernario, con primer y segundo plato, pan y postre.

Sin embargo, debo hacerte una pequeña advertencia en caso de que quieras pasarte una noche a cenar por Casa Dino. Puede ser que el plato sorpresa del día no te gustase demasiado. ¿Por qué? Porque serías... ¡TÚ!

Monstruos por doquier

¡**P**uedes encontrar monstruos por todas partes si te fijas bien! En las selvas y los valles, en el armario y bajo las escaleras, en el dormitorio y en la cocina... Pueden estar al acecho en cualquier lugar.

Hay monstruos en los lagos, los estanques y los charcos; en todas las aguas donde nadan los peces viven, con toda seguridad, seres terribles. Si subes a la montaña más alta, cubierta por las nieves eternas, y escuchas en silencio, oirás el rugido del Yeti. Y si miras fijamente al cielo una noche, descubrirás extraños ovnis venidos del espacio exterior, viajeros del tiempo que se acercan a la Tierra a saludarnos. Escondidos en lo más profundo de las pirámides descansan infinidad de monstruos, así que... ¡cuidado! Si despiertas a una momia durmiente, puede ser que te persiga.

Sin embargo, no pienses que esos monstruos suponen una amenaza. No tengas miedo. Los monstruos son producto de tu imaginación. La fantasía puede crear las criaturas más horribles y temibles del mundo. Pero todos sabemos que los monstruos no existen... ¿o no?

La gallina Kirika

La gallina Kirika canta de mañana.
Canta y canta,
y nos saca de la cama.
La gallina Kirika empolla sus huevos.
Empolla y empolla,
y nacen pollitos nuevos.

Al pavo, pavito, pavo

Al pavo, pavito, pavo; al pavo, pavito, sí.
El pavero se ha marchado y el pavito ya está aquí.
Al pavo, pavito, pavo; al pavo, pavito, sí.
El pavero se ha marchado a la hora de dormir.
Al pavo, pavito, pavo; al pavo, pavito, sí.
El pavero se ha marcho y yo me quedo así.

El sol

Cuando el buen sol aparece
todo resplandece.

Los pollitos de color

—Buenos días, señora gallina.
—Buenas, señor granjero.
—Una cosa saber quiero:
¿cuántos pollo cría usted?
—Amarillos tengo cuatro
y dos blancos y dos castaños,
pero aquellos tres azules
son de todos los más extraños.

Tengo una vaquita

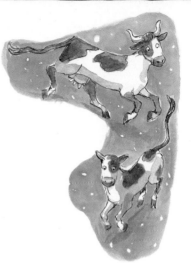

Tengo una vaca pinta muy graciosa
con manchas blancas y negras preciosas.
Mi vaquita tiene un lindo ternero;
lo paseo por la granja con bridas de cuero.
Los dos viven contentos en el establo
con un caballo viejo que se llama Pablo.

El deshielo

En primavera comienza el deshielo.
La nieve se derrite y florece el pomelo.
Las flores lucen sus colores
¡y comienzan los calores!

Trabalenguas

Tres tristes tigres
comían trigo en un trigal.

Enrique se ha dormido

Enrique se ha dormido.
y no toca la corneta.
Las ovejas al monte han huido,
y las vacas, a la era.

Enrique duerme en el prado
y las lechugas ya no crecen.
No trabaja, el muy vago,
y las flores no florecen.

Enrique, te has de levantar
y cuidar de la granja.
Enrique ponte a trabajar
y no te toques la panza.

El hada Cascabel

En lo más profundo del bosque hay un hada diminuta con preciosas alas de libélula y una varita mágica. Se llama Cascabel y vive entre las flores silvestres que crecen en un claro secreto.

Cascabel tiene un amigo, Zafiro el pájaro azul. A los dos les encanta revolotear por el bosque, saltar entre los rayos de sol y jugar a perseguir mariposas. Por la noche, a la luz de la luna, Zafiro y Cascabel danzan y cantan en el corro de las hadas con todos sus amigos.

Hoy los dos están muy nerviosos porque se va a celebrar un desfile de hadas. Flora, la reina, elegirá el vestido más hermoso de todos.

EL HADA CASCABEL

Con un tilín-tilín de su varita mágica, Cascabel se hace un vestido de pétalos de rosa y campanillas. Y, con un poco de polvo de hada, formula un deseo secreto:

—¡Por favor, que la reina Flora elija mi vestido!

¡Uy! Con los nervios, ha olvidado acicalar a su amigo. Le coloca flores entre las plumas y lo espolvorea con polvo de hada.

Y ahora, el toque final: Cascabel se recoge el pelo con horquillas y se coloca una flor dorada en la cabeza.

Cascabel llega justo cuando la reina está anunciando el vestido ganador:

—… y la corona de oro es para… ¡el hada Cascabel!

Todos aplauden y baten las alas, alegres. Cascabel sonríe cuando le colocan la corona: es el hada más feliz, pues su deseo secreto se ha hecho realidad.

El patito feo

Érase una vez una mamá pata que puso seis hermosos huevos. Un día miró su nido con sorpresa. Allí estaban sus seis huevecitos, pero junto a ellos había otro mucho más grande.

—¡Qué raro! —pensó, pero sin darle más vueltas se sentó sobre el nido para seguir empollando.

Muy pronto, todos los huevos pequeños fueron eclosionando y de cada uno salió un patito amarillo. Sin embargo, el huevo grandote seguía intacto.

La mamá pata siguió empollándolo hasta que por fin el huevo se abrió y nació el séptimo hijito. Pero éste era diferente a los demás: un polluelo grandote con desaliñadas plumas grises y patas marrones.

—Eres muy distinto a mis otros hijos —dijo la pata—, pero no importa, seguro que tienes un corazón de oro. —Y abrazándolo con sus alas lo llevó con los demás.

La pata tenía razón. El patito grandullón tenía muy buen carácter y jugaba feliz con sus hermanitos.

Un día, mamá pata llevó a sus

hijitos hasta el río para que aprendieran a nadar. Uno tras otro saltaron al agua y chapotearon con las alas abiertas. El patito gris los imitó, pero resultó que nadaba de una manera mucho más

elegante. Además era más rápido y veloz que cualquiera de sus hermanitos, quienes empezaron a sentirse celosos.

—Eres un pato grande y feo —le gritaron—. Tú no eres de la familia.

Y cuando mamá pata no miraba, le empujaron y le dejaron de lado. El patito feo se sintió muy triste y se alejó adentrándose en el prado.

—Yo no tengo un plumón suave y amarillo como mis hermanos —se lamentó—. Y puede que mis plumas sean grises y desaliñadas, pero soy tan bueno como ellos y además nado mucho mejor.

El patito feo se escondió bajo un arbusto y se puso a llorar. De repente oyó ladrar a un perro. No lejos de él, un sabueso olisqueaba el suelo. El patito ni siquiera se atrevía a moverse. Se quedó escondido bajo el arbusto hasta que oscureció y sólo salió cuando ya se sentía totalmente a salvo.

El patito feo emprendió el camino sin saber muy bien adónde dirigirse hasta que de pronto en la oscuridad vio un resplandor. La luz venía de una linda casita. El patito feo miró dentro con cautela. Vio una chimenea encendida y, sentada delante, una anciana con una gallina y gato.

—Pasa, polluelo —le dijo la mujer—, bienvenido a mi humilde hogar.

El patito feo se alegró de poderse calentar al fuego. Cuando la anciana se fue a dormir, la gallina y el gato se acercaron a él.

—¿Tú pones huevos? —le preguntó la gallina.

—No —respondió el patito.

—¿Y ratones? ¿Sabes cazar ratones? —preguntó el gato.

—Tampoco —respondió el pobre patito.

—Entonces eres un inútil, ¿no? —concluyeron el gato y la gallina.

Al día siguiente, la anciana regañó al patito:

—¡Has estado aquí toda la noche y no has puesto ni un huevo! ¡No sirves para nada!

Así que el patito feo abandonó la cabaña.

—Yo sé cuándo no me quieren —se dijo a sí mismo muy triste.

Durante algún tiempo anduvo vagabundeando sin rumbo hasta que encontró un lago donde pudo sobrevivir solo y sin ayuda de nadie. Así pasaron meses. Poco a poco, los días se fueron haciendo más cortos y las noches más largas. El viento se llevó finalmente las hojas de los árboles, llegó el invierno y empezó a hacer mucho frío. El lago se heló y el patito feo tuvo que buscar cobijo bajo las cañas en las orillas del lago. Se sentía desesperado y muy solo, pero no tenía ningún sitio adonde ir.

Cuando por fin volvió la primavera, empezó a hacer más calor y se deshizo el hielo que cubría el lago. El patito feo sintió con placer el sol en la plumas.

—Creo que me voy a dar un baño —se dijo.

Nadando se dirigió al centro del lago, donde el agua era clara como un espejo. De pronto vio su imagen reflejada y se quedó mirándola. Lo que veía era un bello pájaro blanco con un cuello largo y elegante.

—Ya no soy un patito feo —se dijo a sí mismo—. Entonces, ¿qué soy?

En ese momento pasaban por allí tres aves blancas con su mismo aspecto y se dirigieron hacia él. Una de ellas le dijo:

—Eres el cisne más hermoso que hemos visto nunca. ¿Te gustaría unirte a nosotros?

—Ah, entonces eso es lo que soy, un cisne —pensó nuestro amigo, que ya no era ningún patito feo—. Me encantaría ser vuestro amigo —contestó a los otros cisnes—. ¿De verdad soy un cisne? — les preguntó aún inseguro de la respuesta.

—¡Claro que sí! —le respondieron—. ¡Eres como nosotros!

Los tres cisnes se convirtieron en sus mejores amigos, y el patito feo, que ahora era un bello cisne, cruzaba orgulloso el lago con ellos. Así vivieron juntos y felices, y nuestro amigo nunca más se sintió solo.

La princesa Pétalo de Rosa

La princesa Pétalo de Rosa vive en un castillo blanco y soleado rodeado de hermosos jardines, con flores preciosas y mariposas de colores. El mejor amigo de la princesa es Pipo, un cachorrito muy cariñoso. Cada mañana, Pipo ayuda a la princesa a elegir su vestido.

—¿Cuál me pongo hoy? —le pregunta siempre la princesa.

Pipo se acerca a uno amarillo, mueve el rabo y ladra.

—¡Perfecto! —dice la princesa.

Y salen a jugar al jardín, a correr y a atrapar el balón.

La princesa Pétalo de Rosa

Hoy la princesa está muy nerviosa. Ha recibido una invitación para una fiesta muy especial: un baile en palacio.

—El príncipe es muy apuesto —le dice a su perro—. Tengo que ponerme muy linda.

Elige un hermoso vestido rosa orlado de piedras preciosas y lazos de satén y unos zapatos dorados. Pétalo abre su joyero y saca unos pendientes de brillantes y una tiara de diamantes.

Se coloca la tiara en la cabeza con cuidado. Ahora ya está preparada para acercarse al baile en su carroza tirada por caballos.

Cuando Pétalo de Rosa y Pipo entran en el gran salón de baile, todo el mundo se da la vuelta admirado. El apuesto príncipe toma a la princesa de la mano.

—Es usted la dama más bella del salón. ¿Me concede este baile?

—Desde luego, Majestad.

Pétalo se siente la chica más feliz de todo el reino.

El narciso rojo

Era primavera y los narcisos empezaron a florecer con los cálidos rayos del sol. Poco a poco, sus pétalos amarillos se fueron abriendo para formar trompetas que se mecían con el viento. Uno de los campos de narcisos formaba una alfombra dorada, igual que cualquier otro, sólo que tenía una mancha roja. Y es que en el centro crecía un narciso rojo.

En cuanto floreció y sus pétalos se abrieron, el narciso encarnado supo que era diferente a los demás. Sus compañeros le despreciaban.

—¡Qué narciso tan extraño! Pobrecito… —decía uno.

—Debe de envidiar nuestro hermoso color dorado —decía el otro.

Y la verdad es que tenían razón. El narciso rojo no deseaba otra cosa que ser como los demás. En lugar de estar orgulloso del color único de sus pétalos se avergonzaba de sí mismo y vivía cabizbajo.

—¿Qué me pasa? —se preguntaba—. ¿Por qué no hay más narcisos rojos en este campo?

Los paseantes solían pararse a admirar el hermoso campo de narcisos.

—¡Qué hermosa vista! —exclamaban.

Y los narcisos, al oírlo, se alzaban orgullosos y se mecían con la brisa. Siempre había alguien que reparaba en el narciso de color rojo.

—¡Mirad que extraordinaria flor! —decía uno de los paseantes, y todos los demás se fijaban en el narciso rojo.

—Es cierto —decía otro—, hay una flor roja.

Y pronto todos lo señalaban con el dedo.

El narciso rojo se ponía aún más rojo por la vergüenza.

—Cómo me gustaría que mis pétalos se cerraran de nuevo —pensaba con angustia. Pero aunque no le gustase, sus pétalos rojos atraían todas las miradas.

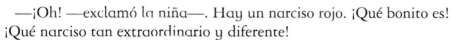

Un día, había una niña en un grupo de gente que pasaba por allí. Los mayores la apretujaban y ella no veía nada. Finalmente, su padre la subió a hombros para que pudiera ver los narcisos.

—¡Oh! —exclamó la niña—. Hay un narciso rojo. ¡Qué bonito es! ¡Qué narciso tan extraordinario y diferente!

Cuando los demás oyeron el comentario empezaron a decir:

—Bien mirado, la verdad es que bonito sí es.

En poco tiempo, el narciso rojo empezó a atraer a mucha gente que venía a verlo por su color y se sentía cada vez más orgulloso.

Sus compañeros estaban furiosos.

—¡Qué gente tan estúpida! —dijo uno indignado—. ¡Nosotros somos bellos, no él! —Todos los demás se dieron la vuelta e ignoraron al narciso rojo. Él se sintió triste de nuevo.

Pero pronto corrió la voz sobre la existencia del precioso narciso y vino gente de todo el país a verlo.

La hija del rey oyó hablar de la especial flor.

—Tengo que verla —se dijo. Se puso en camino con sus sirvientes hacia el campo. Cuando la joven vio el narciso colorado, aplaudió y dio saltos de alegría.

—Es mucho más hermoso de lo que había imaginado —dijo. Entonces tuvo una idea—. Trae a mi mascota la paloma —ordenó a su criado.

El hombre la miró sorprendido pero cumplió sin tardanza sus deseos.

—Como bien sabes —le dijo la princesa—, me caso mañana y me encantaría tener ese narciso rojo en mi ramo nupcial.

Así que la muchacha ordenó a la paloma recoger la flor en medio del campo y traérsela. La princesa volvió con el narciso rojo a palacio. Allí lo puso en un vaso de agua hasta el día siguiente.

Por la mañana, el sirviente llevó el narciso a la iglesia. La flor podía oír las campanas y ver a los invitados que iban ocupando sus puestos. Entonces vio como se acercaba la princesa en un precioso carruaje tirado por caballos blancos.

La princesa estaba bellísima con su vestido de novia y una corona de rosas rojas.

Cuando el sirviente llegó a la iglesia, una de las damas de honor se adelantó con el ramo de la novia. Antes de que la princesa tomara su ramo, el criado colocó el narciso rojo en él. Por un momento, el narciso se sintió aturdido por el dulce perfume de las otras flores, pero al mirar a su alrededor comprobó con sorpresa que todas eran rojas. Había margaritas, lirios, claveles y dedaleras… ¡todos encarnados!

—Bienvenido —le dijo una margarita—, eres uno de nosotros. —Y por primera vez en su vida, el narciso rojo se sintió como en casa.

Después de la boda, la princesa mandó plantar las flores del ramo en el jardín. Así, cada primavera, cuando el narciso abría sus pétalos, se veía rodeado de un sinfín de flores todas ellas rojas. Así vivió feliz en el jardín del palacio durante muchos, muchos años.

Brujas al ataque

Por la noche, cuando todo está oscuro y tenebroso, y sacas la cabeza por encima de las sábanas, a veces ves sombras terribles que dan un miedo... Sólo pensar que en el techo puede haber brujas con su escoba, su sombrero de punta y su capa negra te mantiene en vela toda la noche.

Si te pones a pensar en ello es peor: empiezas a escuchar claramente sus estridentes y terroríficos gritos y carcajadas, el espeluznante burbujear de sus calderas. Y si abres bien los ojos incluso verás a las brujas bañadas en una extraña luz mientras hacen sus conjuros y revuelven el espantoso contenido de las ollas con enormes cucharas de palo mientras añaden cosas verdes y viscosas. El burbujear de sus pócimas es cada vez más estridente y su olor más asqueroso.

Pero si hay una cosa que las brujas no pueden soportar es la limpieza. Odian sobre todo a los niños limpios. Por supuesto, las brujas nunca se lavan, así que sólo pensar que los niños están acicaladitos y pulcros se ponen enfermas. Ellas prefieren la suciedad y la mugre.

Por eso, la próxima vez que creas que hay brujas en tu habitación, recuerda que basta con que te hayas lavado bien para que huyan espantadas.

Corazones solitarios

El trol solitario se sentía muy solo, así que un buen día decidió buscarse novia.

Pese a que la idea era estupenda, había un problema ¿dónde encuentra un trol una novia? Después de darle vueltas y vueltas a la cabeza tuvo una ocurrencia. Decidió poner un anuncio en la prensa local. Y esto es lo que escribió:

Soy un trol amable, sucio y maloliente,
con piel húmeda y babosa, barriga gorda y peluda,
dedos mugrientos y pies húmedos y fríos,
aliento caliente y húmedo y aros en la nariz,
manchas en la camiseta y agujeros en los calcetines,
desgarrones en los pantalones y zapatos zarrapastrosos.
Me gustan las zanjas llenas de barro y los agujeros oscuros.
Gano siempre que me peleo con otros trols.
Soy muy galante y te regalaré rosas
después de haberlas usado para hurgarme la nariz.
Vivo solo en una guarida umbría y fétida,
rebosante de lodo y babas.
Me siento muy solo, así que busco la oportunidad
de conocer a alguien parecido a mí
para pasarlo bien y ser novios.

¿Tú crees que alguien responderá a este anuncio?

A bailar

El brazo izquierdo abajo, el brazo izquierdo arriba,
me doy la media vuelta, me toco la barriga.
Un salto hacia delante, un salto hacia atrás,
y otra media vuelta, ¡zas, zas, zas!

Uno, dos, tres, cuatro,
uno, dos, tres, cara-gato.
Cuatro, tres, dos, uno,
cuatro, tres, dos,
¡un tuno!

Pepo y yo

Un, dos, tres.
Yo bebo chocolate
y Pepo, café.
Nadie quiere té.
Un, dos, tres.
Yo bebo chocolate
y Pepo, café.

Arre, arre

A lomos de mi caballo
me gusta trotar,
saltar y cabalgar.
Corro por el prado,
troto por la pradera,
y paseo por la carretera.

El ratón

El ratón se ha constipado,
ha pillado frío.
Ayer salió a la calle
sin botas y sin abrigo.
El ratón esta malito.
Estornuda y estornuda.
¡Pobrecito!

Hay que lavarse

Hay que lavarse los dientes
con agua y con detergente.
Hay que lavarse las manos
con sal y agua de nardos.
Yo me lavo el pelo
con zumo de pomelo.
Todo el cuerpo hay que lavarse
¡y luego hay que secarse!

El señor Toronjil

Vamos a la huerta del señor Toronjil,
a ver al milano comiendo perejil.
El milano no está aquí, estará en su vergel,
cortando una rosa o sembrando un clavel.

La abuelita Pía

La abuelita Pía se sienta en una silla,
toma su té y se come una tortilla.
La abuelita Pía dormita en el sofá,
dormita y dormita, y no para de roncar.

La abuelita es muy buena y muy dormilona,
nos da caramelos y algunas comilonas.
Abuelita, abuelita, duerme tranquila
que, de todas las abuelas, eres la más querida.

La casita

Hago una casa con cuatro ladrillos,
hago una casita para los grillos.
Hago un casón sin tejado,
sin ventanas y sin puertas.
Hago un casón con una huerta.

A la una

A la una, la tuna de los estudiantes
que compran frijoles y comen
guisantes.

Doña Asunción

Mientras doña Asunción
hacía mantequilla,
apareció una polilla
y también un ratón.
¡Pobre Doña Asunción,
qué susto se dio!

La bruja Piruja

Piruja era una joven brujilla del montón hasta que un día decidió inscribirse en un curso de pócimas y encantamientos avanzados en el Instituto de Magia para Magos, Brujas y Encantadores, cuyo director era el anciano y sabio profesor Conjuro. Hay que decir además que Piruja era una bruja jovencita y vanidosa que no sabía ni la mitad de lo que ella creía. Claro que era capaz de convertir a una persona en rana y de hacer otros encantamientos sencillos de ese tipo, pero aún tenía mucho que aprender. El problema era que Piruja se creía la mejor brujilla del mundo.

LA BRUJA PIRUJA

La aventura de Piruja empezó su primer día de clases. Por la mañana, después de que los nuevos alumnos magos y brujas se hubieran presentado entre sí y hubieran conocido a sus profesores, fueron llamados uno a uno ante el profesor Conjuro.

—Bien, señorita Piruja Encantamientos, yo di clase a sus padres —dijo con voz grave el profesor—. La verdad es que se convirtieron en una bruja y un mago estupendos. ¿Y usted, señorita? ¿Qué clase de bruja cree usted que va a ser?

Sin pensárselo demasiado, Piruja exclamó arrogante:

—Yo soy aún mejor que mis padres. Y seguramente, mejor que usted.

Piruja quedó muy sorprendida de su propia respuesta, porque, aunque lo pensaba realmente, no pretendía decirlo en voz alta.

—No te asombres de tus respuestas —le dijo el profesor Conjuro—. Esta habitación está encantada para que todo el mundo diga la verdad. Y por cierto, tengo que decir que tienes una gran opinión de ti misma. ¿Por qué no me cuentas qué es lo que te hace ser tan buena?

—Pues que soy lista, soy buena y siempre tengo razón —respondió Piruja.

—Pero algún defecto tendrás, ¿no? —preguntó el profesor Conjuro.

—Siento decepcionarle, pero me temo que no tengo defectos.

—En ese caso me gustaría presentarte a alguien muy parecido a ti —le contestó el profesor Conjuro con una sonrisa en los labios.

Piruja miró a donde apuntaba el profesor Conjuro con el dedo y quedó atónita. En un sofá de la habitación… ¡se vio a sí misma!

Cuando Piruja abrió desmesuradamente la boca, el profesor le explicó que, si ella realmente creía que no tenía un lado malo, no tenía de qué preocuparse.

—Si por el contrario te equivocas, me parece que te vas a llevar alguna que otra sorpresa.

Así, el profesor le dio permiso para abandonar la habitación invitándola a conocer su lado oscuro. Tan pronto como ambas muchachas estuvieron fuera, el lado malo de Piruja comenzó a saltar y aplaudir de alegría.

—¡Por fin soy libre! —gritó—. Ya no tengo que quedarme todo el día escondida oyendo tus sermones. Ya no tengo que convencerte para que tomes el pedazo más grande de pastel antes que tu hermano. La verdad es que

no tengo que hacer nada, repito, ¡nada! de lo que me ordenes.

Y diciendo esto echó a correr por el pasillo tirando las sillas a su paso y empujando a otros compañeros de la escuela. Piruja estaba horrorizada. Tenía que seguir a su parte más oscura para intentar impedir que causara más problemas. Echó a correr tras ella y finalmente le dio alcance en la máquina de chocolatinas.

—No comas tantos dulces —le regañó, Piruja—. Sabes que es malo para los dientes y te quitará el apetito antes de comer.

—Cállate —le dijo su lado malo—. Puede que a ti no te gusten los dulces, pero a mí sí. —Y salió corriendo una vez más con el chocolate goteando por el suelo al tiempo que se volvía a meter un gran pedazo en la boca.

Justo en ese momento sonó la campana anunciando la comida. Aunque Piruja quería seguir a su lado malo, sabía también que no podía desobedecer el aviso para ir a comer. La brujilla se sentó a comer al lado de su amiga Carla. Estaba a punto de contarle lo que le había sucedido cuando vio que su amiga ¡no se estaba comiendo la verdura! Piruja regañó a Carla y le recordó la importancia de comer de forma sana.

Carla miró a Piruja con cara divertida y le preguntó con un susurro:

—Pero ¿qué te pasa?

Piruja le contó lo que había sucedido en el despacho del doctor Conjuro y añadió:

—¿Sabes una cosa? Es lo mejor que me ha pasado nunca. Antes pensaba que era buena, pero ahora creo que soy aún mejor. No quiero que mi lado malo vuelva nunca, pero tenemos que apresarlo para que no pueda hacer más daño.

Carla estuvo de acuerdo en buscar el lado malo de su amiga. Pero en secreto deseó que las dos partes de Piruja volvieran a ser una, porque la niña ya no era la misma.

Después de comer, Piruja asistió a su primera clase. Al entrar en el aula vio a su lado oscuro preparando encantamientos. Para entonces ya había preparado los hechizos para convertir una nariz en una trompa de elefante y la piel de una compañera en escamas de dragón, y estaba a punto de terminar el de transformar a una profesora en piedra.

Piruja oyó de repente una especie de trompeta al fondo de la clase. Se dio la vuelta y vio a las brujillas gemelas, Pili y Mili, que tenían unas enormes trompas grises en lugar de nariz. Piruja se dirigió a su parte mala para obligarla a rectificar sus horribles hechizos pero, antes de que pudiera hacerlo, se topó con una criatura que cruzaba el pasillo. Parecía un dragón, pero tenía un vestido lila con lunares blancos con el que había visto por última vez a su amiga Pepa. La parte mala de Piruja estaba practicando sus terribles trucos en otro lugar.

—Ay, ¿por qué la maestra no para esto? —se lamentó Piruja.

Seguramente ya lo habréis adivinado: la señorita estaba convertida en una estatua de piedra.

En ese momento entró en clase el profesor Conjuro. Piruja señaló con el dedo a su lado malo, que seguía haciendo traviesos embrujos por la clase.

—¡Enciérrela, por favor, profesor! —suplicó Piruja.

—Me temo que la única que puede hacerlo eres tú, querida —le respondió el anciano sabio—. Ambas sois inseparables y os complementáis. Sin tu parte mala serías insoportable, y ella sin ti, terrible. ¿Me das permiso para volver a encerrarla dentro de ti?

Piruja no quería volver a tener defectos, pero dijo que sí no muy convencida. Su parte mala desapareció en un momento y Piruja se sintió ¡estupendamente! Eran tan reconfortante volver a la normalidad, ser otra vez buena pero también un poquitito mala…

—Gracias —dijo Piruja al sabio al profesor—. Creo que hoy he aprendido una lección muy valiosa.

—Hay algo bueno y malo en todos nosotros —replicó el profesor—, incluso en la más perfecta de las brujas o en el mejor de los magos.

Piruja enrojeció hasta las orejas al recordar lo que había dicho aquella mañana, pero se dio cuenta de que estaba tan aliviada de volver a ser normal que realmente no le importaba. Piruja y Carla volvieron a la clase para deshacer todas la travesuras que había cometido la parte mala, pero a la vuelta las dos sintieron un irrefrenable deseo de comerse una chocolatina, así que… ¡hicieron una paradita en la máquina expendedora!

Dormilón, el gato de la granja

Dormilón, el gatito de la granja, se sentía algo cansado. No había nada que le gustase más que pasarse el día durmiendo, y también la noche. Mientras que los demás gatos cazaban ratones o o asustaban a los pájaros para que no se comiesen las semillas, Dormilón roncaba a pierna suelta.

—¡Ay! Tanto trabajo me parece agotador —bostezaba perezoso mientras se daba un paseíto para encontrar un lugar cómodo donde dormir.

Un día, mientras los demás gatos cazaban ratones en los campos de trigo, Dormilón se estiró y miró a su alrededor en busca de un rincón apacible para echar un sueñecito.

—No puedes dormir aquí —le dijo la mujer del granjero, arrastrando a Dormilón fuera de la cocina—. Hoy es día de limpieza y molestarías.

—No puedes dormir aquí —le cacarearon las gallinas, batiendo las alas para sacarle del gallinero—. Estamos poniendo huevos y no nos gusta que nos miren.

—No puedes dormir aquí —le mugieron las vacas despachándolo de la vaquería—. Nos están ordeñando y los gatos no son de confiar cuando hay leche alrededor.

—No puedes dormir aquí —le dijo el granjero, echándolo de la lechería—. Estamos haciendo helados y no queremos que caigan tus pelos.

—Estoy muy cansado —se quejó Dormilón a un ratón que pasaba por allí—. ¿Puedo dormir contigo?

—No seas ridículo —se rió el ratón—. ¿Es que acaso no sabes que los gatos deben cazar ratones?

Cuando Dormilón ya estaba convencido de no encontrar ningún lugar para dormir, vio de repente una cama ideal para su siesta: un montón de paja sobre un remolque.

Estaba tan cómodo que ni siquiera se dio cuenta de que el tractor se había puesto en marcha y se llevaba el remolque cuesta abajo camino de la ciudad.

Cuando el tractor hizo una parada, se despertó el gatito. Abrió y cerró los ojos, se estiró y miró a su alrededor. Entonces dio un respingo. No podía creerlo: estaba en un mercado y el granjero se alejaba con su tractor.

—¡Espérame! —maulló dormilón corriendo tras el vehículo. Pero el granjero había desaparecido—. Uy, me parece que tendré que volver a casa andando —se lamentó Dormilón, poniéndose en camino.

Dormilón tuvo que caminar toda la tarde y toda la noche. El gallo estaba a punto de despertar a todo el mundo como cada mañana cuando vio regresar a Dormilón.

—Hola, holgazán —le saludaron los otros gatos—. ¿Dónde has estado durmiendo toda la noche mientras los demás cazábamos ratones?

Pero esta vez Dormilón estaba cansado de verdad. Demasiado incluso para tratar de defenderse y explicar lo que había pasado. Y en seguida... ¡se durmió!

El sombrero

La vaca Sinforosa cuidaba mucho su aspecto. Tenía las pezuñas más relucientes y la piel mejor cepillada del establo. Ya había ganado tres medallas en la feria de ganado local y quería ganar más.

Una tarde de viento, mientras pastaba, la vaca Sinforosa encontró un sombrero de paja prendido en una rama. Tenía un par de agujeros, pero no importaba porque una vaca elegante tenía que poder sacar las orejas.

Comenzó a pasearse por el prado con el hocico muy alto y el sobrero muy saleroso en la cabeza. Sinforosa no podía esperar a ver la cara que pondrían sus amigas al enseñárselo.

Pero Alma, Anabela y Carmela siguieron pastando. Sinforosa ensayó una tosecita de dama fina. Las vacas no dejaron de pastar ni por un segundo. Sinforosa carraspeó más fuerte. Las vacas siguieron pastando haciendo aún más ruido. Sinforosa no podía aguantar más.

—¿No habéis notado nada? —mugió coqueta.

—Me ha parecido oír algo —se dijo Carmela.

—¡He sido yo! —gritó Sinforosa pataleando rabiosa con su pezuñas sobre la hierba.

—Ah, bueno —dijo Anabela y volvió a mordisquear un delicioso matojo de hierba fresca.

—Oh, me siento un poco fatigada. Creo que me voy a echar un ratito —dijo Alma con desgana.

—Pues yo me voy a dar un paseo —dijo Carmela.

Sinforosa gritó, impaciente:

—¡Que miréis mi sombrero, vacas!

Por supuesto que las demás ya lo habían visto, pero les gustaba hacer rabiar a la presumida Sinforosa.

—Es que yo siempre he pensado que los sombreros están un poco pasados de moda —dijo Alma.

—De eso, nada. No pueden faltar en
el vestuario de una vaca elegante.

—Entonces es nuevo, ¿no?
—preguntó Anabela.

—¡Por supuesto!
Es el último grito.

—¿No tenía uno parecido la
mujer del granjero hace años?
—preguntó Carmela con malicia.

—No creo —respondió firmemente Sinforosa—. El ama es
encantadora, pero no se puede decir que tenga mucha clase. Sólo una
vaca premiada como yo puede llevar un sombrero tan exclusivo.

—Si tú lo dices… —mugió Anabela con desgana.

Por la noche, las vacas se acercaron al establo para que las ordeñaran.
El resto de animales de la granja también se reunieron a su alrededor.

—Están admirando mi sombrero —susurró Sinforosa a Alma.

Pero las risas y cuchicheos no sonaban precisamente a admiración.

—¡Así que ahí estaba el sombrero del espantapájaros! —dijo el granjero.

Desde entonces, cada vez que Sinforosa se pone pesada, Alma, Carmela y Anabela saben perfectamente qué hacer: se ponen a hablar de sombreros y Sinforosa desaparece al instante.

El cumpleaños de la abuela elefanta

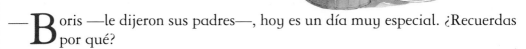

—Boris —le dijeron sus padres—, hoy es un día muy especial. ¿Recuerdas por qué?

Dicen que los elefantes nunca olvidan nada, pero Boris es una excepción. El elefantito frunció el ceño y reflexionó con todas sus fuerzas:

—¿Tengo que empezar hoy la escuela? ¿Es mi cumpleaños? —preguntó.

—Caliente, caliente —dijo su mamá—. Es el cumpleaños de la abuela y quiero que le lleves este cesto de fruta. ¿Recuerdas dónde vive?

—Sí —contestó Boris. Su mamá le dio el cesto y se quedó mirándole.

Boris se adentró en la selva. Estaba todo muy tranquilo y sombrío.

—¡Uuuhh! —se oyó. Boris miró a su alrededor y descubrió un extraño animal. Parecía un ratón con alas.

—¿Le conozco? —preguntó Boris.

—Soy el murciélago comedor de fruta, tontorrón —respondió.

—¿Y qué hacen los murciélagos comedores de fruta?—preguntó.

—Pues comer fruta, claro está —contestó— ¿Adónde vas?

—Hoy es el cumpleaños de mi abuelita, pero no recuerdo cómo se va a su casa —contestó Boris.

—Si te lo indico, ¿me das algo de fruta? —preguntó el murciélago. Boris afirmó—. Sigue ese caminito de ahí —le señaló el murciélago tomando una manzana del cesto.

El sendero era estrecho y estaba bloqueado por un gorila.

—Le llevo fruta a mi abuela —dijo Boris—. Es su cumpleaños.

—¿Te acuerdas de mí? —preguntó el gorila.

—Sí, tú eres el rinoceronte —contestó Boris.

—No te acuerdas —afirmó el gorila—, así que me tienes que dar fruta. El gorila tomó dos bananas y le dejó pasar.

Boris llegó a un cruce y no supo qué camino tomar.

—Sigue el sendero izquierdo —le aconsejó una voz que venía de lo alto. Boris vio la cabeza de una jirafa que sobresalía por encima de la copa de un árbol—. ¿Vas a casa de la abuela elefanta? Desde aquí arriba veo el tejado.

—Gracias —le respondió Boris—, tome un poco de fruta.

—Oh, qué amable —dijo la jirafa. Y eligió una pera del cesto.

Cuando Boris llegó a casa de su abuelita, todo lo que quedaba era una ciruela. ¿Qué diría la abuelita? ¿Le regañaría? No, Boris no debía preocuparse. La abuelita le dio un fuerte abrazo y le llevó a la cocina.

Sentados a la mesa estaban el murciélago comedor de fruta, el gorila y la jirafa, todos con gorros de cucurucho. En la mesa había una enorme tarta de cumpleaños, un flan de gelatina y toda la fruta del cesto de Boris.

La abuelita dijo que era el cumpleaños más bonito que había tenido nunca.

Al terminar, Boris no recordaba el camino de vuelta a casa, así que sus amigos le acompañaron. Su mamá se alegró de verlo.

—¿No me presentas a tus amigos? —le dijo.

—Ésta es la fruta comedora de murciélagos, éste es el cocodrilo y ésta la jirafa —dijo alegremente Boris.

Todos rieron. El tontorrón de Boris… ¡vaya memoria!

Los meses del año

En enero y febrero, yo te espero.
En marzo y abril, aguas mil.
En mayo y junio, el río está turbio.
En julio y agosto se bebe mosto.
Septiembre y octubre quitan la mugre,
En noviembre y diciembre salta la liebre.
Ésos son los meses del año
y yo me voy a la fuente del caño.

La solita

Soy la Mari-Lola,
y si no hay nadie conmigo
estoy muy sola.

Piluca es una niña

Piluca es una niña con caracoles en el pelo.
Cuando se porta bien le dan un caramelo.
Piluca es niña con tirabuzones.
Si se porta mal le dan unos tirones.

Ana María

A Ana María le gusta saltar.
Salta y salta sin parar.
Salta a la comba, salta a la goma.
Salta por el parque, salta en la piscina.
Salta y nada como una sardina.

En la calle Mayor

El otro día en la calle Mayor
vi a una niña muy bella.
Era toda simpatía y candor,
toda hermosura era ella.
A la niña le ofrezco mi corazón
y del cielo, una estrella.

Las frutas

A mí me gustan las fresas
y no me gustan los limones.
Me encantan las sandías,
pero no los melones.

Las bananas son deliciosas
y también las manzanas.
Pero toda, toda la fruta
es una comida muy sana.

Don Arlequín

Mamá, mamá, me voy a casar
con Don Arlequín,
con Don Ar,
con Don Le,
con Don Quín.
Don Ar, Don Le,
Don Quín,
con Don Arlequín.

Susi la gordita

Susi está gordita
y se le ríen en la escuela.
Los niños le hacen burla
y a ella le da vergüenza.
Susi, no llores más
porque estés gordita,
con esa cara tan bonita.

Las sirenitas traviesas

De todas las sirenitas del mar, Casandra y Eleonora eran sin duda las más traviesas. Tenían prohibido acercarse a la costa donde vivían las personas, pero su última travesura había sido aproximarse nadando al faro y llamar a Jacobo, el niño que vivía en él.

—¡Hooolaaa! —gritaron, y el niño miró hacia el mar donde ellas saltaban y flotaban entre las olas. Cuando el rey Neptuno se enteró, se enfadó muchísimo.

Un día la madre de Jacobo le preparó la merienda. Jacobo colocó un mantel en las rocas y encima, *pizza*, patatas fritas, refrescos y chocolate. Las traviesas sirenillas sacaron la cabeza del agua y vieron la comida.

—¡Hola! ¿te vas a comer todo eso tú solo? —Jacobo se asustó un poco porque nunca había hablado con una sirena.

—Eh… sí… —dijo Jacobo—. Estooo… no, quiero decir que si queréis podemos compartirlo. —Las sirenitas nunca habían comido *pizza* ni patatas fritas, y no conocían ni los refrescos ni el chocolate. Comieron tanto que casi se pusieron enfermas. Entonces volvieron a casa nadando despacito para que el rey Neptuno no se enterase de su excursión a la costa. Pero sí que se enteró y las hizo llevar a su presencia.

—Quedáis avisadas —dijo Neptuno—. ¡Las sirenas no son como los niños! ¡No se pueden comportar como los niños y no deben comer lo mismo que los niños!

Las dos sirenitas volvieron a comer gambas y algas como sus compañeras, pero pronto se aburrieron.

—Yo quiero *pizza* —le dijo Eleonora a Casandra un día.

—Yo también —respondió Casandra—, ¡y patatas fritas y chocolate! —Y subieron a la superficie.

Jacobo estaba en las rocas merendando. Las sirenitas se lo volvieron a comer todo, luego jugaron al escondite y a saltar sobre las olas mientras Jacobo intentaba enfocarlas con la luz del faro. Las sirenitas se lo pasaron tan bien que volvieron al día siguiente y al otro. Al tercer día se despidieron e intentaron zambullirse hacia el fondo del mar, pero, ¿qué pasaba? Su cola se había puesto rígida y pesaba mucho. ¡No la podían mover! El rey Neptuno tenía razón. Las sirenas no pueden comportarse como los niños. Se apoyaron en las rocas del acantilado y se pusieron a llorar.

—¿Qué sucede? —preguntó Jacobo alarmado—. Es que no deberíamos haber comido cosas de niños. —Pero Jacobo tuvo una idea. Agarró una red y se puso a pescar gambas y a recolectar algas de las rocas.

Durante tres días y tres noches, Casandra y Eleonora sólo tomaron comida de sirenas. Al tercer día ya podían mover la cola de nuevo y nadar sin problemas.

Cuando regresaron al fondo del mar, Neptuno las estaba esperando.

Esta vez no estaba furioso, sino contento de que hubieran vuelto sanas y salvas.

—Espero que hayáis aprendido la lección —les dijo con cariño—. Jacobo ha demostrado ser un buen amigo, así que os dejaré que sigáis jugando con él. ¡Pero nada de probar su comida!

La cotorra Penélope

Penélope la cotorra y su mamá se lo pasaron en grande aquella tarde viendo la exhibición de los Loros Voladores. Penélope apenas daba crédito a sus ojos mientras contemplaba cómo los pájaros planeaban y volaban a toda velocidad por el cielo haciendo acrobacias y piruetas.

Esa noche, Penélope soñó que acompañaba a los Loros Voladores en sus cabriolas y, cuando despertó, ¡decidió hacer su sueño realidad!

—Voy a volar un rato, mamá —dijo—. Quiero practicar y ser la mejor. —Antes de que su madre hubiera podido siquiera abrir el pico, Penélope ya había desaparecido.

—Debo aprender a volar más rápido —se dijo Penélope.

Así que comenzó a batir las alas como una loca para intentar volar más deprisa. Pero Penélope había aprendido a volar hacía poco tiempo y no controlaba su velocidad. Por eso empezó a resoplar, a jadear y a toser, mientras que sus alas hacían flop-flop-flop en lugar de flap-flap-flap.

—¡Oh, no…! —gritó Penélope al notar que perdía altura y caía cada vez más… y más… y más… hasta que, ¡ploch!, cayó justo al lado de Tuco tucán, que se estaba dando su ducha matutina.

—Querida —le dijo, mientras se secaba el agua de ojos y orejas—, debes tener más cuidado.

—Lo siento, Tuco —dijo Penélope—. Ha sido sin querer. Estaba probando lo deprisa que puedo volar y de pronto me agoté. Quiero formar parte del escuadrón de los Loros Voladores.

—Entonces necesitas la ayuda de un profesional —dijo Tuco.

—No conozco a ninguno —respondió Penélope.

—Pero yo sí —dijo una voz que se acercaba. Era su madre—. Te estaba buscando para darte una estupenda noticia. El tío Percy ha venido a visitarnos. ¡En sus tiempos fue miembro de los Loros Voladores! Seguro que, si se lo pides, te puede entrenar.

El tío Percy estaba encantado de oír que Penélope quería formar parte del escuadrón.

—Te voy a enseñar muchas piruetas —le dijo— y luego veremos cuáles se te dan mejor. Cada loro tiene su especialidad.

El tío Percy y Penélope salieron para iniciar el entrenamiento.

—Empezaremos con el despegue giratorio —dijo el tío Percy—. Mírame y haz lo mismo que yo.

—¡Ahora endereza y planea hacia adelante! —le dijo tío Percy. Pero Penélope no podía dejar de dar vueltas y vueltas.

—¡Aaaaaah…! —gritó la pequeña cotorra—. ¡Me mareo, tío Percy!

Por suerte, Penélope se agarró a una rama y dejó de dar vueltas.

La jirafa Guillermina, que estaba mordisqueando las hojas más altas de la copa, ayudó a Penélope. El tío se acercó volando.

—No te preocupes —dijo tío Percy—. Ya lo aprenderás.

Entonces aparecieron los amigos de Penélope: Pai-Pai, Chico y Bubo.

—¿Quieres jugar al mango con nosotros? —le preguntaron.

—¡Síííí! —gritó entusiasmada Penélope.

—¡Espera! —exclamó el tío—. Una futura cotorra voladora no puede perder su energía con juegos.

—Lo siento, tío Percy —dijo Penélope dirigiéndose a sus amiguitos y, añadió—: Os veré luego.

—Cuidado, después del entrenamiento debes ir pronto a dormir a tu rama.

—Pero, tío Percy, si es muy pronto… —protestó Penélope.

—Un loro volador tiene que dormir mucho, pequeña —respondió el tío—. Los músculos de las alas necesitan recuperar toda la energía para hacer todo el trabajo que tenemos por delante.

—Yo creo que tienes que hacer caso al tío. Es un experto —le dijo su mamá mientras la acostaba en su rama.

Al día siguiente, Percy despertó a Penélope muy pronto:

—Venga, es hora de entrenar, perezosa.

—Pero, tío, si es muy temprano... —dijo Penélope medio dormida—. Ni siquiera ha salido el sol.

—Ésta es la mejor hora para entrenar —dijo el tío—. ¡Sígueme!

—Empezaremos con varios ejercicios de velocidad —dijo tío Percy—.

Ésa era mi especialidad en mis tiempos de loro volador. Tienes que batir así las alas y volar entre esos árboles. ¡Mira!

Penélope observó cómo su tío planeaba con pericia por la jungla. Parecía fácil, pero cuando ella lo intentó… ¡Catapumba!

—¡Ay, ay! —gritó Penélope.

Tío Percy volvió volando y reconoció la cabeza de Penélope.

—No es nada serio —dijo—. Una cotorra voladora tiene que darse algún coscorrón en los entrenamientos. Lo mejor es seguir practicando. Venga, vamos a volver a intentarlo.

Todo el día estuvieron ensayando cabriolas y vuelos diferentes. Y Penélope se caía, se arañaba, se chocaba o se estrellaba contra otros animales o contra los árboles.

Al final del día, camino de su casa con el tío Percy, se sentía agotada.

—Bien, Penélope —le dijo su mamá—, ¿sigues siendo tan aficionada a los Loros Voladores?

—Pues sí —contestó Penélope—. ¡E incluso sé cuál va a ser mi especialidad!

—¿Cuál? —preguntaron curiosos su mamá y tío Percy.

—¡Mirar desde el público! —rió Penélope.

La historia de las dos princesas

Hace mucho, mucho tiempo había dos princesas llamadas Florinda y Almudaina que, aunque gemelas, eran muy diferentes. Florinda era discreta y amable con todo el mundo. Era muy respetuosa con el rey y la reina. Y se estaba calladita cuando el modisto de palacio le probaba los vestidos para los bailes. Pero la princesa Almudaina era muy diferente.

—¿Por qué tengo que vestirme como un merengue? —protestaba Almudaina cuando le tocaba probarse un nuevo vestido de gala.

—¿Cómo te atreves a hablarnos así? —le recriminaban sus padres.

La princesa siempre andaba descalza, despeinada y andrajosa por palacio. La verdad es que no se comportaba como una princesa.

Un día iba a celebrarse un gran baile en palacio. Los invitados de honor eran dos príncipes de un reino vecino. Las dos muchachas ya ataviadas con sus trajes de gala esperaban a que se acabasen los preparativos.

—¿Por qué no os vais de paseo hasta que lleguen los invitados? —sugirió la reina—. Pero no os separéis, tened cuidado de no ensuciaros y sobre todo no vengáis tarde.

Las dos princesas llegaron al final de los jardines.

—Vamos al bosque —dijo Almudaina.

—No deberíamos —respondió su hermana. Pero la princesa traviesa estaba ya de camino.

—Creo que deberíamos dar la vuelta —dijo Florinda—. Vamos a llegar tarde al baile.

Entonces oyeron un ruido muy extraño.

—¡Vamos! ¡Volvamos a casa!

—Puede ser que alguien esté en apuros —dijo Almudaina—. ¡Tenemos que ayudarle!

Así que, Florinda decidió seguir a su hermana.

—Bueno, pero debemos regresar pronto.

Así, se adentraron en el bosque y allí vieron dos caballos. De repente oyeron unas voces.

—¿Quién anda ahí?

Al principio las princesas no sabían de dónde venían los gritos. En mitad del claro había un enorme pozo. Se asomaron al borde. La princesa Florinda estaba atónita. Almudaina, por su parte, se rió a carcajadas. En el fondo del pozo estaban los dos príncipes invitados.

—Pero no os quedéis mirando —dijeron—. Ayudadnos a salir de aquí.

Las princesas fueron a buscar una cuerda. Lanzaron un extremo al fondo del pozo, ataron el otro a un caballo y así salvaron a los príncipes.

El rey y la reina estaban furiosos porque las muchachas habían vuelto tarde y sucias. Pero se alegraron mucho cuando supieron lo ocurrido.

Todo el mundo disfrutó en el baile. Las princesas bailaron toda la noche con los príncipes. Desde aquella noche Almudaina cuidó mucho más su peinado y sus vestidos. Y Florinda se volvió un poco más osada y atrevida.

Tú no eres mi mejor amigo

La cabra Gabi, la gallina Clotilde, Sam el perro pastor, Bolo el cerdo, la oveja Beba y la vaca Tomasa vivían en la granja. Por la tarde, cuando ya habían acabado las tareas diarias, solían reunirse en la era.

Gabi era una cabra muy arrogante, porque pensaba que resultaba mucho más útil en la granja que el resto de los animales. No sólo producía leche para hacer queso, sino que mordisqueaba todas las zarzas y malas hierbas para mantener limpia y arreglada la granja. En su opinión, eso era mucho más importante que poner huevos o cuidar de las ovejas, o ayudar al granjero a encontrar trufas, darle lana o leche.

Por las mañanas, la gallina Clotilde, cuando ya había terminado de poner sus huevos y los otros animales aún estaban trabajando, atravesaba volando la cerca que mantenía alejados a los zorros y visitaba a Gabi.

Un día que hacía mucho calor y el sol daba de pleno en el jardín, Gabi

pensó que ella y la gallina Clotilde podían acercarse al estanque
de los patos a refrescarse en el agua clara. A la gallina Clotilde
la idea de acercarse al agua le puso las plumas de punta.

—Puedo caerme y ahogarme —dijo la gallina—. No sé nadar.

—¿Que no sabes nadar? —preguntó incrédula la cabra Gabi—.
¿Cómo puedo pasarlo bien contigo si ni siquiera sabes nadar? —Y le dio
la espalda a la pobre gallinita—. Sam, el perro pastor, nada muy bien
—se dijo—. Él será mi mejor amigo.

El perro Sam acababa de llevar a Beba la oveja y sus amigas
a un prado cuando Gabi la cabra le preguntó:

—¿Qué tal si nos vamos a nadar al estanque de los patos?

—¿Por qué no?   dijo Sam, que empezaba a
recuperar el aliento—. Hace un calor terrible y no me
vendrá nada mal refrescarme un poco.

Gabi y Sam se lo pasaron estupendamente
jugando y chapoteando en el agua, y al final del día Gabi le dijo a Sam:

—Eres mi mejor amigo. Vamos a nadar también mañana.

Sam le dijo que sí. Estaba encantado de que Gabi le considerase
su mejor amigo.

Al día siguiente, Gabi fue a buscar a Sam para ir a nadar al estanque.
Sam estaba conduciendo a la oveja Beba al prado cuando llegó la cabra.
Pero el perro movió la cabeza.

—Es demasiado temprano, Gabi —dijo Sam—. Primero tengo que
ocuparme de Beba. Y además el estanque está turbio a estas horas y
al granjero no le gusta que me manche.

—¿Qué? —dijo la cabra Gabi, que no daba crédito a sus orejas—.
¿Dónde se ha visto un perro que se asuste de mancharse?

Y con estas palabras le dio la espalda. Gabi se puso a pensar entonces a quién le podría gustar el fango y sonrió triunfalmente:

—Al cerdo Bolo le encanta revolcarse en el lodo —se dijo—. Él será mi mejor amigo.

Bolo estaba removiendo la tierra cuando Gabi se le acercó.

—Ven a revolcarte conmigo en el fango —le dijo Gabi.

Ambos disfrutaron tanto que Bolo propuso repetir al día siguiente, pero Gabi le dijo que le apetecía más mordisquear la hierba del prado. Bolo el cerdo estaba confuso porque a él la hierba no le gustaba.

—Lo siento —le dijo a Gabi—, no puedo acompañarte.

—¡Cómo vas a ser mi mejor amigo si no comes hierba! —protestó airada la cabra Gabi.

Y con esas palabras le dio la espalda al cerdo Bolo. Entonces buscó a alguien a quien le gustara la hierba y sonrió:

—La vaca Tomasa come mucha —pensó—. Ella será mi mejor amiga.

Al día siguiente, Gabi se encaminó al establo en busca de Tomasa, que justo en ese momento estaba siendo ordeñada por la granjera. La vaca le dijo que estaría encantada de irse a pastar y a charlar con Gabi.

—Estaré contigo en seguida, pero primero tienen que ordeñarme.

Gabi, que no quería esperar, se enfadó con Tomasa y le dio la espalda.

—¿Qué les pasa a estos estúpidos animales? —se preguntó—. ¿Por qué están siempre ocupados y son tan aburridos? —Y decidió irse sola.

Cuando llegó al prado, vió la oveja Beba mordisqueando la hierba. Beba se mostró encantada de ser la mejor amiga de Gabi, y se pasaron una hora charlando y pastando. Poco después se les unió la vaca Tomasa.

—La amistad consiste en dar y recibir —dijo la cabra Gabi en voz alta a la oveja Beba para que lo oyera la vaca Tomasa—, y ser el mejor amigo de alguien significa tener que dar mucho.

Pero cuando la vaca se alejó ignorándola para pastar un poco más allá, la oveja Beba la siguió. Gabi la cabra no pudo ocultar su disgusto y siguió mordisqueando un manojo de hierba enojada.

—Ten amigos para esto —pensó—. Yo no necesito a nadie.

Pero la cabra Gabi pronto empezó a aburrirse. Tenía ganas de jugar. Los demás animales estaban en la era, pero cuando Gabi se les acercó le dieron la espalda. Entonces oyó cómo la vaca Tomasa le decía a Beba:

—Ya sabes: la amistad es dar y recibir. Si un amigo no está dispuesto a dar y recibir, entonces no es un amigo.

Gabi estaba desconcertada. Se alejó de la era sintiéndose muy mal. Cuantas más vueltas le daba al asunto, peor se sentía. Y cuanto peor se sentía, más se daba cuenta de lo mala amiga que había sido. Al día siguiente se acercó a los animales y les dijo:

—Lo siento. ¿Me perdonáis?

La gallina Clotilde voló a su lado y la abrazó con las alas. Los demás también se acercaron. A nadie le gustaba ver a la cabrita Gabi tan triste, así que hicieron las paces.

—He sido tan tonta... —dijo Gabi—. Ahora me doy cuenta de que TODOS sois mis mejores amigos.

¡Ay, osito!

Gran Circo Brunetti

El oso y el conejo se fueron de compras. En todas partes había carteles que anunciaban la llegada de un circo a la ciudad.

—Me gustaría trabajar en un circo —dijo el oso mirando la entrada.

—¿Y qué harías? —preguntó el conejo.

—Haría piruetas en la cuerda floja: está chupado —dijo—. Y subió a la cuerda de la ropa.

La verdad es que no empezó mal. Al principio se balanceaba con gracia e incluso dio un salto mortal. Quiso hacer una reverencia y entonces ocurrió el desastre. Se bamboleó, perdió el equilibrio y se cayó.

—¡Ay, osito! —rió el conejito.

—Quizá pueda intentarlo con el monociclo —anunció el osito.

—Pero si tú no tienes monociclo —dijo el conejito.

—Ya, pero me puedo construir uno —le contestó, y corrió al cobertizo.

El conejito no tardó en oír ruido de martillos y herramientas cortando y aporreando.

—¡Tachán! —dijo el oso mostrando un monociclo.

Y la verdad es que empezó bien. Pedaleaba adelante

¡Ay, osito!

y atrás. Y hacía piruetas girando en círculos.
Pero entonces ocurrió el desastre.

—¡Ay, osito! —se volvió a burlar el conejo muerto
de la risa al ver cómo su amigo volaba por los aires.

—Quizá sea mejor que me haga malabarista
—dijo el osito levantándose del suelo de nuevo.

—Pero si no tienes nada para hacer
malabarismos.

—Ya encontraré algo —respondió
el oso. Y acto seguido desapareció en la cocina.

El conejito se quedó esperando mientras oía cómo
alguien revolvía entre las ollas y otros cacharros.

—¡Tachán! —dijo el oso mientras se acercaba haciendo
juegos malabares por el jardín.

Y empezó bien. Lanzaba al aire
tazas y platos. Pero se cayeron
al suelo y se rompieron.

—¡Ay, osito! —se reía el conejito, y añadió—:
No sé si lo del circo es una buena idea.

—¡Bobadas! —respondió el oso—, claro que lo es.

—Pero, osito, has intentado andar en la cuerda floja,
montar en monociclo, hacer malabarismos, y mira...

—Exactamente. Y mira lo que ha sucedido. Que te
he hecho reír, ahora sé cuál será mi trabajo en el circo.
—Y se esfumó de nuevo para aparecer al instante
haciendo el payaso.

—¡Ay, osito! —rió el conejito con lágrimas en los
ojos—. Tienes razón. Eres el mejor payaso del mundo.

Mariquita

Mariquita, barre, barre,
que viene tu madre
con una escoba
para pegarte.

Cinco lobitos

Cinco lobitos
tiene la loba.
Cinco lobitos
detrás de la escoba.
Cinco tenía,
cinco criaba.
Y a todos ellos
tetita les daba.

Mañana domingo

Mañana domingo se casa Galindo
con una mujer que sabe coser
y atranca la puerta con un alfiler.

Al pasar por el puente

Al pasar por el puente
de Santa Clara
se me cayó el anillo
dentro del agua.
Por sacar el anillo,
saqué un tesoro:
una Virgen de plata
y un Cristo de oro.

Los oficios

En la rueca la hilandera,
en la tienda la tendera.
La panadera en la panadería
y la carnicera en la carnicería.
Y yo voy a la escuela
como una niña buena.

Mi niño

Mi niño Pequeño
se quiere dormir;
le cantan los gallos
el quiquiriquí.

Buf

A mi perro Leso
le doy un hueso.
A mi ratón Peso
le doy un queso.
Y a mi amigo Neso
¡le doy un beso!

Tres fantasmas

Tres fantasmas hay en el castillo
y los tres son muy pillos.
Se esconden en la escalera
y asustan a la cocinera.

Las horas

A la una la fortuna,
a las dos el reloj,
a las tres mi corsé,
a las cuatro mi retrato,
a las cinco voy al circo,
a las seis un puntapié.

Pobre molinera

Molinera, molinera,
qué descoloradita vas.
Desde el día de la boda
no has cesado de llorar.
No has cesado de llorar,
ni tampoco de sufrir.
Molinera, molinera,
de pena vas a morir.

Gracias

Gracias a mi madre
que me cuida con desvelo,
me hace la comida,
y me cepilla el pelo.

Ronda

A esta puerta hemos llegado
cuatrocientos en cuadrilla,
si quiere que le cantemos,
sáquenos usted dos sillas;
una para mí, otra para mi compañero,
y los que vengan detrás
que se sienten en el suelo.

A la nana, a la nana,

A la nana, nanita,
nanita, ca,
mi niña tiene sueño,
bendita sea.

A la media vuelta con la pelota

A la media cruz,
a la cruz entera.
A la media jarra,
a la jarra entera.
A la media luna
a la luna entera.
A la media vuelta,
a la vuelta entera.

La elefanta Elsa, la ducha de la selva

Una día en el que no había ni una sola nube en el cielo, en la espesura de la selva, la joven elefanta Elsa tenía mucho calor.

—Hace calor incluso a la sombra —resopló—. Creo que iré al río a darme un baño.

El mono Bongo estaba balanceándose entre los árboles colgado de una liana.

—Me voy a nadar —le dijo Elsa—. Ven conmigo si te apetece.

—Bongo saltó a lomos de Elsa y se fueron al río.

—Te está creciendo mucho la trompa —dijo Bongo a Elsa—. ¿Cómo es eso?

Elsa se quedó pensando un minuto.

—Pues no estoy segura —dijo finalmente.

94

En la orilla del río se encontraron con Leo el león sentadito mirando el agua.

—¡Hola, Leo! ¿Vienes a bañarte?

—A los leones no nos gusta nadar —le respondió el león—. Pero hace tanto calor… Está bien, os acompaño y miraré.

Pronto se encontraron también con Toni el tigre. Él y Leo se quedaron mirando cómo Elsa y Bongo se bañaban, chapoteando.

—¡Qué buena y qué fresquita está! ¡Bañaos! —gritó Elsa.

—A los tigres nos da miedo el agua —dijo Toni—. Pero parece divertido.

Elsa vio que sus amigos estaban pasando mucho calor y tuvo una idea. Llenó su trompa de agua y la expulsó sobre Leo y Toni. En seguida, el mono Bongo y muchos pájaros de la selva se apuntaron a la ducha.

—¡Ahora ya sé para qué sirve mi trompa! —exclamó Elsa feliz, y todos los animales aplaudieron.

El corte de pelo de Beba

Un día de primavera la oveja Beba estaba en la era de la granja mirando tristemente el agua del estanque de los patos.

—¿Qué hace? —le preguntó la pata Doris a su amiga Dora—. Las ovejas no suelen acercarse al agua.

Mientras, los patitos se acercaron nadando.

—Las ovejas no comen patos, ¿verdad? —preguntó Dora, atemorizada, pues no era una pata muy lista.

—¡Claro que no! —dijo Doris—. Beba no hará daño a los pequeños.

Pero justo entonces, Beba dio un estornudo tan fuerte que los patitos fueron arrastrados por el aire hasta la otra orilla. Sus mamás acudieron a ayudarles.

El viejo caballo Relinchón

no podía ver a ningún animal triste. Así que, golpeando con sus pezuñas en los adoquines del patio, se acercó a Beba y le acarició con su enorme hocico.

—¿Qué te pasa, querida? ¿Se te ha escapado el corderito?

—No, no es eso —gimió Beba—. ¡Mírame!

El caballo Relinchón miró a Beba con atención.

—Pues yo creo que estás guapísima —le dijo muy galante.

—No, tengo un aspecto horrible —dijo Beba—. Me tenían que haber esquilado hace semanas, pero parece que al granjero se le ha olvidado.

—Mmmm… A veces es un poco despistado —dijo Relinchón—. Hablaré con los demás animales, a ver si se les ocurre algo.

Todos se interesaron por el problema de Beba.

—Quizás yo pueda morderle la lana —propuso el cerdo Bolo, que se lo comía casi todo. Un coro general desaprobó la idea.

—No, debemos recordarle al granjero que esquile a Beba

—propuso Tomasa.

—El viejo granjero siempre está muy ocupado —añadió la gallina Clotilde—. No sé cómo podremos recordarle que tiene que esquilar a Beba.

Entonces la vaca Tomasa tuvo una idea genial.

—Quizá no sea tan mala idea que Bolo le mordisquee la lana...

Dicho y hecho. Bolo arrancó algo de lana de los lomos de Beba y las gallinas recogieron los mechones con el pico. Con cara resuelta se pusieron a buscar al granjero.

Cuando el hombre entró en casa para comer ese día, su mujer se llevó las manos a la cabeza con horror.

—¡Querido! —gritó—. ¡Estás cubierto de lana! No se te ocurra volver a entrar así en la cocina. Ya es hora de que vuelvas a esquilar las ovejas.

Al día siguiente, el corte de Beba fue la envidia de la granja. Sus amigos se reunieron en torno a ella para admirar lo guapa y feliz que estaba con su nuevo peinado.

Fresita y la mariposa

—Fresita —dijo una vez la reina de las hadas—, tengo un encargo muy importante que hacerte.

Fresita siempre era la encargada de los trabajos más difíciles. La reina decía que era porque Fresita era la más amable y servicial de las todas las hadas.

—Quiero que me hagas un vestido de gala de pétalos de rosa para el baile de mi cumpleaños que se celebrará la próxima semana.

—Será un placer —le contestó Fresita alegremente.

Así, se dispuso a recoger telarañas para hacer hilo y pétalos de rosa para el paño. Mientras recogía hilo encontró una mariposa atrapada en una tela de araña.

—Ay, pobrecita —se compadeció Fresita.

Con cuidado, Fresita liberó a la mariposa, que tenía un ala rota. Hizo un lecho de plumas, donde recostó a la mariposa herida, y fue a buscar gotitas de néctar para alimentarla. Luego le curó el ala con un hechizo. Después de seis días, la mariposa empezó a mejorar. Estaba muy agradecida. Pero Fresita iba muy retrasada con el trabajo.

—Oh, me temo que no voy a acabar el vestido de la reina a tiempo —se dijo—. ¿Qué voy a hacer?

La mariposa la consoló.

—No te preocupes, Fresita —le dijo—.
Yo te ayudaré.

La mariposa reunió a todas sus amigas.
Había mariposas de todos los colores:
amarillas, azules, rojas y marrones. Les
explicó cómo Fresita la había salvado de la araña y la había cuidado.

Las mariposas recogieron muchos y bellos pétalos de rosa y se los
llevaron a Fresita. También la ayudaron a recolectar, con mucho
cuidado, eso sí, telas de araña para hacer hilo. Poco a poco, a base
de cortar y coser, Fresita fue haciendo un preciso vestido de pétalos al
que añadió lazos y puntillas. Cuando lo terminó, estaba muy contenta.

—Querida amiga —dijo a la mariposa—. Nunca habría podido
acabar el vestido sin tu ayuda.

—Y yo nunca habría vuelto a volar sin tus cuidados —le dijo
la mariposa.

La reina quedó encantada con el vestido y cuando se enteró
de lo sucedido dio las gracias a Fresita con un poema:

Fresita es muy amable y muy servicial.
Siempre dispuesta a
hacer un favor,
siempre dispuesta a ayudar.
Es una hada buena
y muy hacendosa
simpática, alegre
y nada revoltosa.
En esta solemne ocasión
me gustaría agradecer
el precioso vestido
que me acaba de coser.

Los huevos de Pascua

Ascua es un conejo
amable y muy bonito,
con grandes orejas
y un inquieto hocico.

Mientras todos de madrugada
duermen a pata suelta,
Ascua recorre la granja
y da muchas vueltas.

Es muy importante
la labor del conejo Ascua
pues es él quien recoge
los huevos de Pascua.

Algunas gallinas,
las más de fiar,
le dejan los huevos
en el pajar.

Pero la ponedora Clotilde,
que es muy despistada,
olvida sus huevos
bajo la cebada.

Ascua busca luego en el corral.
Y es que las patitas también
colaboran
y le entregan los huevos
que ellas mismas decoran.

Por suerte para el conejito
en la granja no hay avestruces.
Al levantar sus enormes huevos...
¡se caería de bruces!

Cuando todos los huevos
nuestro amigo ha recogido,
los pinta y los reparte
entre todos los niños.

El conejito repasa la lista
de todos sus amigos.
¿No ha olvidado a nadie?
¡Sí! ¡A él mismo!

La nariz de Berta

Un día soleado,
un día que era fiesta,
los amigos deciden
irse a la foresta.

Jugando y saltando,
andando sin premura,
los animalitos se van
adentrando en la espesura.

Uno de los amigos
de pronto se da cuenta:
¡Se han perdido, no encuentran
el camino de vuelta!

La coneja Berta pone
su nariz en movimiento.
Olisquea y olfatea
el suelo y el viento.

Gracias a la coneja Berta
regresan todos a casa.
Y con su roja naricita,
¡ya nunca hay más guasa!

En el bosque vive
Berta la coneja,
que come zanahorias
y tiene largas orejas.

Berta la conejita posee,
entre otras cosas,
una colita blanca
y un hocico rosa.

Es muy inquieto
el hocico de Berta.
Siempre está moviéndose.
Siempre está alerta.

Los demás animales
se suelen burlar
porque Berta no puede
su nariz parar.

Mamá va a tener un bebé

Julián estaba ayudando a su mamá a fregar cuando ella le preguntó:

—¿Sabes una cosa, Julián? Pronto vas a tener un hermanito para jugar. —Luego mamá se agachó para limpiarle una pompa que le salía de la nariz.

—¿Se parecerá el bebé a mí? —quiso saber Julián.

Mamá se rió.

—Espero que sí —dijo—. Ahora ayúdame. Tenemos que preparar muchas cosas para cuando venga.

Al día siguiente, Julián y su mamá fueron a comprar ropa, un osito de peluche y un asiento para el coche.

—¡Todo para el nuevo! Para mí no hay nada —pensó triste Julián.

En ese momento, mamá le dio un regalo.

—Esto es para ti.

—¡Gracias, mamá! —exclamó Julián.

Cuando llegaron a casa, papá había bajado del desván su cuna vieja y un cochecito. Julián se sentó en la cuna.

—Mi cunita... —suspiró con tristeza—. Es mi cunita...

—Tú ya no la necesitas —le dijo alegre papá—. Ya eres mayor.

Pasaron semanas y Julián esperó y esperó... ¿Es que nunca iba a llegar el bebé? Un día, mamá le dijo:

—Voy al hospital, Julián. Creo que el niño está a punto de llegar.

—¿Y yo qué? ¿Me dejas aquí solo? —le preguntó Julián.

No te preocupes, ha venido el abuelo —le tranquilizó mamá.

—Yo quiero mucho al abuelito, pero no te vayas —lloriqueó Julián—. Te voy a echar de menos.

—Y yo a ti, tontorrón —dijo mamá y le dio un abrazo muy fuerte—. No te preocupes, en seguida estaré de vuelta.

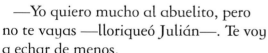

Ese mismo día por la tarde, papá vino del hospital.

—Julián —le dijo—, acabas de tener una hermanita preciosa. Vamos a verla. Se llama Irene.

Cuando llegaron al hospital, papá hizo muchas fotos de la niña.

—¿Y yo qué? —dijo Julián. Se sentía un poco abandonado.

—Y ahora una foto de Julián con la niña —dijo papá.

Le hizo muchas fotos y Julián se sintió mejor.

Cuando sus papás volvieron del hospital con Irene, vinieron muchas visitas para traerle regalos a la niña. ¡Pero todos eran para el bebé!

—¿Y yo qué? —pensó Julián.

—Mira lo que te ha comprado Irene —dijo mamá. En la cunita había un paquete con un lazo.

—¡Uy, qué tren más bonito! —dijo Julián, y le dio un beso a su hermana.

Los bebés necesitan muchas atenciones. Irene siempre tenía hambre o había que cambiarle los pañales. Y siempre la tenían en brazos.

—¿Y yo qué? —pensaba—. ¿Por qué a mí no me toman en brazos?

Cuando papá volvió a casa, levantó a Julián del suelo y le abrazó.

—Hoy necesito un achuchón fuerte —dijo—. ¿Quién me lo da?

—¡Yo! —contestó Julián riendo.

Cuando iban a pasear por el parque, todo el mundo se paraba a ver a Irene y nadie hacía caso a Julián, excepto doña Felisa.

—Irene se parece mucho a ti —le dijo doña Felisa.

Julián sonrió orgulloso.

—Sí, tiene la nariz igualita.

Mamá parecía cansada.

—Cuidar de un bebé da mucho trabajo —dijo papá.

—¿Y yo qué? —pensó Julián—. Yo ayudo mucho.

Cuando Irene hacía pucheros, Julián le hacía reír. Jugaba con ella. Y cuando tiraba su sonajero al suelo, él siempre lo recogía. Todos le preguntaban por su hermana.

—Me ha dicho tu mamá que la ayudas mucho, ¿verdad? —le decían.

Julián acostaba a su hermanita y le cantaba canciones.

—¿Quién quiere que le lea un cuento? —preguntó mamá.

—Yo —rió Julián. Mamá comenzó a leer—. ¿Y qué pasa con Irene? ¿No puede oír ella también el cuento?

—Claro que sí —dijo mamá sonriente y fue a por ella.

Entonces mamá leyó de nuevo.

—¿Y qué pasa conmigo? —preguntó papá mientras se sentaba en el sofá—. ¿Puedo escuchar también el cuento?

—Claro —rió Julián—. Irene y yo queremos que estemos todos juntos.

María la holgazana

María eres una holgazana.
María eres una perezosa.
Levántate de la cama
y haz alguna cosa.

María está en la cama y son las ocho.
Se tiene que levantar a hacer un bizcocho.

María eres una holgazana.
María eres una perezosa.
Levántate de la cama
y haz alguna cosa.

María está en la cama y ya es la una.
Esta niña es más vaga que ninguna.

María eres una holgazana.
María eres una perezosa.
Levántate de la cama
y haz alguna cosa.

María está en la cama y son las dos
y tiene que hacer patatas con arroz.

Anita perdió sus sandalias

Anita perdió
sus sandalias de fiesta,
y las tenía que encontrar
antes de la siesta.
Anita buscó y buscó
y entre la hierba
las sandalias encontró.

Juanita Pérez

Juanita Pérez tenía
un piano de cola.
Se rompió por la mitad
¡y ahora es una pianola!

Las hijas de Elena

Tres eran tres
las hijas de Elena.
Tres eran tres
y ninguna era buena.

El patio

El patio de mi casa
es particular,
cuando llueve se moja
como los demás.

Agáchate
y vuélvete a agachar,
que las agachaditas
no saben bailar.

H, I, J, K,
L, M, N, A,
que si tú no me quieres,
otra niña me querrá.

A la zapatilla

A la zapatilla por detrás, tris-trás,
ni la ves ni la verás, tris-trás.
Mirad p'arriba, que caen hormigas.
Mirad p'abajo, que caen escarabajos.
¡A estirar, a estirar,
que el demonio va a pasar!

Edelmira

Edelmira se mira en el espejo
su cara y dientes de conejo.
Edelmira es muy vanidosa
pero tiene cara de osa.

Jardinera, jardinera

Jardinera, jardinera, cuida tu jardín.
Riega bien la rosa y el alhelí.
Jardinera, jardinera, siembra flores
de rico aroma y muchos colores.

El zapatero y los duendes

Había una vez un anciano zapatero que vivía con su esposa en una humilde vivienda sobre su zapatería. El zapatero tenía muchísimas facturas que pagar, así que trabajaba desde el amanecer hasta que se ponía el sol. Pero llegó un día en que sólo tenía unas monedas, las justas para comprar el cuero necesario para un solo par de zapatos.

Esa noche, a la luz de las velas, el zapatero cortó el cuero. Luego lo dejó sobre la mesa, tomó la vela y se retiró escaleras arriba a dormir.

A la mañana siguiente, cuando bajó a su tienda, el zapatero no podía creer lo que veían sus ojos. Sobre la mesa pudo contemplar el par de zapatos más hermoso que había visto nunca.

Subió a toda prisa a casa y llamó a su mujer para enseñárselos.

—¿Has hecho tú ese par de zapatos? —le preguntó.

—Claro que no —le respondió ella.

El zapatero estaba confundido y se rascó la cabeza.

—¿Entonces, quién ha sido? —se preguntó.

El anciano colocó los flamantes zapatos en el escaparate de la tienda. Esa misma tarde un elegante caballero entró en la zapatería a probárselos. Le gustaron tanto que dio al zapatero un buen puñado de monedas. Con el dinero, el zapatero pudo comprar algo para cenar y más cuero para hacer zapatos.

El anciano trabajó hasta muy tarde preparando la piel que acababa de comprar y una vez terminado su trabajo la dejó, como siempre, sobre la mesa de su taller.

—Los terminaré mañana —se dijo mientras subía las escaleras para irse a la cama.

A la mañana siguiente, cuando bajó al taller vio sobre la mesa... ¡otro par de zapatos nuevos! Eran muy bellos y delicados. Pensó que eran los zapatos más bonitos que había visto nunca.

Otra vez, el zapatero llamó a su mujer y le preguntó si los había hecho ella.

—Querido marido —respondió ella—, claro que no.

El zapatero estaba aún más confuso que el día anterior, pero volvió a poner los zapatos en el escaparate para que todo el mundo pudiera admirarlos. En muy poco tiempo, los había vendido por un buen precio.

Esa noche, el zapatero y su mujer se permitieron una cena estupenda. ¡Y aún les quedaba dinero para comprar más cuero y hacer cuatro pares de zapatos!

Una vez más, el zapatero cortó el cuero para el calzado y lo dejó preparado sobre la mesa de su taller. Y al día siguiente, efectivamente, allí estaba esperándole un nuevo par de zapatos.

Lo mismo sucedió durante semanas. Cada noche el zapatero cortaba el cuero y lo dejaba sobre su mesa de trabajo, y al día siguiente encontraba un par de espléndidos zapatos nuevos.

Pronto, el zapatero y su mujer habían pagado sus deudas pero seguían sin saber quién hacía tan bonitos zapatos.

Una fría noche de invierno, poco antes de Navidad, el zapatero y su mujer decidieron resolver el misterio de una vez por

todas. Así que, después de que el anciano dejara como siempre el cuero cortado encima de la mesa de su taller, cerró la tienda y se escondió con su mujer en un armario.

Dejaron la puerta entreabierta y esperaron, y esperaron, y esperaron…

Finalmente, cuando el reloj dio las doce, se oyó un ruidito en la chimenea. De pronto aparecieron dos duendecillos rodeados de una nube de estrellitas mágicas. Entonces se subieron a la mesa y empezaron a cortar y coser hasta tener listos dos hermosos zapatos.

Mientras trabajaba cantaban alegremente:

—No hay tiempo que perder

si queremos terminar los zapatos

antes del amanecer.

Cuando el par de zapatos estuvo listo, desaparecieron por la chimenea. El zapatero y su mujer estaban anonadados.

Ambos se sentían tan agradecidos que sintieron deseos de hacer algo a cambio. Pero ¿qué les podían ofrecer a los duendecillos?

—Deben de pasar mucho frío, los pobres, con esas ropitas tan finas y andrajosas —dijo el zapatero.

—Sí —afirmó la mujer—, e iban descalzos.

Así que decidieron hacer dos chaquetitas y dos diminutos pantalones. Tejieron además cuatro calcetines de lana, para que tuvieran los pies calentitos, e hicieron dos sombreros enanos. Y para acabar, el zapatero fabricó dos pares de lindas botas con diminutas hebillas de plata.

Esa noche envolvieron las ropitas con papeles de colores y las dejaron en la mesa. Luego se escondieron y esperaron.

Hacia la media noche oyeron de nuevo un ruido en la chimenea y los duendes aparecieron envueltos en la nube de estrellas mágicas.

Se quedaron atónitos cuando encontraron los regalos.

114

Al abrirlos empezaron a saltar de júbilo. Se pusieron la ropa, las botas y los sombreritos, y comenzaron a bailar mientras cantaban:

—¡Somos dos duendes muy guapos y no volveremos a hacer zapatos!

Cruzaron la habitación bailando y desaparecieron por la chimenea.

Los duendes no volvieron, pero el zapatero y su mujer no olvidaron nunca lo que habían hecho por ellos.

El zapatero continuó haciendo él mismo bonitos zapatos, y poco a poco se hizo famoso en todo el país y consiguió reunir una pequeña fortuna. Pero sus zapatos nunca pudieron compararse con los de los duendes.

Un besito lo cura todo

Rufo estaba dando volteretas por el salón. Luego hizo el pino sobre la alfombra y se subió de un salto al sofá.

—Rufo, ten cuidado —le avisó su mamá.

Demasiado tarde. Rufo resbaló, cayó del sofá y se dio con la cabeza en el suelo.

—¡Ay, ay! ¡Mi cabeza! —lloriqueó.

—Ven aquí, que un besito lo cura todo —le dijo su mamá. Tomó a Rufo en brazos y le dio un beso en la frente—. Venga, ahora vete a jugar, pero ten más cuidado, hijo —le dijo.

Rufo salió al jardín y se puso a dar vueltas con el triciclo. Daba vueltas cada vez más deprisa.

—¡Ten cuidado, Rufo! —le gritó mamá.

Demasiado tarde. Rufo chocó con la carretilla del jardín, cayó del triciclo y se raspó la rodilla.

—¡Ay, ay! ¡Mi rodilla! —lloriqueó.

—Ven aquí, que un besito lo cura todo —le dijo mamá. Tomó a Rufo en brazos y le besó en la rodilla—. Venga, ahora vete a jugar, pero ten más cuidado —le dijo.

Rufo comenzó a correr por el césped del prado. Luego se puso a dar volteretas cuesta abajo.

—Rueda, rueda por la pradera —cantaba.

—¡Más despacio, Rufo! —le gritó su mamá.

Demasiado tarde. Rufo siguió rodando hasta el rosal, donde se arañó con las espinas.

—¡Ay, ay! ¡Mis brazos! —gimoteó.

—Ven aquí, que un besito lo cura todo — le dijo su mamá. Y y le dio besitos en los brazos—. Sigue jugando, pero basta de trastadas.

Mamá volvió a la cocina.

—Necesito un descanso —pensó. Se preparó un té, cortó un trozo de pastel y se sentó. Justo cuando iba a beber el primer sorbo, Rufo entró con su patinete.

—Rufo, ¿no puedes parar ni un momento? —dijo mamá, y se retiró al salón—. Este niño es agotador —se dijo, y se sentó a leer el periódico.

—¡Pom, pom, porrom! —Rufo marchaba tocando el tambor. Mamá dio un profundo suspiro.

—¿Te ocurre algo, mamá? —preguntó.

—¡Me duele la cabeza! —contestó.

—No te preocupes —dijo Rufo abrazando a su mamá—. Un besito lo cura todo.

El hámster glotón

Había una vez un hámster que se llamaba Mofletudo. Era un hámster muy glotón. Cada que vez que le echaban la comida se abalanzaba sobre ella y se la zampaba de golpe, y luego sacaba la nariz por los barrotes de la jaula con la esperanza de que le dieran un poco más. Desde la jaula podía ver montones de manjares sobre la mesa de la cocina. ¡Y cómo olían! Especialmente el aroma del pan recién hecho le hacía dar vueltas y vueltas en su rueda de pura frustración.

—¡No es justo! —se decía—. Todos comen hasta reventar y yo estoy aquí casi muerto de hambre. —No quería acordarse de la abundante comida que había tenido y de que todavía tenía la barriga llena.

—Si pudiera salir de esta horrible jaula, podría hacerme con una gran reserva de víveres —se decía a sí mismo, y sólo de pensar en la rica comida se le hacía la boca agua.

Una noche, cuando la familia se había ido a dormir, Mofletudo estaba dando unas vueltas en su rueda antes de retirarse a su camita de serrín, cuando de pronto oyó un chirrido que no le era familiar.

—¡Qué raro! Precisamente hoy, la niña ha engrasado la rueda. No puede ser que haya que engrasarla otra vez. —Paró de correr pero el chirrido continuó.

Mofletudo se levantó
sobre sus patas
traseras y se puso
a escuchar
atentamente.
De pronto se dio
cuenta de que lo que
hacía ruido era la

puerta. ¡La puerta de la jaula! La niña no la había cerrado bien antes de
irse a dormir. Mofletudo saltó de alegría. Después se acercó a la puerta y
asomó el hocico, por si había algún peligro fuera. Pero todo parecía estar
en orden. El gato dormía en una silla y el perro roncaba en el suelo.

Mofletudo, además de glotón, era muy listo. Lo primero que hizo fue
fijarse en el mecanismo de la puerta. ¡Sí! Quería aprender a abrirla desde
dentro para salir cuando quisiera en el futuro. El hámster olfateó el aire.
Había un estupendo aroma a comida que había sobrado de una fiesta
de cumpleaños. Podía oler por ejemplo un rico pastel. Tan pronto como
estuvo encima de la mesa, se abalanzó sobre unos canapés de queso
y luego se zampó un gran pedazo de tarta de crema. Cuando se hubo
saciado a más no poder, llenó sus mejillas de galletitas de chocolate
y volvió a la jaula, cerrando la puerta tras de sí al entrar.

—Qué bien —se dijo Mofletudo—, ya no volveré a pasar hambre.

Al día siguiente, el hámster volvió a salir
de la jaula en busca de comida, y así
noche tras noche.

Se comía todo lo que
podía, nueces, plátanos,
trozos de pan, gelatina o
trozos de *pizza*, y
almacenaba cuanto era capaz

de cargar en la boca. Cada vez volvía a la jaula con las mejillas más llenas, y aunque él no se daba cuenta empezó a engordar muchísimo. Tanto que ya casi no podía dar vueltas a la rueda sin caerse rodando. Una noche, cuando pretendía salir de la jaula, comprobó con horror que estaba demasiado gordo... ¡y no cabía por la puertecilla!

Durante un rato, Mofletudo se sentó en una esquina malhumorado por el contratiempo. Aún tenía la barriga inflada por el festín de la noche anterior, pero el hámster siempre quería más. Entonces tuvo una idea.

—Haré que el perezoso del gato me ayude —pensó. Chilló todo lo que pudo con su vocecita hasta que el minino se despertó.

—¿Qué quieres? —le preguntó. Mofletudo le explicó su problema.

—Claro, estaré encantado de ayudarte —le dijo el astuto gato, pensando que el hámster podría ser... ¡una cena deliciosa!

Con sus fuertes garras dobló los barrotes de la puerta hasta ensancharla para que Mofletudo pudiera pasar por ella. Cuando el hámster salió, lo atrapó con un rápido zarpazo y lo engulló. La verdad es que el gato se sintió casi empachado al zamparse al rollizo hámster y toda la comida que éste llevaba en las mejillas. Así que volvió a su silla y se quedó dormido al momento. Pronto empezó a roncar con la boca abierta. En su barriga, Mofletudo tampoco se sentía cómodo precisamente. Cada vez que el gato daba un ronquido, todo retumbaba.

—Tengo que salir de aquí —se dijo Mofletudo dirigiéndose a las fauces del gato. Pero estaba demasiado gordo para poder pasar entre los dientes de la boca entreabierta. Entonces tuvo otra idea. A través de las fauces del gato podía ver al perro, que dormía en el suelo.

EL HÁMSTER GLOTÓN

—¡Socorro, socorro! —gritó tan fuerte como pudo.

El perro se despertó y vio la extraña escena. El gato yacía durmiendo y roncando en la silla, pero parecía que al mismo tiempo chillaba.

—¡Socorro, socorro!

El perro levantó una oreja, perplejo. Entonces vio asomar un par de ojillos brillantes y unos bigotitos dentro de la boca del gato. ¡Era el hámster Mofletudo!

—¡Sácame de aquí, por favor! —le rogó Mofletudo.

Como el perro no era muy amigo del gato, en seguida se mostró dispuesto a ayudar a Mofletudo.

—Voy a meter mi cola en la boca del gato. Tú te agarras fuerte y yo intentaré sacarte estirando —dijo el perro—. ¡Pero no hagas ruido para que no se despierte y me muerda el rabo!

El perro introdujo la cola en las fauces del gato para que el hámster se asiera, y tirando, consiguió sacarlo.

—Gracias, gracias —dijo Mofletudo, después de correr hacia su jaula y cerrar la puerta tras de sí, aliviado—. ¡Creo que, a partir de ahora, me quedaré en mi jaula y me limitaré a comer lo que me echen!

La caniche coqueta

Fifí era una perra caniche pequeña y muy coquetona. Tenía el pelo blanco como la nieve lleno de lindos ricitos, y siempre llevaba asimismo las garras cuidadas y recortadas. En la cabeza lucía un gran lazo rojo. Y jamás de los jamases salía sin su precioso collar dorado.

Una vez por semana, Fifí iba a la peluquería canina, donde la bañaban, le cortaban el pelo y se lo secaban con un secador. Y todas las mañanas, doña Pura, su dueña, la peinaba y le ponía su lacito recién planchado.

Pero, aunque Fifí era la caniche más bonita y cuidada del barrio, no se sentía feliz. Y es que no tenía amigos perrunos.

Cada vez que Fifí salía a pasear por el parque, trataba de hacer amistad con los otros perros, pero éstos no querían saber nada de ella.

—Aquí viene doña Presumida —se burlaban, antes de salir corriendo para jugar a algún divertido juego perruno.

Pero Fifí no podía unirse a ellos.

—Esos perros son unos ordinarios —decía doña Pura—. Estás mucho mejor paseando conmigo.

A Fifí le habría encantado irse a jugar con los demás perros. Seguro que era divertidísimo atrapar palos y correr detrás de una pelota de goma. Y estaba convencida de que disfrutaría muchísimo nadando en el lago si doña Pura se lo permitiera.

Pero los otros perros creían que Fifí no quería jugar con ellos.

Miraban de reojo sus pulcros ricitos blancos y el collar dorado, y pensaban que era demasiado arrogante para ser su amiga.

—No quiere mancharse las patas —le decía Coli a Foxi, el cachorrito, cuando éste le preguntaba por qué Fifí estaba siempre atada a su correa.

Un día que Fifí estaba paseando con doña Pura por el parque, la perrita vio a Foxi tratando de perseguir a los patos del estanque.

—¡Cuidado! —le avisó Fifí. Pero fue demasiado tarde. Foxi ya se había caído al agua.

—¡Socorro, socorro! —aullaba el cachorrito mientras chapoteaba desesperado con sus patas delanteras. Fifí dio un ladrido y reuniendo toda la fuerza de la que fue capaz logró deshacerse de la correa de terciopelo.

Llegó en seguida al agua. Doña Pura miraba atónita cómo su linda perra sacaba del agua al cachorrito sujetándolo con cuidado por el cuello con el hocico.

Una vez en tierra firme, Fifí se sacudió el agua con fuerza y comenzó a lamer a Foxi para secarlo.

—¡Fifí! —exclamó Foxi mientras se recobraba del mal trago.

—¡Fifí! —gritó horrorizada doña Pura al ver a su perrita despeinada y llena de barro.

—¿Vienes a jugar con nosotros? —le preguntó Foxi moviendo el rabo cariñosamente.

Y desde ese día, Fifí juega con los otros perros por el parque y se siente la perrita caniche más feliz del barrio.

Mariposas

En una caja de cartón
tengo gusanos de seda.
Se convertirán en mariposas
cuando llegue la primavera.
Mariposas, maripositas,
vuelan entre las flores.
Mariposas, maripositas,
con sus lindos colores.

Mariposa

Es la mariposa
con sus bellos colores
de todos mis amores
la más hermosa.

Mi gato

Miau, maúlla mi gato,
miau, muy enfadado,
porque no le he comprado,
miau, un lacito colorado.

Los pollitos

Los pollitos hacen pío, pío,
cuando tienen hambre,
cuando tienen frío.

La gallina busca trigo,
con amor los alimenta
y siempre les da abrigo.

Bajo sus alas están quietecitos,
y hasta el día siguiente
duermen calentitos.

Jorgito

Jorgito, huevo frito,
filete y bacalao.
Su novia no le quiere
porque está medió «chiflao».
¡Cobarde, gallina,
capitán de las sardinas!

Mi perro

Mi perro se llama Tito
y tiene que llevar collar
para que, si se pierde,
¡lo podamos encontrar!

Helado

¡Al rico helado de fresa
para mi querida princesa!

Un cerdo volando

Veo, veo un cerdo volando.
No te creo, te lo estás inventado.

Veo un cerdo a las nubes subiendo.
No te creo, me estás mintiendo.

Voy a Madrid

Qué quieres que te traiga
si voy a Madrid.
Yo quiero que me traigas,
que me lleves, sí.

Cuando el viento

Cuando el viento viene de Venezuela,
pongo a hervir la cazuela.
Cuando el viento viene de Nicaragua,
pongo a calentar el agua.
Cuando el viento viene de Cuba,
yo me como una uva.
Cuando el viento viene de España,
yo me como una castaña.

Mi burra Pepita

Mi burrita Pepita
es muy testaruda.
Hace lo que quiere.
¡Es una caradura!

Platero

Platero es un burro muy cariñoso.
Platero es un burro muy amoroso.
Le tiro del rabo y no se enfada,
le arrasco las orejas y eso le agrada.

El cartero

Señor cartero, señor cartero,
entregue esta carta
deprisa y sin falta.

Señor cartero, señor cartero,
dígale a ese niño
que yo le quiero.

El verano

En verano sale el sol,
cantan los pájaros y hace calor.
Hay mucha fruta y melones
¡y nos vamos de vacaciones!

El sombrero de Coni

En el bosque se iba a celebrar el Gran Desfile de Primavera. Todos los animales querían participar, porque se premiaba el mejor sombrero.

—Seguro que gano yo —se dijo Coni, que era una conejita muy vanidosa—. A ver cómo lo puedo hacer… —se preguntó.

Coni vio entonces unas hermosas flores y llamó a su amiga Plumita la paloma para que la ayudara. Entre las dos prepararon su sombrero.

—Perfecto —dijo Plumita cuando acabaron. Coni se lo puso y sonrió.

—¡Sé que voy a ganar! —gritó de júbilo.

Por fin llegó el día y todos los animales lucían bonitos sombreros.

—No hay ninguno como el mío —pensó Coni satisfecha.

La cabra Brígida trotó hasta Coni y se comió las flores de su sombrero. Y en ese momento el caballo Relinchón anunció el ganador del concurso:

—El ganador de este año es… ¡el zorro Forro!

Todos aplaudieron excepto Coni.

—¡Pero si mi sombrero es mucho mejor! —Coni se echó las manos a la cabeza—. ¡Ahhhh! ¡Mi sombrero! —gritó al darse cuenta de que no estaban las flores.

—¡Ay! ¡Lo siento, Coni! —dijo Brígida.

—No importa —dijo Relinchón—. ¡Coni ha ganado el premio al sombrero más divertido!

Boni el valiente

En lo más frondoso del bosque vivía un amable y simpático conejo llamado Boni con su hermano Bimbo y otros conejitos. Sólo había una cosa que Boni odiaba con todas sus fuerzas y era... ¡mojarse! Un día muy soleado, Bimbo y sus amigos querían bajar al río a bañarse.

—Vamos, Boni. ¡Acompáñanos! —le gritaron.

—¡No y no! —chilló Boni—. ¡Odio el agua con todas mis fuerzas!

Lo que más le gustaba a Boni era corretear por ahí. Así que, mientras los demás se bañaban en el río, Boni se adentró en el bosque, saltando por encima de los troncos y sorteando las piedras. ¡Qué rápido era! De pronto, uno de los conejitos vino corriendo y gritando hacia él.

—¡Boni! ¡Ven! ¡Corre! —le chilló muy nervioso—. ¡Bimbo se ha caído al agua y le arrastra la corriente!

Boni corrió hacia el río a toda velocidad. Cuando llegó a la orilla vio a su hermano en el agua moviendo los brazos desesperado.

—¡Socorro, no sé nadar! —gritaba Bimbo.

Entonces Boni empezó a correr hasta llegar a su hermano. Saltó al agua sin vacilar, nadó hasta Bimbo y, tragando agua consiguió arrastrar a su hermanito hasta la orilla.

—¡Boni, eres un héroe! —exclamaron todos.

—Sí, claro, ¡pasado por agua! —contestó Boni riéndose—. Mojarse no es tan malo —añadió—. ¡Creo que me daré otro baño!

Calma, Sam, calma

Nadie trabaja tanto en la granja como Sam, el perro pastor.
Excepto, claro está, ¡el granjero! Durante todo el día, Sam
se pasea arriba y abajo para asegurarse de que todo está en orden.

Es Sam quien encuentra siempre los corderitos que se escapan por
los agujeros de la cerca.

Fue Sam quien ladró para
avisar al granjero de que una
rama partida del viejo manzano
estaba a punto de caer... ¡sobre
la cabeza de su anciano amo!

Y fue también Sam quien salvó
a los gatitos de la gata Mini
cuando se cayeron al estanque.

Sam trabaja desde que sale el
sol hasta que se pone. ¡Y es que
le encanta su trabajo!

Así que, cuando aquella
mañana Sam se quedó tumbado
en su caseta con la cabeza
apoyada en el suelo todo el
mundo empezó a preocuparse.

—No es él —dijo la gallina Clotilde.

—Si apenas puede abrir los ojos —dijo la gata Mini.

—Yo nunca le había visto enfermo —afirmó el viejo caballo Relinchón—. Y eso que lo conozco desde que era un cachorro.

Pero quien más preocupado estaba era el granjero.

—¡Vamos, chico! ¡Ven aquí! —le dijo intentando animarle.

Y en seguida fue a llamar a la veterinaria, que llegó rápidamente y también fue muy cariñosa con Sam.

Lo examinó con cuidado, le miró las patas y le reconoció todo el cuerpo. Luego le dio una palmadita en la cabeza y dijo:

—Eres como tu dueño. Tú también necesitas un poco de descanso de vez en cuando y cuidarte un poco. Estarás bueno en un día o dos, pero tienes que relajarte, Sam. Tómate las cosas con calma por una vez.

Sam asintió con la cabeza agradecido y se volvió a dormir.

La mujer del granjero, que lo había

oído todo, volvió a la granja muy pensativa.

Sam hizo lo que le había recomendado la veterinaria, y el fin de semana ya casi estaba de nuevo en plena forma. Pronto volvería a trabajar.

Cuando vio al granjero ajetreado arriba y abajo por la granja, apresurándose para hacer todo el trabajo, Sam corrió detrás de él.

Pero entonces, la granjera salió de la casa y llamó al granjero.

—¡Querido! —le gritó—. ¿No oíste lo que le dijo la veterinaria a Sam? ¡Tienes que darle ejemplo! Tómate las cosas con más calma, por favor.

Así que el granjero bajó el ritmo, y lo mismo hizo Sam.

El perro pastor pronto se sintió mejor, y también

el anciano granjero. Y la granjera, que se había pasado años
suplicándole a su esposo que se tomara las cosas con más calma.

El conejito Patablanca

El conejito Patablanca era el animalito más tímido de todos cuantos vivían en el claro del bosque junto al lago. Era tan vergonzoso que no se atrevía a hablar con nadie, ni a jugar con otros animales. Era tan tímido que no osaba alzar la vista por encima de sus largas orejas.

—No tienes por qué tener miedo —le decía su mamá—. Si quieres jugar con los demás, lo único que tienes que hacer es decírselo.

Pero Patablanca se escondía aún más tras los arbustos. Así que nadie se daba cuenta siquiera de su presencia.

Un día, Patablanca estaba sentado junto al lago como era habitual.

—Ojalá fuera capaz de hacer amigos —se lamentó—. ¿Pero cómo lo voy a lograr si ni siquiera saben que existo?

Patablanca miró tristemente hacia la superficie del lago. ¡Apenas podía creerlo! En el agua había otro conejito que le miraba.

—Parece que tiene tanto miedo como yo —pensó.

Miró tímidamente al conejito. ¡Y el conejito también le miró! Patablanca dio un respingo, y el conejito del lago también lo dio.

—¡Hola! —dijo Patablanca sonriendo.

—¡Hola! —dijo también sonriendo el conejito del agua.

—¡Así es como se hacen amigos! —gritó Patablanca de alegría—. Lo único que hace falta es ser un poco valiente.

Estaba tan contento que olvidó su timidez y fue a contárselo a todos. Los demás animales se dieron cuenta de su presencia, y Patablanca tuvo pronto un montón de amiguitos. Pero nunca olvidó visitar al primero de todos: ¡el conejito del lago!

Pequeño y rosado

Una mañana, el cerdo Bolo se paseaba nervioso y orgulloso por la granja.

—Hoy es el día —decía a todo el mundo que pasaba.

—¿El día de qué? —le preguntó la pata Doris.

—Bolo va a tener nuevos cerditos —le explicó la gallina Clotilde.

—No sabía que un cerdo pudiera tener crías —dijo Doris sorprendida.

—No —cacareó Clotilde moviendo las alas—. Van a venir de otra granja para formar parte de la familia.

Doris sonrió.

—¿Como Trueno y Rayo, los nuevos potrillos? ¡Qué bien! —exclamó.

Bolo había recorrido la granja

de punta a punta más veces de las que se puedan contar, pero el granjero no aparecía con los nuevos cerditos.

Así que volvió a su pocilga y la revisó de nuevo. Estaba impecable. Había apilado la paja a lo largo de la pared y el bebedero estaba lleno de agua.

—Debo asegurarme de que todo esté perfecto para los nuevos cerditos —pensó Bolo mientras quitaba una mota de polvo de la puerta.

Justo cuando estaba asegurándose por enésima vez de que la pocilga estaba limpia

y ordenada, oyó la camioneta del granjero acercarse a la granja. ¡Por fin había vuelto!

Bolo estaba tan excitado... Salió a toda prisa, pero antes de poder acercarse a la camioneta...

¡Fiiiiiiiiiu! Algo pequeño y rosado le pasó a toda velocidad por las narices.

¡Zaaaaaas! Algo igual de pequeño y rosado pasó aún más deprisa.

¡Fiiiiiiiiiu! Otra cosita rosa y veloz le pasó por debajo de la barriga.

—¿Pero qué es esto? —exclamó Bolo girando sobre sus patitas.

—¡Hoooooola! —gritaron al unísono siete cerditos que correteaban.

Aquella noche, Bolo se tumbó agotado a la entrada de su pocilga. La paja estaba esparcida por el suelo y el bebedero casi vacío. Pero siete dulces cerditos dormían apaciblemente en un rincón.

—¿Cansado, Bolo? —preguntó Clotilde la gallina.

—Sí —afirmó Bolo.

—No paran ni un momento, ¿verdad? —añadió la oveja Beba.

—No —dijo Bolo.

—¿Acaso has cambiado de opinión? —preguntó Relinchón el caballo.

Pero Bolo sonrió como sólo puede sonreír un cerdo feliz y susurró:

—¡Sssssh, que vais a despertar a mis cerditos!

Gracias, Mini

—Ven, Mini tengo una sorpresa para ti —dijo un día mamá gata.

Mini dio un salto.

—Seguro que te diviertes mucho con esta madeja de lana.

Pronto Mini estaba riendo y saltando de alegría.

—Mira mamá, cómo atrapo la pelota —gritó Mini.

Entonces la gatita oyó que alguien la llamaba.

—Mini —dijo mamá pájaro—, ¿me das un poco de lana para mi nido?

Mini miró a su mamá.

—Si se la doy, me quedaré sin juguete —dijo con tristeza.

Mamá sonrió.

—Es más divertido compartir las cosas, Mini.

Mini y su madre se quedaron mirando cómo mamá pájaro convertía la lana en un confortable nido.

—Los polluelos estarán muy calentitos con la lana, ¿verdad, mamá? —sonrió Mini—. Me gusta compartir.

—Mini, tengo una sorpresa para ti —dijo mamá gata—. La señora pájaro te regala un cascabel.

—¡Qué regalo tan bonito! —dijo Mini—. ¿Quieres jugar conmigo, mamá?

Tú puedes, Mini

Era un día precioso, y mamá gata y Mini estaban en la granja.

—Mira cómo subo a los árboles, es divertido —le dijo mamá.

—¿Dónde estás, mamá? —la llamó Mini desde el suelo.

—Sube, Mini —dijo su madre—. Te va a encantar.

Mini intentó subir, pero no pudo y se puso a llorar.

—No puedo —gimoteó—. ¡Está muy alto!

Mamá gata bajó al suelo y le dijo:

—No temas, pronto lograrás subir. ¿Ves aquella ternerita de allí? Está aprendiendo a andar.

—¡Pero si apenas puede tenerse de pie!

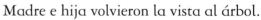

—Espera y verás 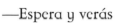 —dijo mamá—. Mira, ya anda.

Madre e hija volvieron la vista al árbol.

—¡Mírame, mamá! ¡Voy a intentarlo! —dijo valiente.

Dicho y hecho. Mini saltó al tronco del árbol y…

—¡Lo has conseguido, Mini! —gritó mamá, orgullosa.

—Me gusta estar aquí, mamá.

El manzano

En el huerto hay un manzano
con muchas manzanas.
El viento ruge y sopla
y agita las ramas.

Las cerezas

Cuando hace calor
me gusta comer fresas.
En verano en el campo
maduran las cerezas.

Por la tarde voy al río
y en las fresas hinco el diente.
Y con pares de cerezas
me hago lindos pendientes.

A dormir todos

A dormir va la rosa
de los rosales;
a dormir va mi niño
porque ya es tarde.

Mi niño se va a dormir
con los ojitos cerrados,
como duermen los jilgueros
encima de los tejados.

Este niño tiene sueño,
muy pronto se va a dormir;
tiene un ojito cerrado
y otro no lo puede abrir.

El vestido

Me están haciendo un vestido
del color del caramelo
cada vez que me lo pongo
me sale un novio torero.

Me están haciendo un vestido,
del color de la violeta,
cada vez que me lo pongo,
me sale un novio corneta.

La lavanda

Lavanda, lavanda, nos vamos de parranda.
Aire, aire, nos vamos al baile.
En la plaza del pueblo han puesto una feria.
Nos vamos a bailar con María y con Amelia.
Lavanda, lavanda, nos vamos de parranda.
Aire, aire, nos vamos al baile.

Mi burro está enfermo

A mi burro, a mi burro
le duele la cabeza,
el médico le ha puesto
una corbata negra.
A mi burro, a mi burro
le duele la garganta,
el médico le ha puesto
una corbata blanca.

A mi burro, a mi burro
le duele el corazón,
el médico le ha dado
jarabe de limón.
A mi burro, a mi burro
ya no le duele nada,
el médico le ha dado
jarabe de manzana.

Arbolitos tengo

Un nogal tengo, tengo un nogal
que sólo da nueces las fiestas de guardar.
Yo tengo, tengo un precioso limonero
que crece y crece con mucho salero.
Tengo también un pino.
Me lo dio Marcelino
que es mi vecino.

No tengas miedo, Mini

La gatita Mini estaba jugando con un yoyó cuando de pronto oyó risas que venían de la granja.

—¿Qué es eso? —le preguntó a su mamá.

—Los animales están jugando —contestó la madre—. Parece divertido.

En ese momento, el cerdo Bolo dijo a Mini:

—¡Hola, Mini! ¡Ven a jugar con nosotros! —Pero Mini se escondió detrás de mamá gata.

—¿Qué ocurre, Mini? —preguntó mamá.

—Es un juego muy brusco. Me da miedo.

—No tienes nada que temer —le respondió mamá—. Son tus amigos.

—Creo que prefiero mirar un poquito —dijo—. Se lo están pasando bien.

Entonces, Pepita la burra le dio una fuerte patada al balón.

—¡Toma! —dijo Pepita—. ¿Ha visto alguien la pelota?

—Yo sé dónde está la pelota, mamá —dijo alborozada—. ¡Aquí! —rió Mini desde lo alto del árbol.

—¡Eres la mejor! ¡Viva Mini! —dijeron los animalitos a coro. Y empezaron a jugar de nuevo, pero esta vez Mini se unió a ellos.

Tenías razón, mamá —dijo Mini feliz—. No hay nada que temer.

Mini y mamá al rescate

Mini y su mamá se fueron a dar una vuelta por la granja.

—Mira esas abejas —dijo mamá gata—. Son muy trabajadoras.

De pronto se oyó un ruido. Alguien estaba llorando.

—¿Qué te pasa, conejito? —dijo mamá gata—. ¿Por qué lloras?

—He perdido mi osito de peluche —lloriqueó—. Es mi juguete favorito.

—No te preocupes —dijo la gata—. Te ayudaremos a buscarlo.

—Yo voy a mirar dentro del pajar —dijo Mini—. No veo tu osito —añadió—. ¡Pero he encontrado mi madeja de lana!

—Quizá te dejaste el peluche en el prado —le dijo mamá gata.

—¡No lo encontraré nunca! —se lamentó.

—No te rindas —respondió Mini—. Verás cómo aparece.

—¿Lo has buscado en casa, conejito? —preguntó mamá gata—. Puede que esté allí.

Así que fueron a casa del conejito buscando el oso por el camino. Y cuando llegaron…, ¡allí estaba el peluche!

El conejito abrazó a Mini.

—Gracias, Mini; gracias, mamá gata. ¡Nunca habría encontrado mi conejito sin vuestra ayuda!

Un día de lluvia

¡Lluvia y lluvia y lluvia! En la granja había llovido todo el día sin parar. La lluvia rebotaba en las ventanas, recorría las acequias y formaba charcos en el patio. En todas partes había huellas en el barro. Y Dani y Rosi miraban aburridos por la ventana deseando que parase.

Fuera, delante de la pocilga, Bolo y sus cerditos se lo estaban pasando en grande dándose un baño de fango mientras gruñían de felicidad.

En el estanque, los patos nadaban muy satisfechos. Y es que las gotas de lluvia que les caían en las plumas les hacían felices.

El perro Cóquer dormía en su cesto, y el gato Mimoso miraba por la ventana mientras se lamía. Rosi puso los dedos en el cristal y presionó la frente contra la ventana. «Que llueva, que llueva, la Virgen de la Cueva…» cantó para sí misma, aunque en realidad deseaba salir a jugar.

A la altura del puente, el río continuaba creciendo y creciendo. Ya se había desbordado por algunos sitios y empezaba a inundar los prados.

Las vacas habían buscado refugio bajo un enorme y viejo árbol.

Basilio estaba metiendo el tractor en el granero. Llevaba un chubasquero amarillo y había dejado pisadas con sus botas por todo el patio. De lejos vio cómo el cartero se acercaba en su bicicleta. La lluvia seguía cayendo. De pronto oyó un grito que venía de la carretera.

—¡Basilio, Basilio! ¡Me he quedado atrapado por la corriente! —le llamaba el cartero. Basilio frunció el ceño al ver al pobre hombre aislado en tanta agua.

—No te preocupes, Estanis —le dijo—. Ahora te ayudo.

Basilio dejó lo que estaba haciendo y subió a la cabina del tractor. Encendió el motor y salió del granero. El remolque estaba enganchado. El agua chorreaba por los cuatro costados de la cabina.

Rosi y Dani salieron de casa con sus impermeables y corrieron hacia el puente con Cóquer. Rosi dijo:

—¡Los patos nadan por el jardín y el cartero está atrapado por la corriente!

Basilio avanzó con el tractor que rugía con fuerza.

—¡Subid! —gritó a los niños—. Voy a dar marcha

atrás para cruzar la
corriente y acercarme.

Los niños chapotearon por
el agua y se subieron al muro
de la granja. Desde allí, Dani
ayudó a Rosi y a Cóquer
a subir al remolque. Luego
fueron por Estanis.

—¡Buen tiempo para las ranas! —dijo Estanis, mientras subía
a bordo—. ¡Gracias chicos! ¡Oh, no! ¡Mi gorra!

Cóquer ladró con fuerza y saltó detrás de ella.

—¡Cóquer, vuelve! —le gritó Rosi—. ¡Te va a arrastrar la corriente!

—No te preocupes, tonta. Cóquer es un campeón. ¡Atrápala, chico!
—Cóquer nadaba ya con la gorra del cartero en el hocico en dirección
al remolque. Saltó dentro chorreando, y moviendo el rabo excitado.

—¡Muy bien, Cóquer! —exclamaron todos. Cóquer se sacudió el agua.

Basilio volvió al patio y, cuando llegaron, todos saltaron del remolque. Rosi subió a la cabina y Basilio le dejó apagar el motor.

—Gracias a todos —dijo Estanis—. Especialmente a ti, Cóquer. Tengo mucho cariño a esta vieja gorra.

—Rápido, todos adentro —dijo mamá—. Estáis chorreando.

—Las cartas van a llegar un poco húmedas hoy —dijo Estanis—. Y mi gorra está empapada, pero no la he perdido.

—Ponla junto a la estufa para que se seque —sugirió mamá.

—Buen perro —Dani dio una palmadita a Cóquer.

Basilio se quedó de pie junto a la chimenea para entrar en calor mientras bebía una taza de café.

—Nosotros te ayudaremos hoy a hacer el reparto. Te puedes sentar en la parte trasera del remolque, y Dani y Rosi te ayudarán a entregar

las cartas —dijo Basilio muy amable. Así que eso hicieron.

—Yo de mayor quiero ser cartero —dijo Dani.

—Pero en lugar de una bici necesitarás un bote —rió Rosi.

—¡Sí, y me llevaré a Cóquer siempre conmigo para no perder la gorra!

Mi querido cachorrito

Yo quiero mucho a mi perrito. Siempre mueve la colita cuando me ve.

Ladra y salta en el aire cuando quiere jugar, y atrapa la pelota cuando se la tiro. También me trae los palos que le lanzo.

Y corretea detrás de mí cuando doy un paseo por el parque.

Pero lo que más me gusta de mi perro es acurrucarme junto a él cuando duerme.

Mi querido gatito

Yo quiero mucho a mi gatito. Me gusta porque ronronea suavemente cuando le acaricio.

Cuando le muestro una madeja de lana, se lanza sobre ella y juega alegre. Se pasea por encima del muro del jardín y salta sobre la verja.

Se limpia el morrito y las orejas con las patas.

Maúlla para pedir la cena.

Pero lo que más me gusta de mi gatito es cuando duerme con la colita enroscada alrededor del cuerpo.

Mi querido Poni

Yo quiero mucho a mi poni. Me gusta porque relincha cuando voy a verlo.

Me deja que le lave con una esponja y le cepille sus suaves crines.

Come manzanas de mi mano.

Me gusta mucho cabalgar sobre él.

Salta en los torneos, y una vez ganó un premio.

Pero lo que más me gusta es cuando le hablo y me acaricia con el hocico.

Mi querido conejito

Yo quiero mucho a mi conejito. Me gusta porque mueve el hocico y tiene una piel muy suave.

Mi conejito come zanahorias con sus dientecitos blancos y afilados.

Le gusta hacer agujeros en el césped con sus patas traseras.

Se sienta muy quietecito cuando le acaricio sus orejas largas, pero no para de mover los bigotes arriba y abajo.

Pero lo que más me gusta de todo es cuando se acurruca y se queda dormidito en mi regazo.

La hormiga y la cigarra

La cigarra era un insecto alegre y perezoso, que no se tomaba nada en serio. Se pasaba el día disfrutando del sol y bailando en la hierba.

—Ven a jugar conmigo —le dijo un día a la abeja.

—Me encantaría —le dijo la abeja—. Pero estoy muy ocupada. Si no recolecto polen, no podremos hacer miel, y cuando venga el invierno no tendremos nada para comer.

—Trabaja, trabaja —se burlaba la cigarra—. ¡Yo voy a jugar!

Y se marchó dando saltos y cantando. Entonces, la cigarra vio a la mariquita encima de una hoja.

—Ven a jugar conmigo —le dijo.

—Lo siento, cigarra. Hoy no puedo —le contestó la mariquita—. Estoy cuidando las rosas. Tengo que protegerlas del pulgón. —Y siguió trepando.

—¡Qué tonta, desperdiciar un día tan lindo trabajando! —le dijo la cigarra. Y así siguió feliz su camino hasta que vio a la hormiga con un grano de trigo.

—¿Por qué trabajas tanto? —le preguntó la cigarra—. ¡Si hace un día precioso! Ven a jugar conmigo.

—No tengo tiempo —dijo la hormiga—. Tengo que llevar este grano al hormiguero para que mi familia y yo tengamos comida en invierno. ¿Tú no tienes nido?

—¿Nido? —se burló la cigarra—. ¿Quién necesita un nido cuando se vive tan bien al aire libre? Además, hay un montón de comida por todas partes. ¿Por qué preocuparse tanto?

Y se fue dando saltos de alegría.

Esa noche, mientras los insectos dormían, la cigarra estuvo de fiesta.

—Ven a cantar conmigo —le dijo a la araña, que era la única que estaba despierta.

—Lo siento —dijo la araña—. No puedo, estoy tejiendo mi tela.

—¡Como quieras! —dijo la cigarra, y siguió danzando.

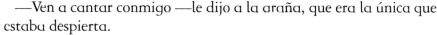

Y así todos los días, la cigarra se divertía mientras los demás insectos trabajaban. Y noche tras noche, bailaba y cantaba mientras todos dormían. Los demás insectos empezaron a hartarse.

— ¡No hagas tanto ruido! —le gritó una noche la abeja.

—¡Eso, silencio! —dijo la mariquita.

Y así pasó el verano, y los largos y soleados días se hicieron cada vez más cortos y más fríos. Pero la cigarra apenas se daba cuenta. Estaba demasiado

ocupada cantando y bailando. Un día, la cigarra vio a la hormiga con sus siete hijitos. Todos cargaban comida en el lomo.

—¡Cielos, ahora trabajáis todos! —dijo la cigarra, horrorizada.

—Se está acabando el tiempo —respondió la hormiga—. ¿Y tú? ¿Qué tal van tu nido y tus provisiones?

—Yo no me preocupo —dijo la cigarra—. Hay comida de sobra.

Esa noche hacía bastante frío y la cigarra no tenía ganas de bailar. La araña le dijo:

—Deberías prepararte para el invierno.

Sí, empezaba a hacer frío, pero la cigarra seguía despreocupada.

—Todavía falta mucho —se dijo, y siguió cantando.

Un día los árboles empezaron a perder las hojas. La cigarra estuvo buscando mucho rato, pero no encontró comida. Por la tarde, la hormiga y sus hijos pasaron por el sendero acarreando deliciosas semillas.

—¿Dónde las habéis encontrado? ¿Hay más?

—Hay muchísimas ahí —le indicó la hormiga—. ¿Cuándo vas a construirte un nido? El invierno está a punto de llegar.

—Ahora mismo tengo demasiada hambre como para pensar en esas cosas —contestó mientras comía.

Pocos días después comenzó a nevar. La mariquita estaba en su nido casi dormida; la abeja, calentita

en su panal sorbiendo miel. Sólo la cigarra se sentía sola y muerta de frío y hambre.

—Ya sé. La hormiga me ayudará. Tiene mucha comida —pensó.

Así que se encaminó al hormiguero. Por fin llegó al refugio de la hormiga, resguardado en una roca, calentito y lleno de grano.

La hormiga salió al verla.

—¿Qué quieres? —le preguntó.

—¿Podrías darme algo de comer? —le rogó.

—Mi familia y yo nos hemos pasado el verano trabajando para preparar el nido. Y tú, ¿qué has hecho?

—Pues jugar y bailar —dijo la cigarra.

—Entonces, si te has pasado el verano cantando, ahora tendrás que pasar hambre —respondió seca la hormiga.

—Está bien —sollozó la cigarra—. He aprendido la lección.

La hormiga sintió lástima:

—Entra, te daré de comer.

La cigarra, feliz, entró al calentito hormiguero, donde la hormiga compartió sus provisiones con ella.

Por fin, un día llegó la primavera y la cigarra decidió hacer sin tardanza... ¡su propio nido!

El conejo Bolita y la lista de la compra

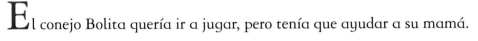

El conejo Bolita quería ir a jugar, pero tenía que ayudar a su mamá.

—Puedes ordenar la madriguera o hacer la compra.

Bolita sabía que si iba a hacer los recados se encontraría a sus amigos.

—Prefiero hacer la compra —respondió.

Su mamá le dio la lista de la compra: cinco bellotas, dos zanahorias y un poco de perejil.

Mientras Bolita saltaba por el campo, una ráfaga de viento se llevó la lista.

—No importa —se dijo—. Estoy seguro de que me acordaré de todo.

Pero no se acordaba de nada. Se encontró con su amigo Rapo el zorro, que le aconsejó:

—Llévale flores. A todas las madres les gustan las flores. —Así que fueron juntos a recolectar margaritas.

—¿Qué más era? —se dijo Bolita—. Ya sé. Le preguntaré a la cierva Dora.

La joven Dora saltaba sobre unos troncos caídos. Bolita y Rapo se unieron al juego,

pero luego recordaron que tenían
que hacer las compras.

—¿Qué habría escrito tu mamá
en la lista? —le preguntó Bolita.

—Hojas frescas para hacerme
una cama blandita —dijo Dora.

—Yo sé lo que quiere tu mamá —dijo
el búho que los observaba mientras
recogían las hojas—. Seguro que en la lista
puso «invitar a todas mis amigas a tomar el té».
Los búhos siempre lo sabemos todo.

Así que Bolita invitó a todo el mundo a tomar el té con su mamá.

Finalmente, Bolita regresó a casa con flores y hojas.

—No te preocupes —le dijo a su mamá—. Perdí la lista, pero me
he acordado de las compras. ¡Y todo el mundo va a venir a tomar el té!

La mamá de Bolita no se enfadó mucho. ¡Tenía demasiadas cosas que
preparar! Su amiga Mina trajo un pastel de zanahoria y, para cuando
cuando los invitados habían llegado, la mamá de Bolita casi había
perdonado a su despistado hijo.

Palmas, palmitas

Palmas, palmitas,
higos y castañitas,
azúcar y turrón
para mi niña son.

Los pececillos

Los pececillos de colores
que nadan en el río
llevan calcetines
y nunca tienen frío.

La más bella

Peces en el mar
y un barquito de vela.
Elígeme a mí
si quieres la más bella.

Juan y Pinchamé

Juan y Pinchamé
fueron a nadar.
Juan se ahogó
y ¿quién quedó?

La Betty Boop

La Betty Boop,
la Betty Boop,
los tres cerditos
y el lobo feroz.

El viejo granjero

El señor Isidro
es un viejo granjero.
Cuida las vacas
y limpia el granero.
Siembra el campo,
¡pero no gana dinero!

Don Melitón

Don Melitón tenía tres gatos
y los hacía bailar en un plato
y por la noches les daba turrón,
¡qué vivan los gatos de Don Melitón!
Don Melitón como era tan chato
le llamaban narices de gato,
pero los gatos se le han «escapao»
comiendo ratones
a medio «bocao».

Acuéstate

Los gorriones en tierra
y las gaviotas en el mar,
es hora de irse a acostar.
Los monos en la selva
y los leones en la sabana,
es hora de irse a la cama.

La herradura

El otro día en la calle
hallé una herradura.
Ojalá que en el valle
encuentre mi fortuna.

El anillo

Yo tuve un novio muy pillo
que me regaló un anillo.
Pero se lo devolví un día
porque ya no le quería.

Los chiquitines

La paloma tiene pollitos
que se llaman pichones.
Suelen ser muy chiquitos
y también muy chillones.
El águila tiene polluelos
que se llaman aguiluchos
y su mamá les da consuelo,
¡porque les quiere mucho!

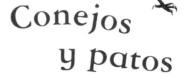

Conejos y patos

En la ciudad hay conejos
que saltan por los parques.
Y en las granjas muchos patos
que nadan en los estanques.

Blancanieves

Hace mucho tiempo, en un lejano país vivían un rey y una reina que tuvieron una hija bellísima. La niña tenía los labios rojos como las cerezas, el pelo negro como el carbón y la piel blanca como la nieve. Así que la llamaron Blancanieves.

Desgraciadamente, la reina murió y años después el rey se casó de nuevo. La nueva reina era también hermosa pero muy vanidosa y de corazón ruin. La malvada tenía un espejo mágico en el que se contemplaba todos los días. La reina le preguntaba:

—Espejito, espejito, tú que bien me ves. La más hermosa del reino dime quién es.

Y cada día el espejo le decía:

—Usted, Majestad, es la más hermosa.

Pero el tiempo pasó y Blancanieves creció y se convirtió en una bella jovencita. La reina cada vez estaba más celosa.

Y un día el espejo mágico le dijo:

—Blancanieves es la más hermosa.

La reina se puso furiosa y maquinó un malvado plan. Ordenó a un sirviente que la llevara a lo más profundo del bosque y la matara.

Pero el sirviente tuvo piedad de la niña y no pudo cumplir la orden.

—¡Huye! —le dijo—. ¡Huye y no regreses jamás o la reina nos matará a los dos! —Y Blancanieves se adentró asustada en la espesura.

Tras varias horas andando, vio una cabaña en la espesura. Llamó a la puerta y, como no contestaban, entró. No había nadie. Allí vio una mesita con siete sillitas. Subió por unas escaleras y encontró siete camitas. Estaba muy cansada, así que se recostó en una y se quedó dormida.

Horas después despertó y se vio rodeada de siete simpáticas caritas que la miraban. Los enanitos, que trabajaban en una mina de diamantes, habían regresado a su casa y se preguntaban quién sería aquella joven.

Blancanieves les contó su triste historia, mientras los siete enanitos sentados en el suelo a su alrededor escuchaban atentamente.

Cuando terminó el relato, el enanito más anciano de todos dijo:

—Si quieres puedes quedarte: tú cuidarás de la casa y nosotros cuidaremos de ti. Pero no dejes entrar a nadie en la cabaña.

A la mañana siguiente, cuando la vanidosa reina interrogó al espejo mágico, quedó horrorizada al oír la respuesta:

—Blancanieves sigue siendo la más bella y bondadosa. ¡Vive en una cabaña en el bosque!

La reina se puso roja de ira. ¡La habían engañado! Pero en seguida volvió a tramar un maligno plan. Se disfrazó de viejecita y se encaminó al bosque en busca de su odiada muchacha.

Aquella tarde, Blancanieves oyó que alguien llamaba a su ventana. Miró fuera y vio a una anciana con un cesto lleno de lazos y puntillas.

—Tengo cosas preciosas para vender —dijo la mujer.

Blancanieves recordó la advertencia de los enanitos, pero las puntillas eran tan hermosas y la anciana parecía tan amable que abrió la puerta.

—Pruébate este lazo en el vestido, querida —le dijo la reina disfrazada. Blancanieves estaba fascinada y dejó que la mujer se lo colocara. Pero la reina lo apretó tanto que Blancanieves se desmayó.

Segura de haber matado por fin a su hijastra, la reina volvió a palacio.

Cuando los enanitos regresaron, descubrieron que Blancanieves yacía en el suelo. Pero llegaron a tiempo y, al aflojarle el lazo, la joven recuperó el conocimiento. Los enanitos le hicieron prometer que no

volvería a abrir la puerta a ningún extraño cuando ellos no estuvieran.

Al día siguiente, el espejo volvió a decir a la reina que Blancanieves vivía. La bruja juró matarla. Así que volvió a disfrazarse y se encaminó al bosque.

Esta vez, la malvada madrastra llevaba consigo un cesto de manzanas. La reina había envenenado la más grande y jugosa. Cuando llegó a la cabaña, llamó a la puerta:

—¡Vendo ricas manzanas!

La fruta tenía un aspecto tan apetitoso que Blancanieves no pudo menos que querer probar una. Así que abrió la puerta y dejó pasar a la mujer.

—Tus mejillas son sonrosadas, igual que el color de mis manzanas —dijo la mujer—. Prueba una. Verás qué buenas están. —Y ofreció a Blancanieves la más grande y jugosa…

Cuando Blancanieves la mordió, cayó al suelo… muerta. La reina

huyó por el bosque satisfecha.

Los enanitos no pudieron hacer nada. Destrozados por la pena, la metieron en un ataúd de cristal y la llevaron a un claro del bosque.

Un día pasó cabalgando por el bosque un apuesto príncipe. El joven vio a Blancanieves tendida en su ataúd de cristal y quedó perdidamente enamorado de ella. Tanto que pidió permiso a los enanitos para llevársela a su castillo.

Al principio, los enanitos se negaron, pero, al ver lo mucho que la amaba accedieron.

Cuando el príncipe alzó a Blancanieves en sus brazos, el trozo de manzana envenenada que Blancanieves había tenido en la boca tanto tiempo cayó. La muchacha abrió los ojos lentamente y lo primero que vio fue al apuesto príncipe.

—¿Dónde estoy? —preguntó con voz frágil y temblorosa—. ¿Y quién eres tú?

—Soy tu príncipe —dijo el joven—. A partir de ahora

estarás segura conmigo. ¿Quieres ser mi esposa y vivir en mi castillo?
—Con estas palabras se inclinó hacia ella y la besó en la mejilla.

—Oh, sí, dulce príncipe —dijo Blancanieves—. Sí, quiero.

Al día siguiente, el espejo mágico informó a la reina de la buena fortuna de Blancanieves. La reina se puso tan rabiosa que en un ataque de ira explotó y se esfumó en el aire.

Blancanieves se casó con el príncipe y vivió con él en su castillo, donde los enanitos la visitaban. Y todos fueron felices y comieron perdices.

El gato Mimo y la mariposa

Cuando Mimo estaba dormitando bajo el tibio sol, sintió de repente un cosquilleo en la nariz. Abrió un ojo y vio una mariposa revoloteando sobre sus bigotes. Mimo intentó atraparla con la patita, pero la mariposa se alejó volando. Ya del todo despierto, el gatito dio un respingo para atraparla, pero falló y cayó sobre una mata de cardos.

—Tengo que atrapar a esa mariposa —se dijo muy enfadado.

Mimo la persiguió hasta la orilla del río, donde ésta se había posado en la rama de un árbol. El gatito trepó por el tronco, pero, cada vez que se acercaba a ella, la mariposa echaba a volar. ¡Por fin se había posado de nuevo! Mimo miró nervioso hacia abajo, por donde pasaba el río.

Justo en ese momento, la mariposa pasó volando, rozándole la nariz. Mimo intentó atraparla de un zarpazo, pero al levantar la pata perdió el equilibrio y cayó al río.

164

—¡Socorro! —maulló mientras pataleaba desesperado. Por suerte pudo aferrarse a una rama que cruzaba el río y por ella trepó a un árbol.

Cuando Mimo llegó a casa, estaba mojado y aterido. Se enroscó, agotado, cerca del fuego, pero, cuando empezó a adormecerse, volvió a sentir un cosquilleo en la nariz. Abrió los ojos y vio un ratoncito.

—¡Ah, no! Ya he tenido bastantes persecuciones hoy, gracias —se dijo.

Voy a la guardería

Era lunes por la mañana. Alba abrió los ojos cuando oyó que su mamá subía las escaleras.

—¡Es hora de levantarse! —la llamó mamá, asomando la cabeza por la puerta—. ¿No quieres levantarte y ver cómo es la guardería?

—¡Claro que quiero! —dijo Alba.

Sentía mucha curiosidad por saber cómo era ese lugar del que tanto le habían hablado. Así que saltó de la cama y mamá la ayudó a vestirse.

—Mamá, ¿cómo es una guardería? —preguntó Alba.

—¿Te gustan los columpios? —le preguntó a su vez mamá.

—¡Me encantan! —dijo Alba.

—Pues entonces también te encantará la guardería —contestó mamá—. Es un lugar lleno de diversión, con columpios en los que podrás jugar cuanto quieras. Vamos, date prisa y lo verás por ti misma.

Papá estaba en la cocina esperando a Alba

—¿Todo listo para ir a la guardería? —preguntó.

Alba se comió sus cereales y las tostadas del desayuno.

—¡Lista! —gritó—. ¡Vamos!

VOY A LA GUARDERÍA

Cuando llegaron a la guardería, una señorita muy simpática les dio la bienvenida.

—Hola, soy la señorita Clara. ¿Quieres que te enseñe lo que hacemos aquí? —Y Alba asintió.

La señorita Clara abrió una puerta que daba a una enorme sala llena de niños que estaban jugando. Algunos estaban subidos en unas espalderas, otros hacían castillos en la caja de arena con palas y cubos.

—Mamá, es verdad —dijo Alba—. Es un sitio muy divertido y se puede jugar a muchas cosas.

Mamá y Alba volvieron en seguida a casa.

— ¿Cuándo empiezo? —preguntó por el camino.

—La semana que viene —dijo mamá.

—¿Y cuánto tiempo estaré allí? —preguntó Alba mientras comían.

—Pues, para empezar, sólo por las mañanas —le contestó papá.

Por la tarde, viendo la televisión con mamá, Alba quiso saber:

—¿Puedo llevarme el osito de peluche?

—Claro —le respondió mamá—. Yo creo que a él también le gustará.

Al día siguiente, Alba y mamá fueron al parque. Cuando Alba estaba subiendo al tobogán, vio un niño arriba del todo.

La mamá del niño sonrió a Alba

—Mi hijo empezará a ir a la guardería la semana que viene —dijo.

—¡Yo también! —contestó Alba—. ¿Cómo te llamas? —preguntó al chico.

—Manolo —dijo el niño mientras

bajaba por el tobogán a toda velocidad—. ¿Te gusta la «guarde»?

—Yo creo que sí —respondió.

—Pues allí nos veremos —le dijo Manolo, que echó a correr diciéndole adiós con la mano.

La semana pasó muy deprisa y por fin llegó el día de ir a la guardería. Alba estaba muy excitada y un poquito nerviosa, todo al mismo tiempo.

—¿Y dónde dejo el abrigo? —preguntó cuando entraron.

—En seguida te lo dirán —la tranquilizó mamá.

—Hola, Alba —le dijo la señorita—. Mira, en este gancho puedes colgarlo. Dime, ¿qué es lo que más te gustaría hacer?

Alba vio a un niño que estaba haciendo un enorme rompecabezas de un camión de bomberos. Era Manolo.

—Hola, Manolo —saludó—. ¿Quieres que te ayude? —Alba tomó una pieza del rompecabezas y la colocó en su lugar.

—Me tengo que ir —dijo mamá a Alba, abrazándola muy fuerte.

—Está bien, mamá —dijo Alba, valiente—. Hasta luego. —Y tomó otra pieza del puzle.

—Alba es muy buena con los rompecabezas, ¿eh? —dijo la señorita Clara a Manolo. Manolo asintió.

Entonces, la señorita Clara les preguntó si querían ayudarla a repartir unos refrescos y pedazos de tarta de manzana.

—Que todo el mundo se acerque a saludar a Alba y Manolo —dijo la señorita Clara. Todos los niños y niñas les dijeron: «hola». Entonces, Clara les preguntó qué les gustaría hacer después. Alba lo sabía perfectamente. Arrastró a Manolo hasta una caja llena de disfraces.

—¡Mira! —le dijo mostrándole dos sombreros—. ¡Podemos ser bomberos! —añadió entusiasmada.

—¡Y ése será el camión! —dijo Manolo señalando un coche rojo.

Después de que Alba y Manolo hubieran apagado muchos fuegos, vieron dos niñas que estaban muy ocupadas haciendo algo en una mesa y corrieron hacia ellas. Sobre la mesa había cajas y cartulinas, pegamento y muchas pinturas.

—¡Vamos a construir un camión de bomberos! —dijo Alba.

Alba pegó dos cajas y luego cortó unos círculos de papel para hacer las ruedas. Manolo la ayudó a pegarlas. Luego pintaron el camión de color rojo.

Cuando habían terminado, llegó la mamá de Alba y ésta corrió hacia ella.

—¡Mira, mamá, mira! —dijo mostrándole lo que había hecho con Manolo—. ¡Es un camión de bomberos!

—¡Qué bonito! —dijo mamá orgullosa—. ¿Te lo quieres llevar a casa? Es hora de comer.

Alba se puso el abrigo y se despidió de Manolo

—¿Te lo has pasado bien? ¿Quieres venir mañana? —preguntó mamá.

—¡Sí, sí, sí! —exclamó Alba—. ¡Me gusta mucho la «guarde»!

Manuela
y las
flores

Cada año se organiza en la granja un campeonato entre los animales. Todos participan, porque es muy divertido y además se da un premio. Un año fue, por ejemplo, para aquel que plantara la berenjena más hermosa; otro para el que tuviera las rodillas más huesudas: por supuesto, ganó la pata Gladis.

Este año se ha decidido que el premio sea para quien presente el mejor centro de flores. Pero, ¿quién hará de juez?

Si la gallina Cocó fuera la encargada de tomar la decisión se elegiría a sí misma. Siempre lo hacía. La oveja Balinda se quedaría enzarzada con sus lanas en cualquier parte, y volcaría las mesas y las sillas al pasar. El cerdo Roso cubriría todo de fango y Rambo, el enorme caballo, no entraría dentro de la tienda de exposición.

A la cabra Manuela le ilusionaba dar el premio, por eso dijo a todo el mundo lo mucho que le gustaban las flores. ¿Por qué no? Manuela nunca había formado parte de ningún jurado, así que la eligieron.

Y por fin llegó el gran día. Todos habían estado muy ajetreados la última semana. La tienda estaba llena de flores, de color y de luz. ¡Perfecto!

La cabra Manuela fue la primera en llegar. Haciéndose la importante se acercó al centro de Balinda la oveja.

—Entonces, todo lo que tengo que hacer es elegir las flores que más me gusten ¿no? —preguntó Manuela.

—Sí, debes elegir el centro floral que más te guste. Mira, éste es el de la oveja Balinda —le explicó Roso, el cerdito.

—Se llama «Margaritas y dientes de león» —le explicó Balinda. Las flores eran blancas y amarillas, y se veían lindísimas. Manuela miró el ramo, lo olisqueó y entonces ¡se lo comió!

Los presentes se quedaron boquiabiertos. Todos observaban cómo Manuela se acercaba al siguiente trabajo titulado «Botones de oro y rosas». ¡También se lo comió!

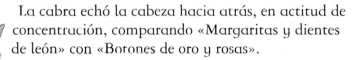

La cabra echó la cabeza hacia atrás, en actitud de concentración, comparando «Margaritas y dientes de león» con «Botones de oro y rosas».

Siguiendo el recorrido, Manuela se zampó «Dalias y madreselva»; luego, «Crisantemos y amapolas».

—Mmm... Un poco amargo este ramo... —dijo.

Se dio la vuelta y vio que todos los animales la observaban. Los fue mirando mientras mascaba un par de amapolas.

—¿Qué ocurre? —preguntó extrañada—. ¿Qué miráis?

—¡Se supone que tienes que elegir las flores más bonitas! —dijo Rumbo.

—¡Ah! ¿Pero las flores son bonitas? —preguntó Manuela incrédula.

De pronto, todos los animales prorrumpieron en carcajadas. Tuvieron que explicar a Manuela el sentido del concurso.

Como ya no había tiempo de rehacer los centros que había devorado Manuela, la oveja Balinda ganó el primer premio. Manuela decidió que era el centro más sabroso de todos. Al final de cada concurso, al juez siempre se le obsequiaba con un ramo de flores como agradecimiento por su colaboración. Manuela estaba emocionada y... ¡se lo comió!

El ruiseñor

En una roca posados
dos bellos ruiseñores
cantaban y piaban
declarándose sus amores.
En la roca y en el árbol
canta y trina el ruiseñor
y proclama a los cuatro vientos
lo fuerte que es su amor.

La presumida

Soy bonita y soy coqueta,
me acicalo mucho
y me hago una coleta.
A todos los chicos gusto,
¡y les doy muchos disgustos!

Cinco patitos

Cinco patitos nadan en el estanque.
Nadan y nadan siempre hacia delante.
Su madre la pata les llama:
«¡cua, cua cuá!»
Pero ellos son traviesos
y no quieren regresar.
Cinco patitos nadan en el estanque.
Nadan y nadan siempre hacia delante.

La cadena

Hay una cadena de oro
en el fondo del lago.
Si la sacas para mí
con un beso te la pago.

El búho

El señor búho observa todo en lo alto del olivo.
Dicen que es muy sabio, dicen que es muy vivo.
El señor búho lo tiene todo leído y visto
y de él se dice que es el animal más listo.

Cucú, cantaba la rana

Cucú, cantaba la rana.
Cucú, debajo del agua.
Cucú, pasó un caballero.
Cucú, con capa y sombrero.
Cucú, pasó una señora.
Cucú, con traje de cola.
Cucú, pasó un marinero.
Cucú, vendiendo romero.
Cucú, le pidió un ramito.
Cucú, no le quiso dar…
… ¡y la pobre ranita se puso a llorar!

El avestruz

El avestruz es tan alto
que no oye nada de nada
cuando el erizo le canta.
Y el señor erizo grita
y en vano se desgañita.

Pajaritos

Pajaritos, volad por el aire,
subid a las nubes y remontad el cielo.
Volad hacia lo más alto
y nunca, nunca tengáis miedo.

La ardilla Avellana aprende la lección

La ardilla Avellana tenía la cola más bella de todos los animales que vivían en el claro del bosque junto al lago.

Era más tupida que la cola de la pata Dorotea y más mullida que la del conejo Moli. Y, desde luego, mucho más suave que la de cualquier animal.

Cada mañana, Avellana se acicalaba la cola y se miraba en el lago.

—Desde luego, tengo una cola maravillosa —se decía sonriendo.

Avellana jugaba con sus amigos, pero solían acabar en lágrimas.

—¡Ay, que me estás salpicando mi linda cola! —se quejaba cuando jugaba a saltar con la rana Renata—. ¡Ay, que me ensucias mi linda cola, Moli! —protestaba cuando jugaban a hacer hoyos.

Hasta que un día, la ardilla Avellana dejó de jugar con sus amigos.

—Estoy demasiado ocupada cepillándome mi linda cola

—les dijo cuando la llamaron para jugar—.

Una mañana, Avellana estaba admirando su cola en la superficie del lago, cuando tuvo una extraña sensación. No se acordaba de la última vez que había visto a sus amigos.

Avellana miró su reflejo en el agua. Un rostro extraño y malhumorado le devolvía la mirada. ¡Era su rostro!

—No me extraña que mis amigos ya no vengan a visitarme —se lamentó—. ¡Se me ha olvidado cómo se sonríe!

Al día siguiente, Avellana llamó a sus amigos. Estaban jugando a saltar y cavar túneles en la tierra. Avellana se olvidó de su cola.

—Desde ahora —dijo alegre—, sólo me miraré en el lago para mejorar mi sonrisa.

El dragón que tenía miedo a volar

Hace mucho tiempo, en un país muy lejano había un dragón llamado Lustro. Lustro vivía en una cueva en lo alto de una montaña. Todos sus amigos habitaban en las cavernas vecinas. Y sus hermanos tenían preciosas grutas justo al lado de la suya. Ahora pensaréis que Lustro era un dragón feliz rodeado de su familia y amigos, ¿verdad? Pues no era así. Desgraciadamente, Lustro era un dragón infeliz y solitario.

La razón era que Lustro tenía miedo de volar. Todos los días, sus amigos emprendían el vuelo en busca de divertidas aventuras y dejaban a Lustro atrás. Nuestro amigo se quedaba en su caverna viendo cómo los demás despegaban. ¡Cómo deseaba poder atreverse!

Cuando todos se habían marchado, Lustro se quedaba en la puerta de casa intentando reunir el valor para emprender el vuelo. Pero, en cuanto miraba al fondo del precipicio, se sentía mareado y tenía que retroceder. Entonces volvía a su caverna derrotado, y pasaba el día contando las estalactitas del techo u ordenando su colección de huesos de murciélago.

Cada tarde, sus amigos los dragones volvían contando infinidad de divertidas historias sobre lo que habían hecho durante el día.

—Yo he salvado a una damisela en peligro —decía uno.

—Yo he luchado con el malvado gigante de un solo ojo y le he derrotado —contaba otro orgulloso.

—Yo he ayudado a una bruja a encender el fuego para calentar su caldero —anunciaba orgulloso un dragón más jovencito.

—¿Y tú qué has hecho? —le preguntaba su hermana Luzmila.

—Pues alguna cosilla… ya sabes, lo de siempre… —decía algo avergonzado y triste, mirándose las patas llenas de escamas.

Entonces, Luzmila le hacía salir de la caverna para ayudarle a volar. Lustro lo intentaba

con todas sus fuerzas. Echaba a correr en dirección al precipicio agitando las alas todo lo fuerte que podía, pero en cuanto llegaba al borde paraba en seco. Entonces, todos los dragones se burlaban de él, así que al final desistía avergonzado.

Un día, Lustro no aguantó más, y cuando todos se marcharon, en lugar de volver a su cueva, decidió bajar la montaña. Pero andar era agotador. Lustro nunca había estado tan lejos de su casa. Iba a sentarse a un lado del camino cuando vio unos colores a lo lejos. En el valle veía unas carpas de tonos brillantes e incluso podía oír una alegre música.

—Voy a curiosear —pensó—. Quizás pueda vivir una aventura como los otros dragones.

Finalmente, Lustro llegó a las carpas y se encontró en un mundo más exótico de lo que hubiera podido imaginar. Estaba rodeado de criaturas que no había visto en su vida: extraños seres de color amarillo que rugían, y otros rayados y con enormes dientes. Había también unas criaturas peludas con largos rabos. ¿Te puedes imaginar qué eran?

Efectivamente, Lustro nunca había visto leones, ni tigres, ni siquiera chimpancés. Y claro, ¡pensó que eran muy raros! Y los animales pensaron a su vez, que el que tenía un aspecto raro era Lustro. Pronto le rodearon.

—¡Qué extraño! —dijo el león—. Una cosa viscosa y con alas.

—¡Mirad, y tiene escamas! —exclamó un chimpancé.

Lustro empezó a sentirse triste y excluido otra vez, pero de pronto oyó una voz muy amable que se dirigía a él:

—¡Hola! Bienvenido al Circo Chipi. Soy el payaso Toneti. ¿Cómo estás?

Lustro se dio la vuelta. Entonces sí que se sintió confundido. Ante él tenía el hombre con la cara más triste del mundo. Tenía unos ojos melancólicos y la comisura de los labios que parecía alcanzar la barbilla. ¡Pero hablaba de una forma tan alegre!

—Soy el dragón Lustro —dijo nuestro amigo.

—Así que un dragón, ¿eh? —repitió Toneti—. Nunca ha habido uno en el circo. Puede que sea un éxito de taquilla. ¿Te gustaría unirte a nosotros? —le preguntó el payaso.

—¡Ay, sí! ¡Mucho! —exclamó Lustro.

—¡Muy bien! —dijo Toneti—. Seguro que tienes talento.

Así, Lustro se unió al circo, donde en poco tiempo se sintió tan feliz como nunca antes en toda su vida. Los otros animales eran muy amables con él. Toneti le enseñó a montar en monociclo, números de acrobacia

y a zambullirse en una piscina. Para él era fácil porque tenía escamas.

Además, como los dragones pueden escupir fuego, Lustro pronto se convirtió en el campeón del circo. La gente venía de todos los lugares para ver al dragón que lanzaba enormes llamaradas bajo la carpa.

Una noche que Lustro acababa de terminar su número vio a Carlota, la equilibrista de la cuerda floja, haciendo piruetas en las alturas. De pronto, la joven perdió el equilibrio y Lustro vio con horror cómo caía al vacío. Al instante, comenzó a batir sus alas con fuerza. Sin darse cuenta, Lustro se había puesto a volar hacia la muchacha, que seguía imparable hacia el suelo. La recogió con suavidad en el aire y la dejó en la pista. La multitud le aplaudió a rabiar, pues pensó que era parte del espectáculo.

—Gracias, Lustro —musitó Carlota—. Me has salvado la vida.

Lustro estaba feliz. No sólo había rescatado a la muchacha, sino que por fin había sido capaz de volar. Lustro dijo sonriendo:

—¡Tengo que reconocer que volar es muy divertido!

Hogar, dulce hogar

Bela la conejita miró la hierba que crecía al otro lado del río. Ya estaba cansada de tener que comer los matojos secos cercanos a su guarida.

—¡Voy a cruzar el río! —anunció a sus hermanos señalando una rama caída en medio de la corriente que le iba a servir de puente.

Bela logró cruzar la corriente dando saltitos sobre la rama y pronto estaba disfrutando de la fresca hierba de la otra orilla. Sus hermanos y hermanas pensaron que era muy valiente y desearon imitarla. ¡Pero entonces vieron cómo un zorro se acercaba a Bela por detrás!

—¡Cuidado! —le gritaron.

Bela se dio la vuelta y vio al zorro justo a tiempo. Se dirigió dando saltos hacia la rama que cruzaba el río, pero con las prisas perdió el equilibrio y cayó al agua. Por suerte, Bembo el castor, que lo había visto todo, acudió al rescate de Bela y la arrastró hasta la orilla opuesta.

—¡Hogar, dulce hogar! —dijo Bela jadeando. Y corrió a saltar con sus hermanitos con la intención de no volver a abandonar nunca más su hogar.

Betty, la veterinaria despistada

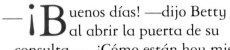

—¡**B**uenos días! —dijo Betty al abrir la puerta de su consulta—. ¿Cómo están hoy mis animalitos?

Betty empezó su ronda matutina con Iris, el pez de colores. A Betty le gustaba mucho su trabajo, pero era un poco distraída. Como sabía que iba a estar muy ocupada, se dispuso a limpiar las jaulas y a dar de comer a todos los animales antes de que vinieran los primeros pacientes.

—Primero te cambiaré los periódicos del suelo —dijo al gatito Mini. Y, dirigiéndose al perrito Pupi, añadió—: y sacudiré bien tu manta.

—Aquí tienes la camita limpia, Pupi —dijo Betty volviendo a meter la manta en el cesto del cachorro.

¡Riiiiiiing, riiiiiiing! ¡Riiiiiiing, riiiiiiing!

—El teléfono —se dijo Betty.

Betty lo dejó todo y contestó.

—¿Dónde me había quedado? —se dijo al regresar a las jaulas—. Ah, os estaba cambiando el serrín, ¿verdad? —preguntó a Trixi y Prixi, los ratones. Pero cuando se disponía

a cambiar el serrín… ¡Ding, dong!, sonó el timbre de la puerta.

—¿Quién será? —se preguntó Betty—. El primer paciente no tiene que venir hasta dentro de media hora.

Betty no se había dado cuenta de que se había dejado abierta la puerta de las jaulas, y Pupi corría detrás de Mini por toda la consulta.

En la puerta estaba Melisa, la cartera, que traía un enorme paquete.

—Gracias, Melisa — dijo Betty—, pero creo que el paquete no es para mí, sino para Toni, el de la pizzería.

—¡Uy, es cierto! —dijo Melisa—. Siento la confusión, Betty.

—Creo que estaba a punto de limpiar la jaula del loro Yaco —pensó.

Estaba acabando de adecentarla cuando sintió que algo le rozaba la pierna.

—¡Oh, no! Trixi y Prixi, ¿cómo os habéis escapado?

Betty echó a correr tratando de atraparlos mientras Yaco se acercaba a la puerta abierta de su jaula. Betty vio con horror a Pupi, que perseguía a Mini, y a Mini, que perseguía a Trixi y Prixi. Entonces se puso a correr detrás del perrito cuando de pronto oyó

un aleteo… ¡Yaco el loro estaba volando hacia la ventana abierta!

—¡Espera, Yaco, espera! —gritó Betty. Por suerte, la veterinaria logró atrapar al loro en el último segundo. Una vez que lo metió de nuevo en su jaula, se puso a perseguir a los demás animales, hasta que consiguió devolver a Trixi y Prixi a su lugar, a Pupi a su cestito y a Mini a su jaula.

—¡Uf! —resopló Betty—. Me siento como si hubiera trabajado toda la mañana. ¡Creo que es hora de desayunar!

Betty alineó los cuencos de la comida de los animales sobre la mesa. Midió el pienso para Pupi y sacó además un enorme hueso. Luego llenó el platito de Mini. Puso alpiste en el comedero de Yaco y unas deliciosas pipas en el de los ratones. Cuando ya casi había terminado… ¡Ding, dong!, de nuevo sonó el timbre de la puerta.

—¡Oh! —se dijo Betty—. Ahí está el primer paciente. Será mejor que me dé prisa.

Tan rápido como pudo, Betty repartió los comederos en las jaulas pero ¡sin fijarse dónde! Al perro le puso el alpiste; a los ratones, la comida para perros y el hueso; al gato Mini, las pipas y al loro, la comida para gatos. Y además ¡se volvió a dejar las puertas abiertas!

Pero esta vez, los animales supieron muy bien qué hacer. Trixi y Prixi acudieron prestos a la jaula de Mini, el gato se fue a la de Yaco, Pupi encontró su hueso y su pienso en el comedero de los ratones y el loro se zampó su comida junto al cestito del cachorro.

Federico el bombero había ido a la consulta con su perro.

—Pase, pase. Viene usted muy puntual —dijo Betty.

—La verdad es que nos encanta venir a su consulta —le dijo Federico—. Los animales no tienen miedo. Y es que aquí todo parece tan tranquilo y relajado. ¿Cómo lo hace, Betty? Yo siempre tengo tanto estrés.

Betty, la veterinaria despistada, pensó en la movidita mañana que había tenido y se preguntó qué pensaría Federico del caos que le esperaba. Pero el cachorro Pupi, el gato Mini, los ratones Trixi y Prixi y el loro Yaco dormían apaciblemente con la barriga llena cada uno en su lugar. Betty miró las impecables jaulas y sonrió a sus animales.

—¡Buenos chicos! —les susurró.

Edelmira, la ranita pequeñita

Edelmira era la ranita más pequeña del estanque. Y estaba harta: harta de que le dieran órdenes; harta de tener que jugar sola; harta, en una palabra, de ser la más pequeña. Ninguna de las ranas grandes quería jugar con ella.

—¡Lárgate, pequeñaja! —le croaban—. No puedes jugar con nosotras.

Así, un día y otro también, la ranita Edelmira se quedaba sentada sola mirando cómo las demás jugaban en la charca.

—No hace falta ser una rana gigante para poder saltar —pensaba—. Me podrían dejar jugar con ellas…

Una apacible y cálida noche, Edelmira tuvo el valor de volver a preguntar a sus compañeras si le permitían unirse al grupo.

—Dejadme jugar con vosotras —les suplicó—. ¡Yo puedo saltar muy alto!

Las otras ranas se reían a carcajadas.

—¡Claro que puedo! —insistió Edelmira—. ¡Puedo saltar por encima de la luna!

Las otras ranas se rieron tanto que casi se caían de las hojas de nenúfar.

—Os lo demostraré —dijo Edelmira enfadada.

Una, dos y… ¡tres! Edelmira saltó desde la hoja de nenúfar donde estaba sentada y pasó por encima del reflejo de la luna en el agua del lago.

Las otras ranas la miraron sorprendidas. Era cierto. ¡Edelmira podía saltar por encima de la luna!

—Perdónanos por no creerte —dijo una de las ranas grandes—. Claro que puedes jugar con nosotras. No serás la rana más grande del lago, ¡pero sí la más lista!

187

Cardo borriquero

Cardo, cardo,
cardo borriquero.
Cardo, cardo,
que ya no te quiero.

Los peces

Los peces de agua dulce
nadan en el arroyo y en el río,
y los de agua salada
en el océano y en el mar bravío.

Las abejas

Yo tenía unas abejas
dentro de un barril.
Y se fueron las abejas,
y se quedó el barril.
Caminaba una mañana,
en el mes de abril.
Me encontré con una dama,
regando el jardín.

Yo le dije: «Buena moza,
¿qué hace usted aquí?».
«Riego todo lo que siembro,
al amanecer.»
«Hasta luego, buena moza,
¡Dios gracias le dé!»

La pluma

Caminando por la calle
una pluma me encontré.
Era blanca y muy suave
como lo es el satén.
Era de una bella golondrina
que anidaba en la esquina.

Si fuera Reina

Si yo fuera reina
haría sólo el bien.
Gobernaría mi reino
¡y al rey también!

Mis manitas

Saco mis manitas
y las pongo a bailar,
las abro, las cierro
y las vuelvo a guardar.
Saco mis manitas
y las pongo a palmear,
las abro, las cierro
y las vuelvo a guardar.

La nana

A dormir, mi amor,
que yo velo tu sueño.
A dormir, mi ruiseñor,
como un leño.
A dormir, mi vida,
profundamente.
A dormir, mi niña,
hasta el día siguiente.

El cocherito

El cocherito, leré,
me dijo anoche, leré,
que si quería, leré,
montar en coche, leré.
Y yo le dije, leré,
con gran salero, leré,
no quiero coche, leré,
que me mareo, leré.

La trompeta

Doña Enriqueta
toca la trompeta,
y don Emiliano
la acompaña al piano.

Miseria, el hada gruñona

Miseria no tenía amigos, se pasaba la vida gruñendo. Hablaba siempre malhumorada al hada panadera y también a la que recolectaba la miel. Plumita, su sobrina, le preguntaba:

—¿Por qué tienes que ser tan gruñona?

—Porque son todas inútiles —respondía su tía.

Un día, el hada Miseria le dijo de malos modos al hada panadera:

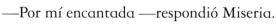

—¡Tu pan es de goma! ¡Y a mí me gusta crujiente!

—Pues ¿sabes una cosa? —le contestó, ya harta, el hada—. A partir de ahora te vas a hacer el pan tú.

—Por mí encantada —respondió Miseria.

Al día siguiente, Miseria gritó al hada zapatera.

—A mí nadie me habla en ese tono —le contestó la zapatera—. A partir de ahora te vas a tener que remendar tú misma los zapatos.

—No aguanto más insultos. Ya puedes recolectar tú misma la miel —le contestó otra compañera.

Pronto no quedó nadie en la aldea además de Plumita que quisiera tener algo que ver con Miseria.

—¿Cómo te las apañarás? —le preguntó la sobrina.

—Estupendamente —le contestó—. Lo voy
a hacer todo yo misma.

Y con estas palabras se dispuso a amasar
pan. Calentó el horno, amasó la mezcla y luego
la dejó reposar. Hizo panecillos y los horneó para que se cocieran.
Pero se quedó dormida y se despertó... ¡con un terrible olor a quemado!
Los panecillos se habían calcinado. Y es que el hada panadera tenía
un hechizo especial para hornear que Miseria no conocía.

Pero la gruñona estaba decidida a no dar su brazo a torcer. Así que
fue al bosque a buscar miel. Pronto vio un panal. Miseria metió el brazo
dentro ordenando de mal genio a las abejas:

—¡Fuera, bicharracos!

Por supuesto, a las abejas nos les gustaron las malas maneras de
Miseria. La rodearon y le picaron en la nariz. Y es que el hada Miseria
no tenía ni idea de los hechizos de su compañera para recolectar miel.

Miseria echó a correr para librarse de las
abejas, pero con las prisas perdió un zapato
por el camino. ¡Oh, cielos! ¡Miseria tenía un
aspecto deplorable! Muerta de hambre porque
se le había quemado el pan, picoteada por las
abejas y caminando coja con un solo zapato.

—No puedes continuar así —le dijo Plumita.

Miseria estuvo reflexionando.

—Por favor, sobrinita, diles a las hadas que me den otra oportunidad
—le suplicó Miseria—. No volveré a ser gruñona.

Todas las hadas estaban contentísimas. Miseria no se volvió a quejar
durante los siguientes meses, pero Plumita ¡mantuvo los dedos cruzados!

Una amiga para Blas

Era sábado por la mañana en la granja. Dani, Rosi y su perro Cóquer iban al estanque para dar de comer pan a los patos.

—Los patos son muy amigos —dijo Rosi—. Nunca se pelean por el pan.

—No como otras... —dijo Dani.

—¡Es que tú siempre quieres el trozo más grande! —protestó Rosi.

Luego fueron a ver los pollitos. Dani preguntó:

—¿Son también tan amigos?

—Creo que sí, aunque algunos se dan algún picotazo que otro —contestó Rosi.

—¿Y los cerdos? A veces la cerda Manuela tiene que enfadarse con sus lechoncitos —dijo Dani.

—Hombre, es que es su madre —le contestó Rosi—. Y todos son muy glotones, así que les tiene que regañar. Pero en el fondo es muy cariñosa.

—Todo el mundo tiene amigos en la granja —dijo Dani—. Incluso el tractor amarillo es colega de la vieja furgoneta azul.

—Mi mejor amigo es Minino —dijo alegre Rosi.

—Los gatos son aburridos —afirmó Dani—. Se pasan la vida

durmiendo. Mi mejor amigo es Cóquer. Es el perro más rápido del mundo y puede cazar en el aire los palos que le lanzo. ¡Mira!

—Pero Blas, el espantapájaros, no tiene amigos —dijo Rosi frunciendo el ceño—. Siempre está solo. Vamos a verle.

Cuando volvieron a casa, Rosi dijo a su madre:

—El espantapájaros Blas está muy solo. Me gustaría que tuviera algún amigo.

—Entonces, ¿por qué no le hacéis uno? —preguntó la madre.

Por la tarde, su madre les llevó a un mercadillo de la ciudad a comprar ropa para hacer un espantapájaros.

Dani encontró unas zapatillas de deporte viejas y un par de guantes de moto, y Rosi eligió un precioso vestido de fiesta rosa y un sombrero con cintas verdes. Preguntaron a su padre si les podía ayudar a hacer el nuevo espantapájaros.

—Sí —dijo papá—. Sólo necesitamos un saco, paja y una calabaza grande.

Llenaron el saco con la paja y le pintaron una cara a la calabaza.

—Tiene un rostro muy simpático —sonrió Rosi.

—Pero aun así asustará a los pájaros —dijo Dani.

Mamá le hizo el pelo con lana, le puso un collar y un bolso azul cielo.

—¡Qué linda! —dijo Dani—. Ahora hay que ponerle nombre.

—Yo quiero que se llame Mari, como mi muñeca preferida —dijo Rosi.

—¡Espantamari! —dijo Dani—. Y así fue como la llamaron.

—Hola Blas —saludó Dani—. Te hemos traído compañía.

—Así ya no estarás solito nunca más —añadió Rosi.

—Creo que le gusta —dijo Dani.

—Al ver las zapatillas que lleva, Blas se dará cuenta de que es muy buena jugando al fútbol.

—Yo creo que más bien le gusta por su cara risueña —dijo Rosi.

Papá pusó unas monedas en los bolsillos de Blas y de Espantamari.

—Así podrán ir a la playa y comprarse un helado.

Rosi corrió a casa para contarle todo a Minino el gato.

Estoy muy feliz, Minino —le dijo, dándole un abrazo—. Ahora todos tienen amigos en la granja.

La noche de Carnaval

A Jaime no le gustaba la oscuridad. Le hacía sentirse solo y le daba miedo. Una noche le pareció ver una luz resplandeciente en la calle. Se levantó, apartó las cortinas y se quedó boquiabierto...

¡Había un farolillo brillante al otro lado de la ventana!

—¡Es Carnaval! —le gritó el farolillo sonriendo—. Hay diversión para todos. ¿Quieres venir con nosotros?

—¡Ahora mismo voy! —exclamó Jaime, y bajó a la calle.

Jaime se unió a la fiesta y bailó toda la noche, pero a la hora de volver a su habitación se puso muy triste.

—¿Qué te pasa? —le preguntó el farol.

—Mi habitación está oscura y llena de monstruos —contestó.

—¡Qué van a ser monstruos! —replicó el farol—. Son miembros de las comparsas de Carnaval.

El farol y sus amigos se marcharon y la habitación se quedó oscura pero esta vez Jaime no vio monstruos sino... ¡comparsas carnavaleras!

La reina de los monstruos

A finales de cada año, los monstruos solían reunirse en una enorme y profunda caverna para elegir a la nueva reina. Las historias de la extraña ceremonia ocupaban siempre los titulares de los periódicos, pero esta vez Marga decidió ir y verla con sus propios ojos.

Al llegar, la niña oyó como el trol Trueno soltaba uno de sus infames rugidos en las profundidades de la caverna. El eco era tan fuerte que Marga cayó de espaldas. Cuando se levantó, el monstruo Lanas, que se llamaba así por ser muy peludo, pasó junto a ella dando grandes zancadas. Sus enormes garras arañaban el suelo, y a su paso dejaba un rastro de baba asquerosa.

Repulsiva era la trol favorita. ¡Incluso para ser una monstruosidad resultaba horrible! Sin embargo, todos la ignoraron y rodearon a la pequeña Marga. Estaban fascinados por ella porque era chiquita y muy dulce. Tenía cuatro delicadas extremidades y una encantadora sonrisa. ¡En absoluto era monstruosa!

Después de votar, los monstruos celebraron un banquete. El ruido que hacían al hablar era horrendo. Y Marga estaba convencida de que Repulsiva iba a ser la nueva reina.

Pero cuando se anunció la decisión... ¡sorpresa! ¡Ella era la nueva reina! Por primera vez, los monstruos no querían una reina espantosa, sino que preferían a la dulce Marga.

197

Vecinos excavadores

Una soleada mañana en la pradera, Anabel estaba pastando tranquilamente cuando, sorprendida, descubrió un agujero.

—¡Dios mío! —mugió irritada—. ¡Un agujero en el prado!

Pues sí, alguien había hecho un orificio redondo y profundo en el suelo.

—Tened cuidado de no meter la pata —dijo Alma temerosa.

Pero a la mañana siguiente, en el mismo lugar ya no había uno sino ¡cinco agujeros!

—Esto pinta cada vez peor. ¡Dentro de poco no vamos a tener sitio para poner las patas!

—Y nada de comer —añadió Carmela.

Hacia el fin de semana había más de cien agujeros por toda la pradera.

—Tenéis vecinos excavadores —dijo el granjero Matías—. Parece que una familia de conejos se ha mudado a la finca.

Las vacas se estremecieron.

—¿Cómo? ¿Esos bichos saltarines y orejudos? —preguntó Sinforosa.

—Y son familias numerosas —advirtió Carmela—. No tienen un bebé cada vez como nosotras.

—¡Qué raro que no se dejen ver! —dijo Alma—. Seguro que se dedican a sus excavaciones cuando está oscuro. Hoy me quedaré en vela vigilando.

Esa noche, cuando la luna llena se alzó sobre el prado, Alma fingió que se iba a dormir.

Aunque estaba alerta, se sobresaltó al ver aparecer dos brillantes ojillos y una inquieta nariz justo delante de ella.

—¡Ahhhhh! —gritó Alma

—¡Ahhhhh! —gritó el conejo, y desapareció en el agujero de la misma forma en que había salido.

—¡Tenías que haberlo seguido! —le recriminó Anabel, que se había despertado sobresaltada por el ruido.

—¿Seguir al conejo por el agujero? —protestó Carmela.

—No seas tonta, Anabel. Alma es demasiado grande.

—Entonces estamos perdidas —dijo Alma con tristeza—. Esos conejos van a acabar echándonos del prado sin que ni siquiera poder verlos.

Al día siguiente, cuando las vacas se despertaron vieron una escena espectacular. Estaban rodeadas de cientos de conejos.

—Disculpe —dijo uno muy grande—. Hemos salido a pedirles ayuda.

—¿Ayuda? —repitió Anabel—. ¡Nosotras sí que necesitamos ayuda!

El conejo les explicó que su familia vivía atemorizada.

—Sus pezuñas son tan grandes que podrían aplastarnos.

Fue entonces cuando Alma tuvo una de sus estupendas ideas.

—Estaríais mucho más seguros si vivierais bajo los setos —sugirió.

Y eso hicieron. Durante el día, las vacas pastaban en el prado, y por la noche, los conejos excavaban entre los setos. Y así, todos fueron felices.

El jardín encantado

La princesa Silvana creció en un castillo maravilloso pero sin jardín. Por eso le encantaba pasear por el prado para admirar las flores. Un día, la joven descubrió un sendero oculto entre la maleza. Preguntó a una mujer que pasaba por allí adónde conducía la senda.

—Al jardín de la maga —le informó la mujer.

—¿Qué es una maga? —preguntó la joven.

—¡Alguien que hace encantamientos! Pero debes saber una cosa... ¡No se te ocurra arrancar ninguna flor si no quieres que ocurran cosas terribles!

La princesita siguió el sendero hasta que llegó, a una cabaña con el jardín más hermoso que había visto nunca. ¡Estaba lleno de flores de todos los colores y aromas!

A partir de entonces, la princesa Silvana iba todos los días a contemplar el jardín. Llegó el invierno y nevó, pero el jardín seguía tan florido como siempre. Con el tiempo, la princesa se olvidó del encantamiento. Un día, no pudo resistirse. Tomó una rosa del jardín y, cuando la puso en agua, recordó la advertencia de la mujer. ¡Había arrancado una flor del jardín encantado! ¡A saber las desgracias que podrían ocurrir!

Pero los días pasaron y nada malo parecía suceder. Y la rosa seguía tan fresca como el día que Silvana la cortó. Así

que, olvidando sus temores, la princesa regresó al jardín.

Pero cuando volvió a verlo, sus ojos se llenaron de lágrimas. La hierba estaba seca, las flores marchitas. Entonces oyó un sollozo. En la cabaña, la maga lloraba junto al fuego. Era anciana y estaba encorvada. La princesa Silvana tenía miedo, pero la viejecita le dio mucha lástima.

—¿Qué le ha sucedido al jardín? —le preguntó Silvana.

—¡Alguien robó una rosa de mi jardín mágico! —dijo la maga—. La rosa vivirá para siempre, pero el jardín murió. Al desaparecer la rosa, mi magia desapareció también. Yo misma me siento mustia y moribunda.

—¡Oh! ¿Qué puedo hacer yo? —preguntó la princesa con el corazón roto.

—Sólo una princesa podría devolverme mis poderes mágicos —respondió la anciana—. Tendría que traerme seis sacos de ortigas. ¡Y ninguna princesa es capaz de hacer semejante cosa!

La princesa Silvana corrió al prado y empezó a recoger ortigas con sus propias manos sin importarle el escozor que sentía en la piel. Pronto reunió los seis sacos y se los llevó a la anciana maga.

—Pero es que las ortigas tiene que recogerlas una princesa...

—Yo soy una princesa —respondió Silvana.

Sin tardar, la mujer hizo una pócima con las ortigas y la bebió. Inmediatamente, el jardín volvió a renacer. La princesa Silvana se sintió muy aliviada. ¡Y la anciana se transformó en una bellísima joven!

—Mi hermoso jardín está a salvo —sonrió la maga—. ¡Y yo también!

La princesa Silvana y la maga se hicieron grandes amigas y compartieron la belleza del jardín encantado para siempre.

Al corro de la patata

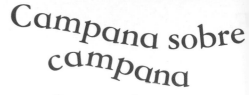

Al corro de la patata,
comeremos ensalada,
como comen los señores,
naranjitas y limones.
¡A los pies,
a los pies!
Sentadita me quedé,
en la silla del marqués.

Campana sobre campana

Campana sobre campana,
y sobre campana una.
Asómate a la ventana,
verás a un niño en la cuna.

Tío Ignacio

Tío Ignacio, tío Ignacio,
por favor, por favor,
cuéntanos un cuento,
cuéntanos un cuento
ding, dang, dong,
ding, dang, dong.

El río verde

Río azul, río verde,
río de tantos colores:
tantos como el río tiene,
así son mis amores.
Que salga la dama,
la dama a bailar;
que salga la dama,
que la he de rondar.

Era un gato grande

Era un gato grande
que hacía ron, ron,
muy acurrucado
en su almohadón.
Abría los ojos,
se hacía el dormido,
movía la cola,
con aire aburrido.
Gatito remolón,
entre mis bracitos
te arrullo yo.

Las tres ovejas

Tengo, tengo, tengo...
Tú no tienes nada.
Tengo tres ovejas
en una cabaña.
Una me da leche,
otra me da lana
y la otra me mantiene
para toda la semana.

Pepito conejo

Pepito conejo al monte salió,
corre que te corre, desapareció.
De pronto aparece un gran cazador,
de su escopeta un tiro salió.

Corre el conejito, corre el cazador,
entra en casita, la puerta cerró.

—Ven, conejito —le dice mamá—,
un buen azote te voy a dar.

Ahora que vamos despacio

Ahora que vamos despacio,
ahora que vamos despacio,
vamos a contar mentiras, tralará,
vamos a contar mentiras.

Por el mar corren las liebres,
por el mar corren las liebres,
por el monte las sardinas, tralará,
por el monte las sardinas.

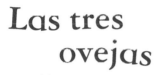

Ricitos de Oro y los tres ositos

Hace mucho tiempo, en lo más profundo del bosque, vivía una familia de osos compuesta por papá oso, que era muy grande, mamá osa, de tamaño mediano, y el bebé osito, que era muy pequeñito.

Una mañana soleada, los osos se levantaron temprano y muy hambrientos. Papá oso preparó tres cuencos de cereales con miel, tal como les gustaban a los osos.

—¡El desayuno está listo! —llamó al resto de la familia.

Pero en seguida vio que los cereales estaban demasiado calientes.

—Pues tendremos que esperar a que se enfríen —dijo mamá osa.

—¡Pero yo tengo hambre! —protestó el osito.

—Podemos dar un paseo por el bosque mientras se enfrían —sugirió papá oso.

—Trae una cestito —le dijo mamá al osito—. Cogeremos bayas.

Dejando los humeantes cuencos de cereales en la mesa del comedor, los tres ositos partieron hacia el bosque. El último en salir fue el osito pequeño, que olvidó cerrar la puerta de la cabaña.

Los rayos de sol se abrían ya paso entre los árboles cuando una personita paseaba también por el bosque aquella mañana. Era una niña llamada Ricitos de Oro, porque tenía el pelo rubio y muy ondulado.

Rocitos de Oro iba saltando por el bosque cuando de pronto le vino el aroma de algo delicioso. ¿De dónde podía venir ese olor tan bueno?

La niña se puso a olfatear y llegó a la cabaña de los tres ositos. Parecía que el olor salía de la casita. La puerta estaba entornada, así que la empujó y entró. Allí, sobre la mesa, vio los tres cuencos de cereales.

Ricitos de Oro no pudo resistir la tentación de un aroma tan apetecible y, aunque sintió que no hacía bien en irrumpir en una casa ajena sin permiso, entró.

Primero probó los cereales de papá oso en un cuenco enorme.

—¡Ay! ¡Estos cereales están demasiado calientes!

Así que se decidió por el cuenco mediano, el de mamá osa.

—¡Ay! —volvió a quejarse Ricitos de Oro—. ¡Estos cereales están demasiado dulces!

Finalmente tomó el cuenco pequeño del osito.

—¡Mmm! —dijo, relamiéndose—. ¡Éstos están en su punto!
—Y se los comió todos, todos.

Ricitos de Oro se sintió cansada tras haberse comido los cereales del osito, así que buscó un sitio para sentarse. Primero probó en la enorme silla de papá oso.

—¡Oh! ¡Esta silla es demasiado dura! —se dijo la niña. Así que probó la silla mediana de mamá osa.

—¡Oh! ¡Esta silla es demasiado blanda! —se quejó Ricitos de Oro. Finalmente probó la diminuta silla del osito.

—¡Ésta es perfecta! ¡Hurra! —gritó. Así que estiró las piernas y se puso cómoda.

Pero la silla del osito era demasiado pequeña para ella y con el peso de Ricitos de Oro... ¡se partió en dos!

La niña se levantó del suelo y se arregló el vestido. Después se sentía más cansada aún, así que decidió buscar un sitio cómodo en la cabaña para echar la siesta. En seguida encontró el dormitorio de los tres ositos.

Ricitos de Oro probó primero la cama más grande, la de papá oso.

—¡Uy! ¡Esta cama es demasiado dura!

—protestó de nuevo.

Entonces se tumbó en la de mamá osa.

—¡Ay! ¡Esta cama es muy blanda!

Finalmente probó la camita del osito.

—¡Yupi! ¡Esta cama es comodísima!

Así que Ricitos de Oro se tapó y se puso a dormir.

Poco después, la familia de los osos regresaba a casa de su paseo por el bosque. Pero nada más entrar en la cabaña, se dieron cuenta de que algo raro sucedía.

—¡Alguien ha comido de mis cereales! —exclamó papá oso al mirar su cuenco grande.

—¡Alguien ha comido de mis cereales! —dijo mamá osa, al mirar su cuenco mediano.

—¡Alguien se ha comido TODOS mis cereales! —sollozó el osito, al mirar con carita de pena su cuenco pequeño.

Entonces, papá oso notó que su silla no estaba en el lugar habitual.

—Mira, mamá osa. Alguien se ha sentado en mi silla —dijo el gran oso.

—¡Papá, papá! Alguien se ha sentado en mi silla —dijo mamá osa.

—También han usado mi sillita —chilló el osito—. ¡Y mirad! ¡Me la han roto!

Papá y mamá miraron los pedazos de madera en el suelo. El osito se echó a llorar.

De repente, los osos oyeron un ruidito. ¿Era un crujido? ¿De dónde venía? Era un ronquido y, para su sorpresa, venía del dormitorio. Subieron las escaleras con cuidado para ver quién era...

—¡Alguien ha estado durmiendo en mi cama! —gritó papá oso.

—¡Alguien ha

estado durmiendo en mi cama! —gritó mamá osa.

—¡Alguien ha estado durmiendo en mi cama! —gritó el osito—.
¡Y aún está durmiendo en ella!

Las exclamaciones de la familia de osos despertaron a Ricitos de Oro.

Al ver a los tres osos ante sí, la niña se llevó un susto de muerte.

—¡Oh, Dios mío! —chilló la niña saliendo de un salto de la cama.

Estaba tan asustada que no paró de correr hasta que llegó a su casa.
¡Y nunca más volvió a entrar en una casa ajena sin permiso!

El hada torpe

¿Sabías que todas las hadas deben ir a la escuela para llegar a ser buenas hadas? Tienen que aprender a volar, a ser gráciles y a dominar la magia. Pero a la pobre Clementina lo de ser elegante y ligera le resultaba muy difícil. La pequeña hada era torpe y patosa.

—¡Clementina! Tienes que ser como una pluma, no como un elefante —le decía siempre Madame Bouquet, la profesora de baile. A final de curso, a todas las hadas les pusieron una tarea para las vacaciones. Pero había una que nadie quería hacer: ayudar a una niña que tenía sarampión.

—Clementina —le dijo la maestra—, quiero que le pongas unas gotitas de loción de pétalos de rosas en las manchitas cada noche, mientras duerme. Si lo haces durante una semana, las manchas desaparecerán.

Esa noche, Clementina entró volando por la ventana de la habitación de la niña, que se llamaba Alicia. La hada la vio dormidita con un oso de peluche entre sus brazos.

Clementina aterrizó en el edredón. De pronto, un muñeco con cara de payaso le pellizcó el trasero.

—¡Ay! —gritó el hada.

Alicia se despertó con el ruido.

—¿Quién anda ahí? —balbuceó.

—Soy Clementina —dijo el hada—. ¡Tu payaso me ha pellizcado!

El hada torpe

Entonces, Clementina perdió el equilibrio y cayó de espaldas sobre una bolsa de agua caliente que había en el suelo. Pero el hada rebotó y volvió a subir por los aires. Al final cayó, ¡plop!, en la cama.

—¿Estás bien? —preguntó Alicia, frotándose los ojos de nuevo para asegurarse de que no estaba dormida.

Clementina le explicó la razón de su presencia.

—Siento haberte despertado —añadió—. No deberías verme.

A Alicia no le importó, estaba encantada de poder hablar con un hada.

— ¿De verdad puedes hacer magia? —preguntó.

—Pues sí —le respondió Clementina —. En magia soy bastante buena, pero soy un poco patosa.

Y le contó a Alicia lo de sus clases de danza. Alicia le respondió que ella también bailaba y que no se le daba mal.

—Mira, si tú me curas el sarampión, yo puedo ayudarte en la danza —le dijo a Clementina.

Así, por la noche, Alicia enseñaba al hada a mantener el equilibrio sobre un solo pie y a dar vueltas. Clementina giraba y giraba por la cama.

Las manchitas de la niña desaparecieron al cabo de una semana gracias a la poción mágica.

Tras las vacaciones, las hadas volvieron a la escuela. Y ¿sabes qué? ¡Clementina se había convertido en la mejor bailarina de la clase!

—Fíjate, Clementina —exclamó su profesora—, ahora eres ¡la mejor!

Y Clementina se sintió el hada más feliz del mundo.

Un cerdo de altos vuelos

El anciano granjero tenía varios cerdos en la granja. Pero dos de ellos eran sus favoritos, Bolo y el más viejo de todos, Eduardo Morcillo Tocinete Michelín.

Eduardo Morcillo Tocinete Michelín era el nombre que le habían puesto al cerdito al nacer, pero todos le llamaban de una manera menos grandilocuente. Ésta es la historia de su nuevo apodo.

Cuando Eduardo Morcillo Tocinete Michelín era un lechoncito, se consideraba superior a los demás animales de la granja. En parte se lo creía porque tenía varios nombres y en parte porque el viejo granjero solía ir a visitarle a veces y hablaba con él.

—Yo no sé qué le pasa a este cerdito —decía la gallina Clotilde—. Le he saludado esta mañana y no me ha contestado. Se ha limitado a levantar la nariz y mirar hacia otro lado.

—Ayer me hizo lo mismo a mí

—dijo Relinchón, el viejo caballo.

Pronto no había un solo animal en la granja que hablara bien de Eduardo Morcillo Tocinete Michelín y la culpa era únicamente del cerdito.

Un día, Eduardo Morcillo Tocinete Michelín vio cómo el gallo Kiriko se alzaba orgulloso encima del tejado de la casa; así que sin pensárselo decidió imitarle y subirse al tejadillo de su pocilga. Y como nadie hablaba con él, nadie intentó impedírselo.

Ningún cerdo se ha hecho nunca famoso por ser buen escalador, pero esto no amedrentó a Eduardo Morcillo Tocinete Michelín. Empujó, gruñó, resopló hasta que finalmente el cerdito se vio encima del tejado, si bien no en una postura precisamente cómoda y elegante. Si subir no había sido fácil, bajar le pareció una empresa imposible. ¡Además había descubierto que tenía vértigo!

En poco tiempo se congregó una multitud de animales ante la pocilga. Se oían cacareos y balidos, mugidos y berridos burlones que salían de entre el público. Nadie quería perderse el espectáculo de un cerdito muerto de miedo subido a un tejado.

—¿Cómo se ha metido el tonto del cerdito en un lío semejante? —preguntó la vaca Anabela.

—¡Qué sitio tan ridículo para un cerdo! —cacareó Clotilde la gallina—. ¡Ahí se suben las gallinas, no los cerdos!

—¡Eh! ¡Cerdito! —gritó la pata Doris—. ¡Ahora sí que eres un cerdo de altos vuelos! —Y todos se rieron de él a carcajadas.

—He sido un tonto… —dijo Eduardo Morcillo Tocinete Michelín con una cara muy triste—. ¡Por favor, salvadme!

El enorme caballo de la granja ayudó a Eduardo Morcillo Tocinete Michelín a bajar del tejadillo a su ancho lomo y de ahí al suelo.

Eduardo Morcillo Tocinete Michelín parecía muy aliviado de volver a tener las cuatro patas en tierra firme y sonrió amigablemente a los otros animales de la granja que le rodeaban.

Eduardo Morcillo Tocinete Michelín nunca volvió a intentar ninguna aventura aérea y nadie le dejó que olvidara su intento de escalada. ¡Desde ese día todos le llamaron simplemente *Escalador!*

Elena y las joyas

Elena era la sirena más hermosa de la laguna. Tenía un precioso pelo negro, tan largo que le llegaba a la cola. Sus ojos eran de un profundo color verde esmeralda y su piel tan blanca como una perla. Pero Elena era tan arrogante y vanidosa que las otras sirenas no la querían.

—Elena tiene un concepto demasiado alto de sí misma —decían sus compañeras—. Un día de estos tendrá que espabilar.

Sólo había una criatura que adoraba a Elena: Tita, la tortuga gigante, que la seguía a todas partes. Pero Elena no le hacía caso, pues sólo tenía ojos para sí misma y se pasaba el día mirándose en el espejo.

Un día, Elena oyó cómo las sirenas hablaban de un barco pirata hundido en el fondo del océano que tenía un cofre lleno de joyas.

—Pero nadie debe osar tocarlas —dijo una de las sirenas—, porque el barco está maldito.

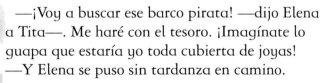

—¡Voy a buscar ese barco pirata! —dijo Elena a Tita—. Me haré con el tesoro. ¡Imagínate lo guapa que estaría yo toda cubierta de joyas! —Y Elena se puso sin tardanza en camino.

—¡Espérame! —le grito Tita moviendo sus patas en el agua con fuerza—. Es peligroso que vayas sola.

Elena nadó y nadó y llegó a una zona del océano en la que nunca había estado. Buceó entre peces de colores y arrecifes de coral, y finalmente divisó el casco de un barco.

—Ten cuidado, Elena —le recomendó la tortuga—. Recuerda que es un barco pirata maldito.

—¡Tonterías! —contestó Elena malhumorada—. He venido a por las joyas y no pienso irme sin ellas.

Elena vio en seguida el cofre a través de un gran orificio en cubierta. Se introdujo por él y pronto llegó junto al tesoro. Abrió la tapa y pudo ver gran cantidad de joyas de maravillosos colores.

Elena sacó primero un suntuoso collar y se lo puso. En el cofre había también un espejo de mano de oro y plata. Lo tomó para poder admirarse con el collar. ¡Era bellísimo! Elena se veía más linda que nunca.

De pronto el espejo saltó en mil pedazos. Las cuentas del collar se transformaron en pesadas piedras. ¡Era la maldición del barco! Elena trató de huir nadando, pero no pudo moverse por el peso del collar.

—¡Socorro! —gritó Elena.

La tortuga Tita que esperaba cerca del barco no tardó en aparecer.

— ¡Ayúdame, por favor! ¡Ayúdame!

Con sus fuertes patas, Tita rompió el collar y liberó a Elena.

—Tú no necesitas joyas, le dijo Tita. Eres muy linda sin ellas.

Una vez sana y salva, Elena contó a las otras sirenas lo sucedido en el barco y les dijo:

—He aprendido la lección: ¡nunca volveré a ser tan vanidosa!

La ermita

En mi pueblo, sobre una peña
se alza una pequeña ermita
que es muy antigua y bien bonita.
Una misa y una romería
se celebran en ella en verano
y todos bailamos de la mano.

Mambrú se fue a la guerra

Mambrú se fue a la guerra,
mire usted, mire usted, qué pena.
Mambrú se fue a la guerra,
no sé cuándo vendrá,
Do-re-mi, do-re-fa.
No sé cuándo vendrá.
Si vendrá por la Pascua,
mire usted, mire usted, qué gracia.
Si vendrá por la Pascua
o por la Trinidad.
Do-re-mi, do-re-fa.
O por la Trinidad,
La Trinidad se pasa,
mire usted, mire usted, qué guasa.
La Trinidad se pasa.
Mambrú no viene ya.
Do-re-mi, do-re-fa.
Mambrú no viene ya.

Bajo el sol

Bajo el sol hay cosas malas.
Bajo el sol hay cosas buenas.
Es mejor ver las cosas buenas
y olvidar las penas.

La luna en el lago

La luna mira en el lago
la imagen de su reflejo.
La luna se mira en el lago
porque no tiene espejo.

¿Dónde están las llaves...?

Yo tengo un castillo,
matarile, rile, rile,
yo tengo un castillo,
matarile, rile, rón, chim, pón.
¿Dónde están las llaves?,
matarile, rile, rile,
¿Dónde están las llaves?,
atarile, rile, rile, rón, chim, pón.
En el fondo del mar,
matarile, rile, rile,
en el fondo del mar ,
matarile, rile, rón, chim, pón.

¿Quién irá a buscarlas?,
matarile, rile, rile,
¿quién irá a buscarlas?,
matarile, rile, rón, chim, pón.
Irá Carmencita,
matarile, rile, rile,
irá Carmencita,
matarile, rile, rón, chim, pón.

Estrellita, estrellita

Estrellita, estrellita
que alumbras mi ventana,
estrellita bonita,
ven también mañana.

¿Cuánto falta, mamá?

¿Cuánto falta, mamá?
¿Cuándo llegamos?,
preguntan siempre en el auto
todos los hermanos.

Mi pelota salta y bota

Mi pelota salta y bota,
si se rompe, tengo otra.
Mi pelota no se rompe,
¡aunque bote y bote!

La luna y el sol

La luna y el sol partieron
el día por dos mitades;
el sol cogió la mañana,
la luna cogió la tarde.

El elefante

Éste es el elefantito. Le gusta mucho jugar con sus amiguitos, pero si hace falta, también les ayuda.

—Jirafa, como te has ensuciado de barro, no se te ven las lindas manchas —dice el elefantito—. Te echaré agua con mi trompa.

—León, ¿tienes mucho calor? —dice el elefantito—. Te abanicaré un poco con mis enormes orejas.

—Mono, pareces cansado —dice el elefantito—. Te llevaré sobre mi lomo.

—¡Oh, pobrecito rinoceronte! Te has caído al río. Agárrate a mi colita y te ayudaré a salir del agua.

Después de tanto ayudar a sus amigos, el pequeño elefante tiene sueño y se dispone a dormir un ratito bajo una palmera.

—Vamos a velar todos el sueño del elefantito para que no le pase nada —dicen sus amigos.

El tigre

El joven tigre vive en la selva. Un día se quedó dormido en la espesura y sus amigos no le encontraban.

—¿Dónde está el pequeño tigre? —se preguntaban.

El monito trepó hasta lo más alto del árbol más alto. El rinoceronte recorrió la orilla del río buscándole. El elefante se adentró en la espesura. Pero nada, no aparecía.

—¿Dónde estás, tigre? —llamaban todos.

Por fin, el elefantito le llamó tan fuerte con su trompa que el pequeño tigre se despertó.

—¡Estoy aquí! —dijo el pequeño tigre y, después de dar un bostezo y estirarse, les saludó con su pata rayada.

—¡Tigrecillo! Te hemos buscado por todas partes —le dijeron sus amigos al unísono.

—No podíamos verte por tu piel rayada —exclamó el mono.

—¡Te echábamos de menos! —le dijeron todos abrazándole.

La princesa altiva

Había una vez un rey que tenía una hija muy bella. Muchos duques, algún príncipe e incluso un soberano se habían interesado por ella. Pero la princesa era arrogante y engreída, y no quería a nadie. A cada pretendiente le encontraba un defecto y le daba calabazas de forma ruda y maleducada.

—No quiero casarme contigo, saco de grasa —le dijo, por ejemplo, a un pretendiente que era un poco rollizo.

—No quiero casarme contigo, fantasma —le dijo a otro de cara pálida.

—No quiero casarme contigo, palillo —le dijo a un joven alto y flaco.

—No quiero casarme contigo, cara de tomate —le respondió a otro con cara roja.

Y así con todos los duques, condes, príncipes e incluso soberanos. Hasta que el rey llegó a la conclusión de que su hija nunca encontraría marido.

Un buen día llegó al reino un príncipe muy apuesto y educado, tanto que la princesa no pudo encontrarle ningún defecto. Sin embargo, su altivez pudo más que ella y, mirando su barba rizada, le dijo:

—No quiero casarme contigo, barbudo.

El pobre rey acabó perdiendo la paciencia.

—¡Estoy harto de tu altivez y de tus malas maneras! ¡Concederé tu mano al primer vagabundo que pase y no tendré que aguantarte más!

No pasó mucho tiempo hasta que un pobre mendigo llamó a las puertas del castillo para pedir ropa usada y un poco de comida. Estaba vestido con harapos, tenía el pelo muy sucio y una larguísima barba enredada. Pero el rey tenía que mantener su palabra. Y aunque la joven lloró y gritó con todas sus fuerzas, no le sirvió de nada.

El mendigo llevó a la princesa al bosque. Por el camino le dijo que todo lo que veían sus ojos pertenecía al príncipe que ella había rechazado por tener barba. La princesa lamentó haber dicho que no a tan apuesto y educado joven. Y se tiró aún más de los pelos cuando vio la miserable choza en la que vivía el mendigo. El lugar estaba sucio y desordenado. La princesa se puso un vestido sencillo, ayudó a su marido a encender la chimenea, limpió el lugar y preparó una humilde comida.

Después de comer, el mendigo sacó varias tiras de mimbre e intentó enseñar a la princesa a hacer cestos. Pero el mimbre lastimaba los delicados dedos de la muchacha, tanto que lloraba de dolor. El mendigo, que no era cruel, le dio unos harapos, aguja e hilo, y le mandó que remendara sus ropas. Y aunque la princesa se esforzó, se pinchaba y las lágrimas resbalaban por sus mejillas. Por último, el mendigo le dio un cesto lleno de vasijas de barro para que fuese a venderlas al mercado.

El primer día, la princesa tuvo mucho éxito en la feria y logró vender muchas vasijas. Pero a la mañana siguiente, un cazador borracho pasó cabalgando y le rompió toda la mercancía.

Finalmente, el mendigo convenció al cocinero del palacio del príncipe barbudo para que contratase a su mujer como aprendiz de cocina. La princesa tenía que trabajar mucho, y el cocinero le solía dar algo de comida. La princesa aprendió a guisar y se convirtió en una buena cocinera, pero aún lamentaba haber rechazado al apuesto príncipe de la barba rizada.

Un día corrió la noticia de que el príncipe se iba a casar.

—¿Quién será su esposa? —preguntó la joven. Pero nadie conocía a la novia. Así que el cocinero y la princesa decidieron subir al salón de palacio. Entreabrieron la puerta para mirar.

El príncipe estaba de pie en medio del salón. Al descubrirles les dijo:

—¿Espiando a vuestro soberano? ¡Muchacha, pagarás tu indiscreción bailando un vals conmigo!

La tomó de la mano y la condujo al centro del salón, y todos los músicos se pusieron a tocar.

Pero al dar vueltas, la comida que se había guardado en los bolsillos comenzó a caer. Todos los presentes se rieron de ella. La princesa huyó avergonzada, pero el príncipe la tomó de la mano.

—¿No me conoces? —le preguntó el joven al oído—. Soy el príncipe barbudo, y tu marido el mendigo, y el borracho que rompió tus vasijas en el mercado. Tu padre y yo montamos esta farsa para darte una lección.

La princesa estaba tan confusa que no sabía qué decir. En su corazón se agolparon muchos sentimientos, pero el más fuerte de todos era el amor que sentía por su esposo, el príncipe.

Las criadas de palacio la ayudaron a ponerse un vestido y a arreglarse como la princesa que era. Volvió junto a su marido y nadie reconoció a la pobre muchacha de la cocina en la hermosa joven que ahora bailaba el vals con el príncipe.

227

El osito encuentra un amigo

El osito despertó de su larga hibernación. Salió de su cueva y tomó una bocanada de aire fresco. Los rayos de sol le acariciaban la cara. Se sentía lleno de energía. Tenía ganas de encontrar a alguien para jugar.

—¡Ven y juega conmigo! —le gritó al búho.

—Lo siento, yo sólo juego de noche —le respondió el búho, adormecido.

En un prado cercano vio unos conejillos. El osito se acercó contento al grupo, pero mamá coneja le dijo malhumorada:

—Vete, grandullón. No puedes jugar con mis hijos. Podrías dañarles.

El osito se fue al río, donde los castores estaban construyendo un dique.

—¡Venid y jugad conmigo! —exclamó.

Pero los castores tenían mucho trabajo. El oso se quedó allí sentado mirando al martín pescador.

—¡Uau! Eso parece divertido —dijo el oso, saltando al agua.

228

—¡Vete, que espantas los peces! —le dijo furioso el martín pescador.

Así que triste se tumbó. Se estaba durmiendo cuando oyó una vocecita:

—¿Quieres jugar conmigo? —dijo una preciosa osita que le miraba.

—Ahora no puedo, porque estoy cansado ¡Pero me encantaría jugar mañana contigo! —dijo feliz—. Y desde ese día ya nunca estuvo solo.

El ratón de campo y el ratón de ciudad

Había una vez un ratón rechoncho, de hocico y bigotes vivarachos, que vivía en un nido al pie de un roble. El ratón campestre estaba feliz con su hogar. En los alrededores tenía suficiente grano, muchas nueces y todo tipo de bayas para comer, y contaba con una cama de paja cómoda y calentita para dormir. Además, los vecinos del roble, la señora ardilla y el petirrojo, eran los mejores amigos que uno podía desear.

Un día, el ratón de campo tuvo una gran sorpresa. Su primo, el ratón de ciudad, había venido a visitarle. El ratón urbano era elegante y distinguido, y llevaba un abrigo caro y lujoso. Además tenía los bigotes rizados. La verdad es que el ratón de campo se sintió un poco vulgar al lado de su primo. Pero lo único que deseaba era que el ratón urbano se sintiera bien en su casa.

—¿Tienes hambre, primo? —le dijo—. ¡Entra y cena algo!

Pero al ratón urbano no le gustaban las bayas ni el grano que le ofrecía. Eran ásperos y amargos. Además, los amigos de su primo eran aburridos. ¡Y qué decir de la cama! Era dura y la paja rascaba.

Al día siguiente, el ratón urbano dijo:

—Ven a la ciudad conmigo, primo. Es mucho más divertida que el campo. Tengo una casa preciosa, como comida delicada y fina, y disfruto de todo tipo de aventuras. Ven conmigo y verás lo que te pierdes aquí en provincias. El plan no sonaba mal, así que el ratón campestre decidió tomarse unas vacaciones y acompañar a su primo.

Cuando llegaron a la gran ciudad, el ratón de campo quedó horrorizado. ¡La ciudad era tan ruidosa! Las bocinas sonaban sin parar y los coches pasaban tan cerca que casi les atropellaban. Había muchos camiones que desprendían un humo desagradable. ¡Y perros por todas partes!

Finalmente llegaron sanos y salvos a casa del ratón de ciudad. La verdad es que era toda una mansión. ¡Era tan grande que el ratón de campo se perdía en ella!

—No te preocupes —le dijo el ratón urbano al de campo—. Pronto te orientarás y te sentirás a gusto en mi casa. ¡Qué hambre! Vamos a picar algo.

El ratón de campo estaba muerto de hambre también, así que siguió a su primo a la cocina.

El ratón de campo nunca había visto tanta comida junta:
fruta, nueces, avellanas, pipas, queso y muchos pasteles.

Los dos ratones comieron
y comieron… Pero el ratón de campo
no estaba acostumbrado a esos
alimentos así que, antes
de que pudiera darse
cuenta, empezó a
dolerle la barriga.

De pronto, una mujer
apareció en la
habitación. Dio un
chillido y empezó a
perseguirlos con una
escoba mientras ellos
corrían como demonios.

Cuando los dos ratones consiguieron salir al pasillo… ¡de pronto, de
una silla saltó un gato enorme! Con un terrorífico ¡MIAAAAAAAU! se
puso también a perseguir
a los dos ratoncitos.
El ratón de
campo nunca
había pasado
tanto miedo.
Por fin, los
dos primos
llegaron a
la ratonera.

—¡Uf! ¡Creo que por hoy ya es
suficiente! —dijo el ratón de ciudad,
cuando al cabo de un rato recobraron

el aliento—.Vamos a dormir —dijo con un bostezo—. Mañana te enseñaré el resto de la casa.

El ratón de campo se enroscó en su camita, pero se sentía demasiado atemorizado e infeliz como para dormir. Cuando oyó a su primo roncar, se esforzó para no llorar.

Al día siguiente, el ratón urbano estaba preparado para más aventuras, pero el ratoncillo campestre ya había tenido suficiente diversión.

—Muchas gracias por la invitación —le dijo a su primo—, pero ya he visto suficiente la ciudad. Para mí es demasiado grande y sucia; y está llena de peligros. Me vuelvo a mi apacible hogar en el campo.

Y regresó a su confortable madriguera. El ratón campestre nunca se había alegrado tanto de ver a sus amigos, a quienes explicó sus aventuras. Y nunca, nunca deseó regresar a la gran ciudad.

La sirena Serena

En una gruta encantada en lo más profundo del mar vive Serena, una bellísima sirena de cola brillante. Le gusta bucear por el fondo marino buscando hermosas perlas y caracolas.

El mejor amigo de Serena es Coral, el delfín. A los dos les encanta deslizarse por las cristalinas y azules aguas marinas, y jugar al escondite entre las algas de colores.

Hoy es un día muy especial en las profundidades, porque es el cumpleaños de Neptuno, dueño y señor de los océanos, y habrá una espectacular fiesta.

Serena se pone un lindo collar de perlas, un brazalete y unas estrellitas de mar como pendientes.

LA SIRENA SERENA

—¿Qué te parece? —le pregunta Serena.

El delfín aplaude con sus aletas y da una voltereta. Serena está guapísima. Para terminar, la sirena se cepilla su larga cabellera y se la adorna con unas flores marinas azules. Entonces, moviendo sus colas con elegancia, Serena y Coral se encaminan a la fiesta.

Cuando llegan al palacio marino, las sirenas se quedan con la boca abierta. ¡Serena está tan bella!

—Feliz cumpleaños, majestad —dice, y le entrega al rey su regalo: una perla enorme y blanquísima.

—Muchas gracias, Serena —dice el rey—. Es casi tan bella como tú.

La colmena

Las abejas viven en colmenas.
En ellas construyen panales,
donde la miel almacenan.
Recogen el polen de las flores
y tienen una reina
que sobre todas gobierna.

El perro de San Roque

El perro de San Roque
no tiene rabo
porque Ramón Ramírez
se lo ha cortado.

Que llueva, que llueva

Que llueva, que llueva,
la Virgen de la Cueva,
los pajaritos cantan,
las nubes se levantan.
¡Que sí! ¡Que no!,
que caiga un chaparrón,
que rompa los cristales
de la estación.

Marinero

Marinero, marinero
que te haces a la mar.
Marinero, que no sabes
cuándo vas a regresar.

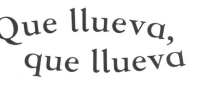

La casa fría

Había una casa, ¡qué casa tan fría!
Mira si sería de verdad fría,
que hasta los ratones de frío se morían.

Murciélagos

Al fondo del establo
hay un murciélago
y hay un vampiro.
Y yo de puro miedo
¡me las piro!

La oscuridad

No me atemoriza la noche
ni me da terror la oscuridad.
Pero si puedo elegir,
¡prefiero la claridad!

Tres ratoncitos

Tres ratoncitos de colita gris,
mueven las orejas, mueven la nariz,
abren los ojitos, roen sin cesar,
por si viene el gato, que los comerá.
Comen un quesito, y a su casa van,
cerrando la puertita, a dormir irán.

El gatito travieso

Misi era un gatito travieso. Él no lo hacía a propósito, pero muchas de las cosas que se le ocurrían acababan desastrosamente.

—Tienes que tener más cuidado —le advertía su mamá.

Pero Misi estaba demasiado ocupado metiéndose en líos como para escucharla.

Un día, Misi estaba más juguetón de lo normal. Primero trató de jugar a pillar con su hermana pequeña, que acabó subida a un manzano. Papá tardó horas en bajarla de allí.

Entonces, Misi decidió untar con mermelada el rabo al perro, que se volvió loco dando vueltas y vueltas y vueltas tratando de lamerse. Al final, el pobre acabó tan mareado que se desmayó. Misi se partía de la risa.

Después, Misi pensó que sería divertido jugar al escondite con el ratón y asustarle hasta que no se atreviera a abandonar su agujero durante el resto del día.

Luego, el gatito se ocultó en la conejera y, cuando el conejo entró a comer, le gritó «¡uhhh!» tan fuerte que el pobre animal cayó de bruces sobre el comedero. A Misi le pareció divertidísimo ver al conejo tirado entre hojas de lechuga y zanahorias.

Pronto vino la siguiente travesura. Misi chocó contra una carretilla llena de manzanas mientras estaba tratando de volar como un pájaro. ¡Le entró la risa cuando las manzanas salieron volando y cayeron en la cabeza de su hermanito!

Y cuando una de las manzanas rodó hasta caer en el estanque del jardín, decidió jugar a pescarla. ¡Cómo se divirtió al ver a los aterrorizados pececillos huyendo de él!

Pero Misi se rió tanto que... ¡CATAPUMBA! Perdió el equilibrio. Se le cortó la risa en seco cuando se vio a sí mismo reflejado cayendo al agua. ¡CHOF! ¡Un horror, un desastre!

—¡Socorro! ¡No sé nadar! —gritaba Misi. Pero el agua sólo le cubría hasta la rodilla...

—¡Uf! —respiró aliviado, escupiendo agua.

—¡Ja, ja, ja! —se rieron de él los demás gatitos. Y el perro y el conejo no tardaron en sumarse al público.

—Te tengo dicho que vayas con cuidado, cariño —le dijo mamá, intentando no reír.

—No tiene gracia —dijo Misi malhumorado. Pero entonces, reflejado en el agua, vio lo gracioso que estaba mojado y empezó a reírse como los demás.

Tras aquellas aventuras, Misi trató de no ser tan travieso. Y lo consiguió… ¡a veces!

Problemas de trompa

Los elefantitos Emma, Elena y Eric habían pasado el día en el río chapoteando en el agua fresquita, y dándose divertidas duchas de elefante. Pero ya casi era hora de cenar y tenían que volver a casa.

Salieron del agua y se dieron un baño de arena fina. Elena y Emma hacían ruidos con sus trompas: ¡FLASSSS! ¡FLOSSSS! Ambas tenían unas trompas largas y flexibles y estaban muy orgullosas de ellas. ¡FLASSSS! ¡FLOSSSS!, asustó Eric con su trompa a sus hermanas. ¡COF! ¡COF! ¡ACHÍÍÍS!, contraatacaron Emma y Elena.

—¡Para ya! —le dijeron a su hermano.

Eric soltó una risilla. Le encantaba hacer rabiar a sus hermanas.

—¡Os echo una carrera hasta casa! —les retó—. ¡El último es un huevo de elefante! —Y echó a correr por la selva.

Elena y Emma corrieron detrás de él.

—¡Vamos a ganarle! —gritaron, dándose tanta prisa como podían.

Corrieron tan rápido para alcanzar a su hermano que no pusieron atención. De pronto, Emma tropezó con una liana y perdió el equilibrio.

—Oooh… ooooooh… —gritó mientras se tambaleaba y caía.

—¡Agárrate a mi trompa! —dijo su hermana, mientras se la tendía.

Y Elena se agarró tan fuerte que arrastró a Emma en su caída y las trompas se les enredaron.

—¡Socorro! —gritaban las pobres.

Su hermano volvió hacia ellas.

—¡No os preocupéis! —dijo—. Yo os salvaré.

Eric usó su trompa para desenredar las de sus hermanas, pero tropezó y perdió el equilibrio también. ¡Ahora la trompa de Eric también se había enredado con las de las chicas! Así que los tres elefantes tuvieron que quedarse sentados en el suelo cabizbajos. Apenas podían moverse.

—¿Qué vamos a hacer ahora? —preguntó Emma.

—No te preocupes, alguien pasará y nos ayudará —dijo Elena.

—¡Es todo por vuestra culpa! —se quejó Eric—. Si no fuese por vosotras, yo estaría en casa cenando.

Por suerte, pasó por allí doña Serpentina, la serpiente:

—¿En qué conssssissste essste juego? —siseó mirando las trompas.

—No es ningún juego... ¿Nos ayuda a soltarnos? —preguntó Emma.

—Haré lo que pueda, chicosss —dijo doña Serpentina—. Vamos a ver

sssi tirando de… —dijo culebreando entre las trompas.

Pero estaban tan liadas que doña Serpentina no podía encontrar ¡ni su propia cola!

—¡Cielosss! —exclamó—. ¡Creo que yo también estoy atassscada!

—¡Lo que faltaba! —se quejó Eric—. ¡Una más!

Justo en ese momento aparecieron los monos Pongo y Tití.

—¡Hola, chicos! —gritaron—. ¡¿Pero qué ocurre?!

—¡Estamos liados! —chilló Elena—. Ayudadnos a desenredarnos.

—Veremos lo que podemos hacer —dijo Tití—. Pongo, agarra esta oreja y sujeta esta cola de serpiente, que yo tiraré de esta trompa.

Así que estiraron de trompas y de orejas y de serpiente, y empujaron.

—¡Aaaaaaaay! —se quejó Elena.

—¡Que me asssfixio! ¡No puedo ressspirar! —chilló doña Serpentina.

Así que Pongo y Tití lo dejaron por imposible. Estirar y retorcer no parecía la mejor forma de desatar el nudo.

De pronto pasaron volando Penélope la cotorra y su mamá. Llevaban algo en el pico. Cuando todos miraron hacia arriba, las dos dejaron caer una nube de polvo fino y seco que cubrió al grupo.

—¡COF, COF! ¡A… CHÍÍÍSSS! —estornudaron Pongo y Tití.

—¡AAAA… CHÚS! ¡AAAA… CHÚS! —estornudaron los elefantes. Al principio nadie se dio cuenta de lo que había pasado, pero entonces todos se miraron unos a otros... ¡Se habían liberado a base de toser y estornudar!

—¡Gracias, chicas! —gritaron los tres elefantes.

—¡Graciasss, chicasss! —dijo doña Serpentina.

—¡Fue un placer! —contestaron las cotorras.

—¡Estáis todos invitados a cenar! —anunció Eric.

—¡Hurra! —gritaron los demás.

Con sus trompas ya libres emprendieron el camino a casa..., ¡pero esta vez sin tantas prisas!

La princesa de corazones

La princesa Rubí tenía ese nombre porque había nacido con los labios muy encarnados y en forma de corazón. Al crecer se convirtió en una joven muy bella con un hermoso pelo que le llegaba hasta la cintura, ojos verdes y la piel clara. Además era encantadora y amable, pero tenía una manía: ¡todas sus cosas tenían que tener forma de corazón! Su cama tenía forma de corazón, su mesa y su silla tenían forma de corazón… ¡incluso las pastas que comía a la hora del té tenían que tener forma de corazón!

En cuanto tuvo la edad adecuada, el rey y la reina pensaron en buscarle un marido.

—He oído que el príncipe de un país vecino está buscando una esposa —dijo la reina—. Es bueno, valiente, apuesto y rico. Tiene todo lo que una princesa puede desear.

Pero la caprichosa princesa se negó.

—Sólo me casaré si logra que las estrellas tengan forma de corazón.

Cuando el príncipe Galán vino a ver a la princesa Rubí, a ella le gustaron sus ojos y su amable sonrisa. Los jóvenes pasaron toda la tarde paseando y conversando por los jardines. Pero el príncipe Galán no pudo prometerle a la muchacha que podría cambiar las estrellas. Cuando el príncipe se alejó, ¡Rubí deseo no tener esa manía!

También el príncipe Galán se sentía muy triste mientras cabalgaba hacia su palacio. De pronto oyó un ruido. Un terrible dragón estaba atacando a un pavo real.

El príncipe sacó su espada y se enfrentó al dragón, que en seguida huyó despavorido. El pavo había perdido sus hermosas plumas, que yacían por todas partes en el suelo.

—Gracias por salvarme, príncipe – dijo el pavo real. El joven no daba crédito a sus oídos al oír hablar al pájaro—. Tengo poderes mágicos — le explicó el pavo real, pero me siento muy débil. El dragón me ha arrancado muchas plumas mágicas.

El príncipe recogió las hermosas plumas repartidas por el prado. Tan pronto como el pavo real las recuperó dio un graznido y abrió orgulloso la cola. La cola del pavo real brilló.

—Antes de irme te concederé un deseo —dijo el pavo real.

¡El príncipe pidió que las estrellas del cielo tuvieran forma de corazón!

Aquella noche, la princesa se encontraba en sus aposentos. Estaba empezando a arrepentirse de haber rechazado al príncipe Galán.

Miró tristemente por la ventana la luna llena, que iluminaba los campos. Entonces vio las estrellas… ¡No se lo podía creer! ¡Todas y cada una tenían forma de corazón!

En ese momento vio al príncipe, que se acercaba cabalgando a palacio y se detuvo bajo la ventana de la muchacha. El príncipe preguntó de nuevo a la princesa si quería casarse con él y esta vez… ¡por supuesto dijo que sí!

Se casaron un precioso día de verano. Y la princesa se prometió a sí misma ¡no volver a desear nada descabellado!

Un día ventoso

Era una resplandeciente y ventosa mañana en la granja. Rosi miraba por la ventana.

—Mamá, ven y mira —dijo la niña llamando a su madre—. Las nubes parecen borreguitos lanudos cruzando el azul del cielo.

—Creo que va a hacer un día estupendo para lavar y tender la ropa —dijo mamá. Se secará pronto con tanto viento.

Rosi y Dani ayudaron a su madre a separar la ropa. Había camisetas y toallas, camisas y calcetines. Y también la ropa de futbolista de Dani, el vestido de Rosi, el mono de trabajo de papá y la vieja manta amarilla del perro Cóquer.

—Mi conejito también necesita un baño. Tiene las orejas sucias y la chaqueta llena de cacao.

—Lo manchaste tú —dijo Dani.

—Sólo le pregunté si quería un sorbo de mi taza —replicó Rosi.

Mamá encendió la radio y se puso a tararear. Rosi echó el detergente a

la lavadora y Dani la programó. El perro Cóquer se metía entre los pies de todo el mundo, y el gato Mimo intentaba esconderse y dormir en el cesto de la ropa. Lo último que metieron fue el conejito de Rosi.

La lavadora acabó en seguida. Mamá tomó el pesado cesto de la colada y se dirigió al tendedero. Rosi llevaba a su conejito. Ahora volvía a estar muy guapo recién lavado, pero tenía que secarse.

—Dame tu conejito. Lo tenderemos también para que se seque antes —dijo mamá.

Cuando salieron a la calle, el viento arreciaba. Genaro, el ayudante de papá, trataba de cerrar el portón, ¡pero tenía que sujetarse el sombrero!

—¡Oh! Mirad esas nubes con aspecto de borrego —exclamó Rosi—. ¡Qué rápidas pasan!

—Yo en vuestro lugar sujetaría

la ropa con muchas pinzas —dijo Genaro—.
El viento es cada vez más fuerte: Miguel el lechero
no puede pasar porque hay un árbol caído en
medio de la carretera.

Con el viento, las camisas se hinchaban como las
velas de un barco, los calcetines bailaban arriba y
abajo y el mono de papá parecía vivo. Dani corrió
con los brazos abiertos como si fuera un avión.

—¡Yupiii! ¡Vivan los días de viento! —gritaba.

—El conejito Bartolo está bailando en el tendedero —exclamó Rosi.

—Entrad en casa —ordenó mamá.

El viento empezó a soplar cada vez con más fuerza. Golpeaba las
ventanas y aullaba por debajo de la puerta.

—Mirad, ahí viene Estanis, el cartero —gritó Rosi—. ¡Hala, el viento
le ha arrancado el sombrero!

—Chicos —dijo mamá—,
será mejor que vayamos a
recoger la ropa tendida.

¡Fuuuu! El viento casi los
tumba!

—¡Ay! ¡Que se me lleva
el viento! —gritó Rosi.

—También se lleva las cartas
de Estanis. Están esparcidas por
todo el prado —dijo Dani.

—¡Mamá! Pero ¿dónde está
la ropa? ¿Dónde ha ido a parar
mi camiseta de fútbol?

—¿Y mi conejito? —sollozó Rosi. Había camisetas sobre el seto, calcetines en el estanque de los patos y cartas por todo el patio. El mono de papá colgaba como una bandera del manzano.

—Mira, mi camiseta de fútbol —dijo Dani—, ¡aún más sucia!

Cóquer encontró su manta en el gallinero y se tumbó sobre ella para que no siguiera volando.

—Recojamos la colada antes de que el viento se la lleve otra vez —dijo mamá.

—Estanis ha recogido todas sus cartas —dijo Dani.

—¿Y dónde está mi conejito? —dijo Rosi preocupada.

—Ven y mira —le dijo Genaro—. Los cerditos tienen un nuevo amigo. En medio de la pocilga, estaba Bartolo. Los cochinillos lo olisqueaban y movían contentos su rabito.

—¡Ah, ahí estás, conejito! —sonrió Rosi—. Ya sé que te gustan los cerditos, pero te has vuelto a ensuciar. Estás lleno de barro. Te voy a tener que bañar de nuevo.

En la oscuridad

En la oscuridad de la habitación de Benjamín se ha movido algo, pero no ha sido el niño. Benja duerme, pero su osito de peluche está completamente despierto. Aprovechando los ronquidos de Benjamín, el osito baja de la cama, cruza la habitación y sale por la puerta del dormitorio.

El peluche se sube a la barandilla y, ¡fiuuu!, se desliza por ella a toda velocidad. Una vez que aterriza en el vestíbulo, se sube al triciclo de Benjamín y pedalea hacia la cocina, abre la gatera y sale a la fría y oscura noche.

En su habitación, Benjamín sigue profundamente dormido.

En el jardín, su osito de peluche juega en la caja de arena. Apila un gran montón con las patitas y encima coloca una rama con una hoja, como si fuera una bandera.

Entonces corre hacia los columpios y se sube. Empieza a columpiarse arriba y abajo, más y más fuerte, más y más alto, como si quisiera alcanzar las estrellas.

En su habitación, Ben sueña con todo lo que ha hecho durante el día con su osito.

En el jardín, el osito de peluche de Benjamín sube al tobogán. Se desliza y aterriza con el trasero en el suelo sobre un montón de hojas secas.

De pronto ve dos ojos relucientes que le espían desde un seto de flores. ¡Es el gato! ¡Hora de irse! El osito se vuelve a meter en casa por la gatera para ponerse a salvo en la cocina.

El peluche sabe perfectamente dónde guarda la mamá de Benjamín la miel. Así que antes de volver a la cama, abre el tarro y mete la patita para lamérsela luego.

En la cama, Benjamín se despierta y bosteza. La luz empieza a entrar entre las cortinas. Saca la mano de entre las sábanas buscando su osito de peluche.

—¡Qué curioso! —se dice—. Hay arena entre las sábanas. —El niño abre los ojos medio dormido—. ¡Qué raro! —piensa—. ¿Por qué tiene el osito una hoja en la oreja? —Se plantea preguntárselo al osito, pero éste duerme tan apaciblemente que le da pena despertarlo.

Benjamín empieza a sentir apetito. Le apetecen unas tostadas con miel. Salta de la cama y agarra el pomo de la puerta de su habitación. ¡Y ve la huella pegajosa de miel de la pata de un osito!

Mermelada

Mermelada en la ensalada,
mermelada en la ensalada.
¡Hurra, hurra, qué bien!
Qué bien, que vamos a comer
mermelada en la ensalada.
Tortilla con mantequilla,
tortilla con mantequilla.
¡Hurra, hurra, qué bien!
Qué bien, que vamos a comer
tortilla con mantequilla.
Chocolate con tomate,
chocolate con tomate.
¡Hurra, hurra, qué bien!
Qué bien, que vamos a comer
chocolate con tomate.

Mari, agarra la tetera

Mari, agarra la tetera
y pon el agua a cocer,
y pon el agua a cocer,
que queremos tomar el té.

Mari, deja la tetera
y no pongas el agua a hervir,
y no pongas el agua a hervir,
que nos tenemos que ir.

Al rico helado

¡Al rico helado de piña
para el niño y la niña!

Pepito goloso

Pepito es muy goloso
y le gusta el dulce
mucho más que a un oso.
Sentadito en un rincón
se chupa el dedo
untado de caramelo.

Diez botellas verdes

Hay diez botellas verdes sobre una pared.
Hay diez botellas verdes sobre una pared.
Pero si acaso una sola se llegara a caer,
habría nueve botellas verdes sobre una pared.

Hay nueve botellas verdes sobre una pared.
Hay nueve botellas verdes sobre una pared.
Pero si acaso una sola se llegara a caer,
habría ocho botellas verdes sobre una pared.

Hay ocho botellas verdes sobre una pared.
Hay ocho botellas verdes sobre una pared.
Pero si acaso una sola se llegara a caer,
habría siete botellas verdes sobre una pared.

(Y así se continúa con siete botellas verdes, etc.)

Daba-daba, daba-du, daba-di

Daba-daba, daba-du,
que me gustas tú.
Daba-daba, daba-di,
que estoy por ti.
Daba-daba, daba-do,
que te quiero yo.

Pastelitos

Pastelitos, pastelitos,
pastelitos de crema
y pastelitos de arroz,
mis favoritos son.

El cocinero

El señor cocinero trabaja en la cocina.
Prepara pasteles y caldo de gallina.
Fríe las patatas y amasa la harina.
Invita a comer a su querida vecina.

La Bella y la Bestia

Había una vez un hombre que vivía en una cabaña en el campo con sus tres hijas. La más pequeña era tan hermosa que todos la llamaban Bella, lo que hacía morirse de celos y de envidia a sus dos hermanas.

Un día, el buen hombre tuvo que ir a la ciudad. Antes de marcharse reunió a sus hijas y les preguntó si querían que les trajese un regalo.

—¡Joyas! —dijo la mayor.

—¡Vestidos de seda! —dijo la segunda hija.

Pero Bella, la más pequeña de las tres, sólo deseo una rosa blanca.

Cuando volvía a casa, el hombre fue sorprendido por una gran tormenta de nieve. La ventisca era tan fuerte y violenta, y el bosque tan grande y oscuro que temió no poder regresar nunca a su hogar. De pronto vio a lo lejos un grandioso palacio.

Llamó al portón, pero parecía no haber nadie. Entró y se vio en un comedor con una mesa sobre la que había una

magnífica cena. El hombre que estaba hambriento comió hasta saciarse. Luego decidió recorrer la mansión. Escaleras arriba encontró una alcoba con una cómoda cama en la que cayó rendido. Al día siguiente, cuando se despertó, vio que alguien le había servido el desayuno junto al lecho.

Cuando abandonaba la mansión para volver a casa, el hombre pasó cerca de un precioso jardín de rosas. Recordando el deseo de Bella, se detuvo para elegir una flor. De pronto, con un rugido amenazador, surgió ante él una bestia.

—¡Te he brindado una estupenda acogida y me pagas robándome rosas! —gruñó la Bestia.

Temblando de miedo, el hombre le pidió perdón.

—Sólo quería una rosa para mi hija.

—Está bien, te perdono. Pero sólo si tu hija accede a vivir aquí libremente —dijo la Bestia—. Si no, tendrás que regresar en tres meses.

Ya en casa, el hombre explicó entre lágrimas a sus hijas lo ocurrido. Para su sorpresa, Bella aceptó en seguida la propuesta de la Bestia.

Cuando la muchacha llegó a palacio, le estaba esperando una opulenta comida.

—Querrá engordarme para devorarme luego —pensó, pero igualmente comió.

Cuando hubo terminado, apareció la Bestia. Su aspecto era terrorífico, y Bella sintió miedo.

—Tu habitación está lista —dijo la Bestia, y la condujo hasta una puerta donde había un letrero dorado que decía: APOSENTO DE BELLA.

La habitación tenía todo lo que una joven podía desear: un piano de marfil, hermosos vestidos de seda y rosas de fragante aroma. En el tocador había un espejo con la siguiente inscripción:

SI ALGO QUIERES PEDIR, FORMULA TU DESEO Y MÍRATE EN MÍ.

—Me gustaría ver a mi padre —dijo Bella, y en ese preciso momento lo vio sentado muy triste en casa junto al fuego.

—Quizás después de todo, la Bestia no quiera matarme —pensó Bella—. ¿Qué planes tendrá?

Al día siguiente por la noche, la Bestia cenó con Bella.

—Dime —preguntó a la muchacha—: Tengo un aspecto horrible, ¿verdad?

Bella no sabía mentir.
—Sí —le respondió—, pero sé que tienes buen corazón.

—Entonces, ¿aceptarías casarte conmigo?

Sabía que el monstruo se enfadaría si le rechazaba, pero no podía aceptar porque no le amaba.

—No, lo siento. No quiero casarme contigo.

La Bestia suspiró tan profundamente que las paredes vibraron.

—Buenas noches, entonces —dijo la Bestia muy triste.

Pasaron los meses y Bella era feliz en el palacio.

Una noche, la Bestia volvió a preguntarle:

—¿Quieres casarte conmigo?

Bella respondió que no, aunque sentía un gran aprecio por él.

Un día, Bella miró en el espejo mágico y vio a su padre enfermo. Suplicó a la Bestia que la dejara marchar, y el monstruo accedió.

—Toma este anillo mágico —le dijo—. Si algún día quieres volver, ponlo junto a ti en la cama, y al despertar estarás aquí.

—Volveré —prometió Bella.

La joven regresó a su casa y cuidó de su padre, que pronto sanó. Bella se dispuso a volver al palacio, pero sus hermanas sentían envidia de que viviera en una mansión lujosa mientras que ellas habitaban una pobre cabaña. Así que la convencieron para que se quedara.

Una noche, Bella soñó que la Bestia había muerto y despertó llorando.

Entonces supo que amaba al monstruo y decidió volver junto a él. Colocó el anillo en la cama y cerró los ojos.

Cuando los abrió de nuevo, se encontraba en el jardín del monstruo y, tal como había visto en su sueño, él yacía muerto en el suelo.

—¡Oh, mi Bestia! —lloró la muchacha abrazándolo—. No te mueras. Te quiero y quiero casarme contigo.

Al instante, el aire se inundó de música y de luz, y la Bestia se convirtió en un apuesto príncipe.

—¿Quién eres tú? —preguntó Bella.

—Soy la Bestia —dijo el príncipe—. Una bruja me hechizó y me convirtió en ese pobre animal. El embrujo sólo podía romperse si lograba que una joven hermosa me amara.

Pocos días después, los jóvenes se casaron. Bella jamás había sido tan feliz. Ella y el príncipe se amaron por toda la eternidad con todo su corazón, y fueron felices y comieron perdices.

El cerdo y las joyas

Margarita era muy linda y obediente. Cuidaba de los animales de la granja en la que vivía. Los amaba a todos, y los animalitos la amaban a ella. Pero Margarita tenía un deseo: convertirse en princesa.

Un día, Margarita encontró un cerdito enfermo en el bosque. Lo llevó a la granja y cuidó de él hasta que se puso bueno. El cerdito se convirtió en su mascota.

Ella le contaba sus secretos y el cerdito la escuchaba atentamente, con sus ojillos fijos en la muchacha. Era como si entendiera lo que ésta le contaba. Ella incluso le llegó a contar el mayor secreto de todos.

—Querido cerdito —le susurró un día—, me encantaría ser una princesa.

Aquella noche, el cerdito se fue de la granja. Cuando volvió al día siguiente llevaba en la cabeza una diadema con piedras preciosas.

—Querido cerdito, ¿es para mí? —dijo Margarita.

El cerdito gruñó asintiendo. La diadema le quedaba perfecta.

Al día siguiente, el cerdito volvió a irse por la noche y regresó con un bello collar. Margarita se lo puso.

—¿Estoy guapa? —le preguntó.

Pero, claro, el cerdito sólo pudo gruñir.

El cerdito salió durante seis noches consecutivas. Y

siempre volvía con algo diferente. Primero un vestido de seda, luego una capa carmesí y finos zapatos de piel. También trajo un brazalete de oro y unos lazos de satén. Y finalmente, un anillo de oro y rubíes.

Margarita se puso los regalos y se miró al espejo.

—¡Al fin! —se dijo—. Parezco una auténtica princesa.

Al día siguiente, el cerdito desapareció de nuevo. Al principio, Margarita no se preocupó porque sabía que regresaría, pero pasaron días y semanas y el cerdito no volvía. Y Margarita le echaba muchísimo de menos.

La joven pasaba las noches con su hermoso vestido y su capa carmesí puestos. Pero se sentía muy triste cuando se acordaba de su fiel cerdito.

—Me contentaría con ser la hija de un granjero si el cerdito volviera a mi lado —pensó un día llorando mientras miraba el fuego en la chimenea.

De pronto oyó un ruido en la puerta. Abrió y vio que... ¡era el cerdito!

Con un grito se abalanzó sobre él y empezó a besarlo. Y mientras lo hacía, el cerdito... ¡se convirtió en un apuesto príncipe!

— Dulce Margarita —dijo el príncipe—, si no hubiera sido por ti, aún estaría solo y perdido en el bosque.

Y después le explicó cómo una bruja malvada le había hechizado convirtiéndole en un cerdo.

—Tus besos rompieron el hechizo —dijo el príncipe—. Margarita, ¿quieres casarte conmigo?

Era un sueño convertido en realidad. Finalmente, se iba a convertir en... ¡la princesa Margarita!

La liebre y la tortuga

La liebre era el animal más rápido de todo el bosque. Una mañana soleada, iba saltando por el sendero y canturreando:

—¡Soy linda, soy lista, soy la mejor y la más rápida de la pista!

El topo, el ratón y la ardilla la vieron pasar mientras estaban sentados en un tronco caído.

—La liebre es tan engreída… —dijo el topo—. Alguien debería darle una lección.

—¡Yo lo haré! —exclamó decidida la ardilla. Se acercó a la liebre y le dijo—: Yo soy tan bella como tú. Mira mi hermosa cola.

—¡Bah! —dijo la liebre—. Yo soy mucho más guapa, con mi suave colita y mis largas y esbeltas orejas.

—Pero yo soy tan listo como tú —dijo el ratón corriendo detrás de ellas—. Yo sé excavar túneles bajo los árboles y almacenar en ellos suficiente cantidad de nueces como para sobrevivir todo el invierno —explicó orgulloso.

—¡Eso no es nada! —respondió la libre—. ¡En invierno puedo cambiar mi pelaje por uno blanco para pasar desapercibida en la nieve! Y además soy la más rápida. ¿O hay alguien que se crea más rápido que yo? —preguntó altiva—. ¿Acepta alguien una carrera? —les retó, pero nadie osó responder. Todos sabían que la liebre era la más rápida y no había animal capaz de vencerla—. Ésta es la prueba de que soy la más bella, la más lista y la más rápida.

—Disculpa —dijo una vocecita.

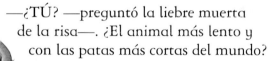

—¿Sí? —respondió la liebre, arrogante.

—Te echo una carrera —dijo la tortuga.

—¿TÚ? —preguntó la liebre muerta de la risa—. ¿El animal más lento y con las patas más cortas del mundo?

—Sí —respondió la tortuga, serena—. Te reto. —Los demás miraban boquiabiertos y la liebre casi se atragantaba de la risa.

—¿Te crees capaz de echar una carrera hasta esos sauces? —preguntó la liebre a la tortuga.

—Sí —respondió.

—¿Quieres echar una carrera más allá de los sauces, hasta el río? —preguntó de nuevo la liebre.

—Claro —respondió la tortuga muy tranquila.

—¿Y si fuéramos más allá de los sauces y del río hasta el viejo roble? —preguntó de nuevo la liebre.

—Como gustes —contestó la tortuga.

—Pues nos vemos mañana por la mañana a las nueve en punto en el viejo roble —dijo la liebre.

—Muy bien —dijo la tortuga. Los animales no hablaron de otra cosa en el bosque en toda la tarde.

Al día siguiente, todo el mundo estaba reunido para ver la carrera, unos en la línea de salida y otros en la meta.

—Preparados, listos… ¡YA! —dio la urraca la salida.

Y la liebre y la tortuga empezaron la carrera. La liebre aceleró y dejó a la tortuga atrás en un santiamén, pero cuando ya no había nadie para admirarla redujo la velocidad. Miró hacia atrás y no había ni rastro de la tortuga.

—Tardará siglos en alcanzarme —pensó la liebre—. Como no hay prisa voy a descansar un ratito. —Se sentó bajo un sauce, cerró los ojos y en unos minutos se quedó dormida.

Mientras tanto, la tortuga avanzaba lentamente. No intentaba ir más deprisa de lo que le permitían las piernas pero tampoco paraba: sin prisa pero sin pausa. El sol estaba ya alto en el horizonte y la tortuga sintió calor, pero no paró. Le empezaron a doler las piernas, pero no desistió. Mientras, la liebre dormía plácidamente.

Por fin, la tortuga alcanzó a la liebre. Al principio, la tortuga, que era muy buena, quiso despertarla, pero luego pensó: «La liebre es muy lista. Tendrá una razón para estar durmiendo y si la despierto se enfadará». Así que la dejó durmiendo y continuó su camino.

Ya por la tarde, cuando el aire refrescaba, la liebre despertó sobresaltada.

—¡La carrera! ¡Tengo que terminar la carrera!
—exclamó. Miró a su alrededor pero no había ni
rastro de la tortuga—. Todavía no ha pasado por
aquí. No tengo prisa.

Y empezó a avanzar hacia la meta sonriendo al
público. Cuando se acercaba a la línea de meta
oyó vítores y aplausos.

—Verán que estoy llegando —pensó engreída.

Pero al acercarse se dio cuenta de que...
¡la tortuga estaba cruzando la meta! ¡La tortuga la había ganado!
Los animales aplaudían entusiasmados. Cuando la liebre llegó
cabizbaja, los aplausos aumentaron. A la pobre se le pusieron rojas
las orejas y ni siquiera se atrevía a levantar la vista. La liebre estaba
abatida, todos los animales felicitaban a la tortuga. Ésta se mostraba
tímida pero orgullosa. Era la prueba de que yendo
despacito pero sin detenerse también
se podían ganar carreras.

Y los
animales
supieron que
en el futuro
no tendrían
que aguantar más
fanfarronadas
de la liebre.

La princesa que nunca sonreía

Érase una vez un país muy lejano en el que nació una princesa. El rey y la reina le dieron el nombre de Colombina. Los padres pensaron al verla que era el bebé más lindo del mundo. Y para que estuviera bien atendida las veinticuatro horas del día contrataron a una niñera.

Un día, la reina fue a ver qué tal estaba su hija y se encontró a la niñera dormida y a la niña llorando desconsolada. La reina se enfadó tanto que llamó al rey y éste despidió a la mujer.

Pero los reyes no sabían que, en realidad, la mujer era una bruja malvada que podía conjurar terribles hechizos.

—¡La princesita Colombina no volverá a reír hasta que averigüe mi verdadero nombre! —gritó furiosa.

El rey y la reina quedaron desolados. Su hija no volvió a sonreír a partir de aquel día. Se hizo un listado con los nombres de todas las mujeres del reino: Juana, Catalina, Amanda… Incluso lo intentaron con nombres poco habituales como Hermenegilda, Sinforosa y Leocadia. Probaron también exóticos nombres extranjeros como Aramita, Gudrun y Chin Tong. Pero ninguno rompió el hechizo.

La princesa Colombina creció y se convirtió en una muchacha muy bella y dulce. Pero estaba siempre tan triste que los reyes no encontraban paz. Lo intentaron todo para hacerla reír. Le compraron un perrito y un poni y contrataron a un bufón que le contaba chistes divertidísimos.

LA PRINCESA QUE NUNCA SONREÍA

—Un mosquito pregunta a su padre: «Papá, ¿puedo ir al circo?» «Sí, hijo mío, pero ten mucho cuidado cuando la gente aplauda.» —contaba el bufón.

—Dos aceitunas van en moto, en una curva se cae una de ellas... «¡Ay!, creo que me he roto un hueso.» «¡Cómo te vas a romper un hueso si estamos rellenas de anchoa!» —Pero nada, Colombina no sonreía.

Un día llegó a palacio un artista llamado Rodolfo, que pidió permiso al rey para pintar el retrato de la muchacha. El rey se lo concedió con la única condición de que pintara a su hija sonriendo. Rodolfo colocó su caballete frente a un enorme espejo y empezó a pintar. La princesa estaba sentada delante posando y podía ver cómo avanzaba la obra reflejada en el espejo. Pronto el retrato estuvo casi terminado; tenía todos los detalles menos la sonrisa.

Rodolfo lo intentó todo. Hizo caricaturas para tratar de arrancarle una sonrisa. Pintó ridículos cuadros del rey y la reina, mientras la princesa le contemplaba educada y muy seria. Luego hizo un gracioso retrato de la antigua niñera, con bigote, y escribió debajo la palabra «NIÑERA».

Colombina miró el reflejo en el espejo y en él leyó «NIÑERA» al revés.

—AREÑIN —dijo la princesa Colombina lentamente—. ¡Se llama AREÑIN! —y sonrió tímidamente.

—AREÑIN —repitió la joven a carcajadas.

Por fin se había roto el hechizo. Todos estaban tan felices que reían a carcajadas, pero la que más alto lo hacía era, sin duda, Colombina.

El alfiler

Si echas los papeles a la basura
tendrás buena suerte segura.
Si no recoges del suelo un papel
muy mala suerte has de tener.

La señora Mari

La señora Mari tiende la colada,
limpia bien la casa
y prepara una fabada.
La señora Mari descuelga la ropa,
ordena los armarios
y pasa la mopa.
La señora Mari no para de trabajar,
de arriba para abajo,
limpiando sin parar.

Santa Rita

Santa Rita, Rita,
Santa Rita bendita.
Lo que se da
¡no se quita!

Don Nadie

Don Nadie es un joven muy educado.
Se quiere casar con la chica de al lado.
Llama a la puerta y se peina el tupé.
—¿Quién llama? ¿Quién es usted?
—Soy Nadie —contesta el joven.
—Si no es nadie, ¿por qué llama otra vez?

La pequeña Clara

La pequeña Clara
no para de llorar.
Su novio querido
a acaba de abandonar.
No llores, Clara.
No llores, mi amor,
que pasado mañana
tendrás uno mejor.

Tú puedes

Puedes hacer
lo que quieras.
Sólo hace falta
que te atrevas.
Fuera ese miedo,
pasa de la gente.
Nada de temores.
¡Hay que ser
valiente!

Las lloronas

Conozco a tres niñas tontas
que no paran de llorar.
Lloran y lloran como locas
hasta que me llegan a hartar.
Lloran todo el día y toda la tarde,
lloran por esto, lloran por aquello.
Lloriquean y lloriquean,
aunque nadie les tire del cabello.
Yo lloro muy pocas veces.

Lloro un ratito y ya está,
pero luego enseguida se me pasa
¡y me voy contenta a jugar!

Tomasín Pérez

Tomasín Pérez es un travieso.
Persigue a todas las nenas
y las hace llorar como magdalenas
robándoles por sorpresa un beso.

El león

Era el cumpleaños del león.

—Mis amigos los animalitos deben de haberse olvidado —se dijo el leoncito—. Nadie me ha felicitado.

El león se puso a caminar por la selva sintiéndose muy desgraciado.

—¡Sorprendamos al león con una fiesta de cumpleaños—dijo el elefante.

—¡Sí! ¡Y le llevaremos regalos! —dijo la jirafa.

—¡Y jugaremos a miles de juegos! —dijo el mono.

—Y bailaremos y lo pasaremos requetebién —añadió la cebra.

—¡FELIZ CUMPLEAÑOS! —dijo el hipopótamo.

—¡QUÉ SORPRESA! —rugió el león.

Los animales se lo pasaron pipa aquella tarde. ¡Menuda fiesta!

El monito

El monito estaba triste. Y es que no sabía trepar.

Sus amigos los animalitos decidieron animarle.

—Te traeré unas hojas para que te protejas del sol —le dijo la jirafa.

—Y yo, plumas para hacerte una cama blandita —le dijo el loro.

—Yo te leeré un cuento muy largo y muy bonito para que te duermas —le dijo el león.

—¡Pero si yo no quiero dormir, sino aprender a trepar!

—Yo te enseñaré —le dijo el gran mono—. Sígueme. Apóyate con los pies y sujétate con el rabo como yo.

El monito tomó aire profundamente y empezó a subir por el tronco de un árbol hasta las ramas.

—¡Mirad, mirad! ¡Soy el mono que mejor trepa de la selva! —gritó entusiasmado y feliz.

La ratita fugada

En muchos aspectos, Rita la ratita era como sus hermanos. Tenía unas pequeñas orejas rosas y una graciosa naricilla puntiaguda. Pero en otras cosas era tan distinta…

Piluca y Marcelino eran limpios y ordenados, pero Rita era muy, muy descuidada. Siempre tenía los bigotes llenos de migas y las patitas manchadas de barro, y allí donde iba dejaba su rastro.

Antes de desayunar, Piluca y Marcelino siempre hacían la cama. Todas las mañanas retiraban el heno aplastado y recogían unas brazadas de heno nuevo para tener por la noche un lecho fresco y blandito. Pero a Rita eso le parecía un fastidio, así que dejaba todo como estaba según se levantaba de la cama.

—¿Cómo puedes dormir en una cama así? —le preguntaba su hermana.

A la hora de comer, todos roían educadamente su comida y luego recogían la mesa. Se sacudían las migas y cada uno fregaba su cuenco. Pero Rita no. Masticaba ruidosamente sin parar de hablar, y llenaba todo de migas.

—¿Por qué tienes tan malos modales en la mesa? —le preguntaba papá ratón.

A la hora de jugar, Piluca y Marcelino trepaban con cuidado por los tallos de las plantas de maíz y se balanceaban durante horas, pero cuando Rita lo intentaba el resultado era muy distinto. Subía tan bruscamente que los tallos se partían y Rita caía al suelo, donde se manchaba de barro de pies a cabeza.

—¿Por qué eres tan bruta? —le reprochaba su hermano.

Y cuando Marcelino y Piluca recogían nueces y semillas para el té, siempre las amontonaban en pequeñas pilas. Pero Rita no podía. Cuando intentaba colocarlas en orden, siempre se le caían y se desparramaban todas por el suelo.

—¿Por qué eres tan torpe? —le decía Piluca.

A todos les molestaban los modales y la torpeza de Rita.

—¿Por qué no dejas de hacer ruido al comer? —le decía papá ratón.

—¿Por qué no te lavas y te arreglas un poco? —le decía mamá ratona.

—¡Oh, Rita! —le gruñían sus hermanos.

—Soy un desastre y no hago nada bien —se lamentó Rita—. No es justo. —Y con el rabo sucio entre las patas se fue a dormir.

Pero Rita tenía un plan. ¡Estaba cansada de tantos reproches y regañinas! Así que cuando Marcelino y Piluca se fueron a la cama, Rita se hizo la dormida para engañarlos, pero en realidad estaba despierta.

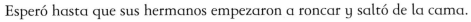
Esperó hasta que sus hermanos empezaron a roncar y saltó de la cama.

—Nadie me quiere —sollozó—, así que me iré
a vivir a otro sitio. —¡Y se marchó de casa!

Rita no sabía adónde ir. Salió caminando
y se escondió en los maizales. Cuando el sol
despuntaba en el horizonte salió de entre
los campos y llegó a un caminillo.

—¡Yo les enseñaré! —dijo—. ¿Para qué
me voy a quedar en casa? ¿Para que me
chillen y me regañen? Buscaré a alguien
que me quiera.

Pero pasó la mañana y Rita se alejaba
cada vez más. De pronto se sintió cansada, así
que se sentó a la entrada del patio de una granja.

—¡Tengo un sueño…! —Y dio un tremendo bostezo.

Entonces, la ratoncita vio que en el patio había un granero con paja.
¡Perfecto para echar un sueñecito! Se enroscó sobre el heno y se durmió.

Mientras, en su casa, cuando mamá ratona fue a despertar
a sus hijitos, vio que la cama de Rita estaba vacía.

—¿Dónde está Rita —preguntó inquieta
a Piluca y Marcelino.

Los pequeños se frotaron los ojos
y miraron a su alrededor.

—No lo sabemos, mamá —dijeron—.
Anoche estaba en su camita, dormida.

—¡Papá, ven, rápido! —gritó mamá
ratona—. ¡Rita no está!

LA RATITA FUGADA

Buscaron por toda la casa, pero no aparecía.

Salieron a la calle y miraron entre los setos, en los maizales y bajo los hongos. ¡Removieron Roma con Santiago! Finalmente llegaron hasta el camino.

Entonces, Pili empezó a saltar.

—¡Mirad! —gritó señalando un rastro que conducía hacia la granja.

Se veían las pisadas de la ratoncilla.

Piluca y Marcelino siguieron las huellas y llegaron hasta el granero. Y allí, dormida, estaba Rita.

—¡La encontramos, la encontramos! —gritaron alborozados.

Rita abrió los ojos. Tenía el pelo lleno de paja, los bigotes arrugados y las patas muy sucias.

—¡Oh, Rita! —le dijeron jubilosos Piluca y Marcelino—. ¡Te echábamos de menos!

—¿Cómo me vais a extrañar, si siempre os quejáis de que soy un desastre? —dijo Rita un poco triste.

—Puede que seas un poco zarrapastrosa —dijo mamá—. ¡Pero te queremos igual! Todos abrazaron a Rita. Y es que la querían mucho.

Y así todos juntos volvieron felices y contentos a casa.

275

El hada de los dientes

Elvira tenía casi cinco años. Estaba impaciente porque llegara su cumpleaños. Y es que su mamá le había prometido dar una fiesta en el jardín con una gran tarta ¡y hasta un payaso y todo! Sólo había un problema: Elvira tenía flojos dos dientes, las dos palas de arriba. Cada vez que mordía algo se le movían mucho y no sabía si podría disfrutar de las cosas tan ricas de comer que iba a haber por su cumpleaños.

—Mamá, ¿tú crees que se me habrán caído los dientes para el día de mi «cumple»? —preguntó por enésima vez.

—Se caerán cuando tengan que caerse —le decía su mamá sonriendo.

Esa noche, Elvira se despertó sobresaltada. Las cortinas estaban abiertas y su cama se veía bañada por la luz plateada de la luna. Pero ¿qué era aquello? Sentada en la almohada había una aparición… ¡un hada! Era diminuta y tenía las alitas amarillas, una varita mágica y un vestido resplandeciente. Elvira no podía creerlo. Se miraron fijamente la una a la otra.

—¿Puedes verme? —preguntó el hada por fin.

Elvira asintió.

—¡Qué gracia! —dijo el hada—. Normalmente soy invisible.

—¿Eres el hada de los dientes? —preguntó Elvira.

—Sí, me llamo Chispa —respondió el hada—. Y necesito palas

para arreglar las teclas de mi piano. —Elvira mostró sus dientes. Las dos palas se movían mucho—. Espero que se me caigan antes de mi cumpleaños —dijo Elvira.

—Se caerán cuando tengan que caerse —dijo Chispa—. Pero te prometo que si se caen antes de tu cumpleaños, tocaré el piano en tu fiesta.

Chispa la observaba mientras se comía un bocadillo de queso. ¡Pero ni aun así se le cayeron los dientes!

—Prueba a cepillarte los dientes —sugirió Chispa.

—¡Oh, sí! ¡Eso haré! —dijo Elvira.

Y se cepilló los dientes con fuerza pero no se le cayeron.

La víspera de su cumpleaños... ¡se le cayeron por fin!, y lo mejor es que no le dolió nada.

— ¡Mira, mamá! —dijo Elvira orgullosa enseñándole a su madre el gran hueco que habían dejado los dos dientes.

Esa noche, antes de irse a dormir, puso los dientes bajo la almohada.

Cuando apareció Chispa, la niña ya estaba dormida. Siguió durmiendo hasta que el sol entró por la ventana a la mañana siguiente. Lo primero que hizo Elvira fue mirar debajo de la almohada. Sus dientes no estaban pero en su lugar encontró ¡unas monedas!

El cumpleaños de Elvira fue el mejor que recordaba. Fueron todos sus amigos. Había helado, globos y un payaso muy chistoso. Le cantaron la canción de cumpleaños, pero sólo Elvira pudo oír el piano y la voz del hada Chispa.

Un buen ejemplo

Jaco y Relinchón eran caballos maduritos y por eso no entendían a la juventud. Según ellos, siempre andaban molestando a toda la granja.

—Mira ese lechoncillo —dijo un día Jaco—. Está correteando por ahí y poniendo todo perdido de barro con sus patas.

—¿Y qué me dices de los pollos y los patitos? Tampoco saben comportarse —se quejó Relinchón, dando la razón a su amigo.

—Deberían tener un poco más de consideración y dejar de piar y graznar tan fuerte mientras nos echamos la siesta.

—En nuestros tiempos todo era diferente —suspiró Jaco—. La juventud sabía comportarse. Nosotros mismos, de potrillos, éramos educados y ordenados.

Lo peor fue que Jaco y Relinchón no se guardaron sus quejas para sí… Jaco le dijo al cerdo Bolo que sus cerditos eran unos maleducados.

Y Relinchón pidió a Clotilde y Enriqueta que metieran en cintura a sus polluelos. Y ambos dieron instrucciones exactas a la pata Dora de cuándo y dónde podían graznar sus patitos.

A la hora de comer no había un solo animal en la granja que no estuviera enfadado con los dos gruñones.

—Me gustaría ver cómo cuidarían ellos de los pequeños —dijo Dora.

¡Y lo que es la casualidad! Esa misma tarde, el anciano granjero trajo una potrilla de la que debían hacerse cargo Jaco y Relinchón. Así que Enriqueta, Doris y Bolo se prepararon para reírse de lo lindo.

Pero pronto se sintieron muy desilusionados. La nueva potrilla, llamada Lucero, era muy formal. Nunca derramaba la avena al comer ni salpicaba agua al abrevar. Tampoco relinchaba ni trotaba como una loca por el patio de la granja. ¡Ni siquiera era descuidada o sucia!

Así que Relinchón y Jaco se jactaban de los buenos padres que eran.

—No hay nada como ser un buen ejemplo —dijo Relinchón a Jaco—. Si un animal joven ve que sus mayores son correctos, tenderá a imitarles.

Entonces alzó la cabeza en un gesto arrogante y movió la pezuña atrás y adelante con garbo. Pero la herradura, que estaba muy floja, se soltó y salió volando por el aire. Cruzó el patio y, ¡clonc!, aterrizó en la era sobre un montón de sacos de pienso, luego rebotó y salió disparada hacia una de las ventanas de la granja. ¡Crash!

La granjera salió al patio hecha una furia. Llevaba un pastel de manzana con una herradura clavada justo en el centro.

—¿Quién ha sido? —gritó—. ¿Quién puede ser tan gamberro?

El viejo Relinchón se puso a silbar e intentó poner cara de yo-no-fui, pero todos los animales de la granja le miraban fijamente. Además, ¿quién si no él usaba una herradura tan grande?

Desde ese día, Relinchón y su amigo no son tan quisquillosos

ni tan criticones con sus amigos. Y, desde luego, la historia de la herradura volante de Relinchón les hizo reír muchos años a todos. A todos… ¡excepto a la granjera!

Amigos para siempre

El patito Jeremías tenía muchos amigos, pero el mejor de todos era el pichón de cisne Plumón. Todos los días quedaban para jugar juntos.

—Cuando sea mayor —decía Plumón—, seré un hermoso y esbelto cisne blanco como mi mamá.

—Y yo seré un pato pardo, bajito y patoso —pensaba triste Jeremías, mientras daba por sentado que Plumón ya no querría jugar más con él.

Un día que estaban jugando al escondite sucedió algo terrible. Mientras Jeremías estaba escondido detrás de unas cañas en el embarcadero, un astuto zorro se le acercó por detrás ¡y le atrapó entre sus fauces!

Antes de que le diera tiempo siquiera a decir ¡cua, cua!, el zorro ya estaba camino de su madriguera. Pero Plumón lo había visto todo. Sin dudarlo, echó a correr tras el zorro y le dio un fuerte picotazo en el rabo. Cuando el zorro se dio la vuelta, le dio otro picotazo en el hocico.

Jeremías cayó al suelo cuando el zorro abrió la boca, pero éste se puso muy furioso y se abalanzó sobre los polluelos. Menos mal que la señora pata y la señora cisne vinieron a defenderlos e hicieron huir al zorro. Jeremías no sabía cómo dar las gracias a su amigo.

—Para eso estamos los amigos —sonrió Plumón, mientras la señora pata y la señora cisne, que eran muy amigas, asentían complacidas.

Al laurel

Al laurel, al laurel;
gachas con miel;
la rosa y el clavel;
un muñeco de papel;
galletas y pastel;
suena el cascabel,
porque me quiere Isabel.

La paloma

La pequeña paloma
se ha subido al pino
a buscar a su hermana
que se ha escondido.
La pequeña paloma
la ha encontrado
escondida en las ramas
con el pico cerrado.

El gatito

El gatito ronronea
y levanta las patitas.
Quiere cariñitos
y maúlla y me marea.

Yo tengo un gatito

Yo tengo un lindo gatito
que se llama Manchado.
Le gusta dormir calentito
y comer pescado.
Yo tengo una gatita blanca
que se llama Harina.
Le gusta mucho dormir
y comer sardinas.

Mi hermano

Tengo un hermano,
le doy la mano.
Tengo un amigo,
le doy mi abrigo.

Palmas, palmita que viene papá

Palmas, que viene papá.
Palmitas, que ya viene, ya.
Palmas, que viene papá.
Palmitas, que pronto vendrá.
¡Qué bien, que no tardará!

La bella

En la ciudad
había una nena
de ojos verdes
y larga melena.
Esta niña
era muy feliz
y soñaba y quería
ser actriz.

¿Cómo se llama la nena?

La niña de Sus y Ralfo ya ha nacido.
En el mes de abril al mundo ha venido.
La pequeñaja ya tiene sonajero.
¡A esta niña cuánto la quiero!

Laura y Ernesto le han traído una cuna.
¡Esta niña es más bonita que ninguna!
Ahora le falta un nombre, un apodo.
Antes de que sea quinceañera…

¡Habrá que llamarla de algún modo!
Ana como la mañana o Paola como la ola.
Carmen como Carmen, o Cris en un tris.
Elena para que sea muy buena.

Margarita para que salga bonita.
Rosa como la mariposa.
¿O Concepción o Anabel o Almudena…?
¡¿Pero cómo se llama esta nena?!

El perro y el gato

Como el perro y el gato,
ni juntos ni separados.
Como el perro y el gato,
están los enamorados.

El fantasma

El señor fantasma
se bebió una cola,
se puso borracho
y se subió a una farola.

Te quiero mucho

Le dijo la trucha al *trucho*:
«Te quiero mucho».
Le dijo la vaca al toro:
«Yo te adoro».
Le dijo la burra al burro:
«Contigo no me aburro».
Le dijo el gallo a la gallina:
«Eres divina».

El hada futbolista

AJulia le encantaba jugar al fútbol. Pero tenía un problema:

—Estoy harta de estas alas —decía—. Me molestan siempre.

—Pero si volar es maravilloso; además, el fútbol es cosa de elfos y no de hadas —le decía su amiga Pimpín.

—¡Pues entonces no quiero ser un hada! —gritaba Julia enfadada.

—Ya cambiarás de opinión —decía el hada sabia—. Espera y verás.

Pero Julia no quería ni oír hablar del asunto. Se ponía las botas de fútbol y se iba a jugar con los elfos.

El balón a veces acababa en la copa de un árbol. Dos pájaros que construían su nido cerca de allí estaban hartos de tanto balonazo.

Julia voló hasta lo alto del árbol para buscar el balón.

—Después de todo, las alas me sirven para algo —se dijo en voz alta. Miró a su alrededor con la esperanza de que nadie la hubiera visto.

Pero el elfo Pecas lo había observado todo y le faltó tiempo para correr y contárselo a las hadas.

—¿Veis? —dijo el hada sabia—, os dije que tarde o temprano se alegraría de tener alas.

En el siguiente partido el juego estaba siendo más duro que

nunca. Un elfo chutó tan fuerte que el balón dio de lleno en el nido de los pájaros. ¡Y esta vez tenía un huevecillo dentro!

El huevo empezó a tambalearse, pero los elfos no se dieron cuenta porque estaban totalmente absortos discutiendo con el árbitro.

Pero Julia sí lo vio. Se echó a volar hacia el árbol. Atrapó el huevo al vuelo y lo devolvió al nido.

—Gracias —le dijo mamá pájaro, empollando el huevo—. ¡Pero por favor, tened más cuidado cuando juguéis!

Al día siguiente había otro partido. Julia levantó la vista y vio que mamá pájaro no estaba.

—¡Bien! Así no se quejará —pensó.

De nuevo, un elfo muy bruto lanzó el balón y volvió a aterrizar en el nido. ¡El pajarito recién nacido estuvo a punto de caer al suelo!

Julia voló hacia él y lo atrapó en el último segundo. Lo colocó en el nido y roció al polluelo de polvo mágico para que no le ocurriese nada malo. En ese momento apareció de nuevo mamá pájaro.

—Diré a todo el mundo lo buen hada que eres —le dijo mamá pájaro a Julia—. ¿Te gustaría ser la madrina de mi hijito?

—¡Me encantaría! —dijo Julia.

Cuando oyeron la noticia, las demás hadas se sintieron muy orgullosas de su compañera.

Quizás no sea tan malo ser un hada —dijo Julia riendo.

El gran día de Rústico

Hace muchos años vivía un granjero pobre que se llamaba Alfredo y tenía un caballo, de nombre Rústico. Rústico había sido antaño un caballo bueno y fuerte. Había tirado durante años del carro lleno de verdura de su dueño para venderla en el mercado. Ahora era demasiado viejo para trabajar en la granja. Sin embargo, el granjero no quería deshacerse de su viejo amigo, porque era un hombre de buen corazón.

—Sería como perder a alguien de la familia —solía decir Alfredo.

Y Rústico era feliz pastando tranquilo en el prado, aunque le daba pena no poder ser de ayuda para el granjero.

Un día Alfredo decidió ir al mercado para vender sus productos.

Ató a Luci, su nueva yegua, al carro y ambos se pusieron en camino.

Luci agitó sus crines al pasar por delante de Rústico mientras le decía:

—¡Mira quién es ahora la reina de la granja, inútil!

Cuando Alfredo llegó a la ciudad vio un cartel en un árbol que decía:

Concurso de caballos hoy a las 14:00 horas. El ganador tendrá el honor de ser enganchado al carruaje del rey con motivo del gran baile de esta noche.

—Rápido, hay que prepararse para el concurso —dijo Alfredo a Luci. El granjero dio la vuelta en dirección a su casa—. ¡Vamos, Luci! —Y la yegua trotó alegremente hasta llegar a la granja.

Alfredo se esmeró para que Luci estuviera más bonita que nunca. La cepilló y le trenzó la crin con un precioso lazo rojo. Rústico lo observaba todo desde el prado.

—Desde luego está muy elegante —pensó un poco melancólico—. Seguramente, Luci ganará el premio. —Y sintió una punzada de pena por ser demasiado viejo como para poder participar en el concurso. Relinchó con nostalgia por los viejos tiempos.

De pronto oyó la voz de su dueño.

—Vamos, tú también puedes venir. ¿A que te apetece? —le dijo.

¡Y tanto! Hacía tiempo que su dueño no le llevaba a la ciudad…

Pronto estaban los tres en camino. Cuando llegaron a la competición, comprobaron que había gente de todas partes y caballos de muchas razas, tamaños y colores.

El rey anunció que el concurso consistiría en tres pruebas. La primera era una carrera; la segunda, una exhibición de fuerza y resistencia, y finalmente, los candidatos debían demostrar su nobleza y destreza dejando que el rey les montase al trote.

Rústico se esforzó, pero no pudo competir con los jóvenes caballos en las dos primeras pruebas. Todos parecían pensar:

—¿Qué hace un caballo como tú en un concurso como éste?

Un potro incluso se atrevió a recriminarle:

—¡Qué vergüenza, a tu edad haciendo el ridículo!

Entonces llegó la hora de la última prueba.

—Montaré todos los caballos por turnos —dijo el rey.

Montó en el primer corcel, un pura sangre, pero éste daba unos saltos bruscos, y el rey no se cayó de milagro. ¡El segundo corcel consiguió lanzarle por los aires! El siguiente caballo estaba tan nervioso que le castañeaban los dientes. La yegua Luci llevó al rey de maravilla, pero casi al final tropezó.

EL GRAN DÍA DE RÚSTICO

Por fin le tocó el turno a Rústico.

El viejo caballo se dejó montar por el rey y trotó suavemente para que Su Alteza Real no tuviese ningún sobresalto.

—Gracias por el delicioso paseo —le dijo al rey al desmontar.

Todos esperaron entonces con expectación el resultado.

—El ganador... —anunció el rey— es Rústico. No sólo me ha dado el mejor paseo, sino que ha asumido y aceptado sus limitaciones con dignidad. La fuerza y la velocidad no lo son todo, como bien sabéis.

Rústico y Alfredo estaba radiantes de felicidad, e incluso Luci fue muy amable y felicitó a su viejo compañero.

Rústico arrastró orgulloso la carroza del rey, y lo hizo tan bien que le preguntó si quería repetir al año siguiente. También pidió permiso para que su hija montara a Luci de vez en cuando y obsequió al granjero con unas monedas de oro por cuidar de los dos caballos. Los tres volvieron más felices que nunca a la granja.

La princesa Rosita

En un bello palacio de un país muy, muy lejano vivía una princesita. El rey y la reina la llamaron Rosita, porque en el tobillo izquierdo tenía una mancha en forma de rosa.

El día que hizo tres años, la princesa Rosita recibió un poni blanco como regalo. Salió a montar acompañada por la niñera y el mozo de caballería. Después de un largo rato llegaron hasta lo más profundo del bosque, donde pararon a descansar. El pequeño poni estaba atado a un árbol, y la niñera y el mozo charlaban animadamente. La princesita corría aquí y allá recolectando flores, y los mayores no se dieron cuenta de que se alejaba de ellos. Así que la princesita se perdió. Llamó a su niñera y al mozo pero no la oían, y para colmo de males, pronto se hizo de noche. La princesa Rosita tenía miedo y se puso a llorar.

Caminó y caminó hasta que vio una luz entre los árboles. Era una cabaña con el tejado de paja, ventanas diminutas y una puertecita de madera. De pronto, la puerta se abrió y vio en el umbral a una anciana.

La mujer era ciega y no podía ver a la princesa, pero la había oído llorar. Tomó a Rosita del brazo, la hizo pasar a su casa y la sentó a calentarse junto al fuego. Luego le dio unas rebanadas de pan con miel y un vaso de leche.

¿Cómo te llamas, bonita? —le preguntó.

—Rosita —respondió—. Me he perdido en el bosque.

—No te preocupes. Puedes quedarte conmigo hasta que alguien venga a buscarte —le dijo amable la anciana.

LA PRINCESA ROSITA

Mientras, en palacio, el rey y la reina estaban desesperados por la desaparición de su única hija. Ofrecieron una recompensa de cien monedas de oro a quien la encontrara. Pero pasaron los años y no se supo nada de la princesa.

Rosita vivió feliz en la cabaña del bosque. Olvidó que era una princesa y que había vivido en un palacio. Olvidó que había tenido un poni blanco.

Un día que estaba en el jardín de la cabaña, apareció un poni. Era blanco como la leche y llevaba bridas de seda y una lujosa silla de montar. Rosita se enamoró en seguida de él. Se montó sobre él y el poni la condujo hasta el portón de palacio. Rosita tuvo la sensación de que ya había estado allí antes, pero no recordaba nada. El poni cruzó el portón al trote y se dirigió al jardín, donde el rey y la reina estaban paseando. Cuando vieron a la muchachita, pensaron que era la más linda que había visto nunca.

Justo cuando Rosita dio la vuelta para irse a su casa, la reina vio la mancha en forma de rosa de su tobillo.

—¡Cielos! —exclamó la reina—. ¡Es nuestra hija Rosita!

En ese momento, Rosita recordó quién era y reconoció a sus padres. Les explicó dónde había vivido y lo bien que la había cuidado la anciana. Los reyes ofrecieron a la mujer una buena recompensa, pero ella la rechazó.

—Lo único que quiero es poder estar cerca de Rosita el resto de mis días —les dijo.

Así que la anciana se fue a vivir a palacio con la princesa, donde todos fueron muy felices y comieron perdices.

Un gimnasio para jirafas

A la jirafa Guillermina le encantaba salir con su papá a recolectar sabrosas hojas de la copa de los árboles.

—Mira, las más tiernas son ésas de ahí —le decía papá alargando su laaaargo cuello hacia unas hojas altísimas—. Recuerda que los árboles más altos tienen las mejores hojas, y las de arriba son las más jugosas.

Una mañana, Guillermina decidió salir a pasear sola.

—Los árboles más altos tienen las mejores hojas —se dijo en voz baja—, y las de arriba del todo son las más jugosas.

Guillermina se detuvo ante un árbol. En lo alto había unas hojas deliciosas. Alargó su cuello todo lo que pudo pero no logró llegar.

—¡Jolines! —pensó Guillermina—. ¿Cómo voy a lograr llegar a las hojas más tiernas si no tengo el cuello lo suficientemente largo?

Así que la jirafilla volvió a casa cabizbaja.

—¿Qué te pasa, Guillermina? —le preguntó su mamá. Cuando la jirafa le contó lo que le preocupaba, mamá la acarició con el hocico.

—El cuello todavía te está creciendo —le aseguró—. Si comes mucho y duermes mucho verás cómo pronto podrás alcanzar las copas.

Esa tarde, Guillermina salió de nuevo a probar suerte. La mamá de Penélope la cotorra vio cómo la jirafita se esforzaba y trataba de llegar a las tiernas hojas de un gran árbol. Así que con la intención de ser amable, arrancó unas pocas y se las ofreció. Cuando la cotorra le alcanzó las hojas, las manchas de Guillermina se volvieron claritas de vergüenza.

—Me gustaría ser capaz de alcanzarlas yo misma —explicó tímida—. ¿Por qué no me crecerá el cuello?

—Mira, Guillermina, tu cuello es normal —le dijo la cotorra—. Si comes mucho y duermes mucho, verás cómo pronto te crece el cuello.

—Pero yo no quiero esperar. ¿No hay nada que pueda hacer ahora?

—Puede ser —le respondió pensativa la cotorra—. Sígueme.

La cotorra la guió por la selva hasta un claro. Guillermina abrió los ojos como platos. ¡No podía creer lo que veían sus ojos! Allí había mucha actividad. Serpentina, la serpiente, estaba enroscada en una rama caída.

—¡Hola, Guillermina! —saludó—. Esssstoy haciendo mis ejerciciosssss de enrosssscamiento diariossssss.

Los elefantes Elena, Emma y Eric levantaban troncos con la trompa

—¡Hola! Estamos levantando pesas para fortalecer la trompa.

En el río, la cocodrilo Claudia partía troncos a mordiscos.

—Yo ejercito mis mandíbulas.

Más allá, el león Leonardo estaba enseñando a saltar a sus cachorros, Luisa y Lisa.

—¡Bienvenida al gimnasio de la selva, Guillermina! —dijo.

Después, Leonardo y el gorila Golo se acercaron a la jirafita.

—Somos los entrenadores, ¿qué podemos hacer por ti? —le preguntaron.

—Quiero alargarme el cuello —dijo Guillermina— para alcanzar las hojas más altas.

—Aún estás creciendo —le respondió el león—. Lo que tienes que hacer es comer mucho y dormir mucho.

Guillermina puso cara de desilusión, pero al momento Golo dijo:

—Mientras tanto, podemos ayudarte con unos ejercicios de estiramiento. —Y al momento se puso a darle instrucciones—. ¡Vamos, estira el cuello hacia la izquierda! ¡Ahora hacia la derecha! ¡La cabeza bien alta! —ordenaba el gorila.

Y Guillermina estiraaaaba el cuello para alcanzar las ramas.

—¡Vamos, tú puedes! —la animaba incluso la señora cotorra.

Después del calentamiento, Golo ordenó a Guillermina que se tumbara en el suelo y llamó a Serpentina.

—Y ahora un ejercicio de enroscamiento.

—¡Aaaaagh! —protestó Guillermina, pero Serpentina le apretaba tanto el cuello que apenas podía hablar.

—No tan fuerte —dijo Golo.

—¡Mucho mejor! —dijo Guillermina aliviada cuando Serpentina se soltó de su cuello. Con tanto ejercicio le había entrado apetito.

A la hora de cenar, se sirvió tres ENORMES raciones de hojas. Además, estaba tan cansada que se fue pronto a la cama.

Le encantaba el gimnasio de la selva. Tras el entrenamiento diario, Guillermina se comía toda la cena.

—El ejercicio me da tanta hambre…
—solía decir por las noches—. Y además
me entra un sueño… —añadía con un bostezo.

La siguiente vez que Guillermina y su papá fueron a recoger hojas, la jirafita vio unos brotes muy tiernos en lo alto de un árbol.

—Voy a tomar esos de ahí arriba —le dijo a su papá.

—Están muy altos, ¿no? —respondió el señor jirafa.

Pero Guillermina no le hizo caso. Había entrenado tanto en los últimos días alargaaaando el cuello que quiso llegar a lo más alto.

—¡Papá, papá! ¡Lo he conseguido! —gritó alborozada—. ¡Los ejercicios han funcionado!

—Bien —dijo mamá—. Lo más importante es que tienes un cuello fuerte y largo del que sentirte orgullosa.

—¡Y lo estoy, mamá! —dijo Guillermina, llenándose la boca con otro montoncito de hojas verdes y tiernas. Y masticó bien las hojas, porque con su largo cuello tenían un largo camino por delante.

Marina y la sirenita

Aquel día era el cumpleaños de Marina. Sus papás le habían regalado un vestido y unos zapatos azules como el mar. Se probó sus regalos. Marina deseaba ser sirena. Le encantaba sentarse en el acantilado, mirar el mar y soñar con lo que haría si fuera una sirenita.

—Pediré un deseo de cumpleaños —se dijo, y cerró los ojos.

Cuando los volvió abrir ya no tenía puesto el vestido ni los zapatitos nuevos, ¡porque se había convertido en una sirenita con cola y todo! Marina no se lo podía creer. ¡Por fin su sueño se había hecho realidad!

De pronto, Marina oyó que alguien lloraba. Miró a su alrededor y vio a una joven en el acantilado. ¡Llevaba puesto su vestido y sus zapatos!

—¿Por qué lloras? —preguntó Marina.

—Porque he perdido mi cola de pez —respondió ésta—. Soy una sirena, pero sin cola no puedo regresar a casa. Marina comprendió lo que había sucedido: la sirenita y ella se habían intercambiado. Le contó lo de su deseo.

—¿Y volveremos a cambiarnos? —preguntó Marina.

—Si recoges las lágrimas que he derramado en el mar, podrás volver a pedir un deseo —dijo la sirenita.

Marina se sumergió en el mar. Con su fuerte cola buceó y buceó, y pronto llegó al fondo del océano.

MARINA Y LA SIRENITA

Marina pidió a todas las criaturas que encontró que la ayudaran a buscar las lágrimas. Cangrejos y peces, langostas y estrellas de mar buscaron por todas partes, pero no las encontraron. Marina no sabía qué hacer.

Entonces oyó algo:

—Un-dos-tres, un-dos-tres… —Y de una cueva submarina salió un enorme pulpo con un hermoso collar de perlas. El pulpo tenía ocho brazos y los movía bailando una danza hawaiana.

—¡Hola, sirenita! —dijo el pulpo.

—¿Me puede usted ayudar? —preguntó Marina—. Estoy buscando las lágrimas de una sirena.

—Creo que estas perlas son justo lo que buscabas —respondió el pulpo—. Mira, lo que sucede con las lágrimas de las sirenitas es que se convierten en bellas perlas. Pero puedes quedártelas si me ayudas a quitarme el collar —dijo el pulpo, haciéndose un lío con tanto brazo.

—¡Muchas gracias, señor pulpo! —dijo Marina loca de contenta.

—Buena suerte —le deseó el pulpo, que se alejó cantando y bailando—: Un-dos-tres, un-dos-tres…

La sirenita volvió nadando al acantilado con el collar de perlas. Cerró los ojos y pidió un deseo. Al instante, estaba vestida de nuevo con su vestido y sus zapatos y la sirenita saltaba feliz en el agua con su cola de pez.

—Muchas gracias, Marina —le dijo la sirena.

Marina se despidió de la sirenita y volvió a casa para llegar a tiempo a la fiesta de cumpleaños. Se miró el vestido por si se había manchado y vio que llevaba cosidas ¡muchas preciosas perlitas!

Mi corazón

Pepito me adora,
Julianito me implora,
pero la llave de mi corazón
¡sólo la tengo yo!

Mi mamá

Mi mamá es muy buena.
Mi mamá es la mejor.
Me quiere, me mima,
me da todo su amor.
Me consuela cuando lloro
y me abraza con calor.

Marido perdido

Me casé esta mañana
ya tengo marido.
Me doy la vuelta
y ya se me ha perdido.
Por todas partes
lo he buscado,
pero hasta ahora
¡no lo he encontrado!

El petirrojo

El señor petirrojo está cojo.
El pobre pajarito
está cojito.

El ratón Antón

Tengo un ratón
bonito y pinturero.
Se llama Antón
y es muy aventurero.
Come requesón
con una pizca de romer
Le pongo un pantalón
¡y me lo cuelgo del llave

Dos perritos

Dos perritos
frente al fuego
están calentitos
y juegan a un juego,
los dos cachorritos
tumbados en el suelo.

Los pajaritos

Los pájaros del campo viven libres y felic
Contentas y risueñas vuelan las perdice
Los pájaros enjaulados se sienten muy tri
y ni siquiera se quieren comer el alpist

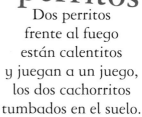

Los señores senadores

En el Senado hay unos señores.
Son ancianos y se llaman senadores.
Llevan trajes de color escarlata
y zapatos con hebillas de plata.

La señorita Fiorina

Eleonora Fiorina
es una dama muy fina.
Usa lazos de terciopelo
para sujetarse el pelo.
Escribe con una pluma de oro
que guarda como un tesoro.
Y tiene un peine de plata
¡pero no de la barata!

Navidad

En Navidad hay muchos regalos en casa.
¡Muchos más que cuando uno se casa!
Hay también un árbol y un lindo belén,
¡y todos juntos lo pasamos muy bien!

Galletas

Mi mamá hace galletitas
en forma de caballo y mono.
A mí me gustan las dos,
¡las dos clases me las como!

Primero

Primero en cuna,
segundo en cochecito,
tercero en brazos,
y cuarto ¡en cerdito!

El gato Grumo

El gato Grumo era un gato noble,
pero se fue de casa, ¡prefería ser pobre!
Se quitó el lazo y tiró el cascabel
y ahora vive muy requetebién.

Ositos a bordo

Un hermoso día
de verano, tres niños
se fueron de merienda a la
orilla del río. Empaquetaron sus cosas
de baño, se hicieron unos bocadillos de queso y membrillo, y, desde luego,
no se olvidaron de sus osos de peluche.

Cuando llegaron al río, vieron un pequeño bote atado a un árbol. Los
chicos subieron a bordo, cada uno con su osito en los brazos, y empezaron
a jugar a los piratas. Los niños hacían como que caminaban por el tablón
de castigo sobre cubierta y saltaban a los tiburones. Con los pantalones
arremangados en el agua poco profunda, chillaban y chapoteaban alegres.
Se perseguían a saltos y después de un rato se alejaron río abajo.

Los peluches se quedaron solos en la barca. La verdad es que no se llevaban muy bien entre ellos. Óscar era un osito del color miel que se llevaba muy bien con Matías, el peluche de tono chocolate, pero ninguno de los dos soportaba a Tobi, el otro osito. Y es que Tobi, el más grande de los tres, era muy mandón y, si no le obedecían, se enfadaba.

Tan pronto como los chicos se perdieron de vista, Tobi se levantó y la barca comenzó a tambalearse. Óscar y Matías le pidieron que se sentase.

—¡Soy un marinero sin miedo! —gritó Tobi—. ¡He navegado por los siete mares y voy a seguir haciéndolo!

Antes de que sus compañeros pudieran reaccionar, Tobi había soltado amarras y empujaba el bote hacia los más profundo del río. La barca se bamboleaba.

—¡Venga, tripulación! ¡Sois unos zánganos! —gritó Tobi—. ¡Haced lo que os ordeno u os juro que os arrojaré a los tiburones!

Como la barca ya no estaba amarrada comenzó a deslizarse río abajo. Se ladeó un poco y fue ganando velocidad arrastrada por la corriente.

—¡Tobi! —gritó Óscar—. ¡Nos estamos alejando mucho de la orilla!

—¡Claro que sí, cobarde-gallina-capitán-de-las-sardinas! —gritó Tobi—. Somos fieros piratas en alta mar.

Óscar y Matías se abrazaron muertos de miedo mientras la barca bajaba por el río dejando atrás casas y árboles.

—¡Socorro! —gritaron—. ¡Tobi, para ahora mismo!

Pero Tobi se lo estaba pasando en grande.

—¡Jo, jo, jo! —dijo imitando la risa de un pirata—. ¡Esto es vida!

Óscar miró fuera de la barca, pero se arrepintió, pues se mareó.

—¡Cielos, Tobi! —gritó—. Vamos a chocar contra la orilla... ¡Paaara!

Pero Tobi no hizo nada. Simplemente se quedó paralizado mirando como el bote ganaba velocidad y se dirigía hacia la orilla. Óscar y Matías se acurrucaron en el fondo de la barca y se agarraron bien. La verdad es que estaban muertos de miedo. La barca chocó contra la ribera y Tobi cayó hacia delante. Luego la barca viró y se dirigió otra vez hacia la corriente.

—¡Tobi, haz algo! ¡Sálvanos! —gritó Matías.

Pero Tobi estaba sentado al fondo del bote frotándose un enorme chichón en la frente.

—¡No puedo! ¡No sé manejar un bote! —dijo finalmente con voz débil. Metió la cabeza entre las patas y se puso a lloriquear. La barca zigzagueaba corriente abajo y los ositos se asomaban a los bordes con cara de pánico. De pronto, el río se volvió muy ancho y oyeron graznar a las gaviotas.

—¡Oh, Tobi! ¡Hemos llegado al mar! —gritó Matías—. ¡Haz algo!

—Nadie me quiere —sollozó Tobi—. Ahora nos hundiremos para siempre en el fondo del mar y entonces sí que me vais a odiar...

Óscar no le escuchaba; observaba una cuerda que colgaba de la vela.

—¡Despleguemos la vela para que el viento nos lleve a la orilla! —dijo.

—¡Ay, no! ¡Así nos adentraremos aún más en el mar! —chilló Tobi. Pero Óscar le ignoró y siguió con sus planes. El viento infló la lona y la barca cambió de rumbo. Atravesaron la bahía y poco a poco se acercaron a la playa.

—¡Óscar, eres un héroe! —gritó Matías lleno de júbilo, mientras le abrazaba—. ¡Nos has salvado!

Hay que ver la cara que pusieron los ositos cuando de pronto vieron a los chicos acercarse corriendo hacia ellos por la playa. Habían avisado al guardacostas al darse cuenta de su desaparición. Todo fueron besos y abrazos por haber encontrado a los ositos sanos y salvos. Y desde luego, una cosa es segura: desde ese día Tobi no fue tan mandón. Se convirtió en un osito más sensato y no volvió a ser un abusón.

Max el imitador

Max era un pequeño tigre con una costumbre muy fea. ¡Era un imitador! Copiaba todo a todo el mundo. Si el papagayo gritaba: «¡Hola, caracola! ¡Hola, caracola!», Max lo repetía: «¡Hola, caracola! ¡Hola, caracola!». Y si el pájaro le respondía: «¡Cállate, Max! ¡Cállate, Max!», el tigre lo repetía también. La verdad es que era muy molesto.

Un día Max se fue a dar una vuelta para explorar.

—Voy a imitar todo lo que vea —se dijo. ¡Y así empezaron los problemas!

Primero vio a la cigüeña cómodamente apoyada en una pata.

—¿Por qué haces eso? —le preguntó, curioso.

—Porque es una postura muy cómoda —le respondió la cigüeña.

—¿Y cuánto tiempo aguantas? —preguntó Max.

—¡Siglos! —contestó—. Sólo los pájaros pueden adoptar esta postura.

—Mmm… —murmuró Max y levantó una pata.

—No vale. Tienes que levantar dos más —dijo la cigüeña. Max lo intentó y cayó al suelo—. ¡Te lo dije! —se rió la cigüeña.

Max se levantó y decidió seguir explorando. Pronto encontró un camaleón de color pardo sobre una hoja verde. Lo increíble de los camaleones es que pueden cambiar de color cuando quieren. Al ver al tigre, se puso verde para camuflarse sobre la hoja. Por eso Max ya no podía verle.

—¡Uy! ¿Dónde se ha metido? —se preguntó Max.

—Aún estoy aquí —le dijo el camaleón—. ¡Mira! —añadió y saltó a una flor, donde en un par de segundos se volvió… ¡rojo!

—¡Ahora mira tú! —dijo Max mientras se tumbaba en la hierba—. Ahora soy verde.

—No, no lo eres —se rió el camaleón—. Sólo los camaleones podemos cambiar de color.

—Mmm... —murmuró el tigre. Y empezó a revolcarse en el fango—. Mira, ahora soy pardo. —Y luego se rebozó con plumas blancas, que se pegaron a su piel—. ¡Y ahora soy blanco!

—¡Eso no vale! —contestó el camaleón.

Max decidió volver a casa. Paso frente a la cigüeña que seguía apoyada sobre una pata. La cigüeña no le reconoció.

Llegó a casa muy tarde. Sus hermanos estaban jugando en el río. De pronto vieron una figura blanca que se acercaba.

—¡Uuuuuh! —ululó Max como si fuera un fantasma—. ¡He venido a comeros! —Los cachorros de tigre huyeron despavoridos hacia el río.

—¡Uuuuuh! —chilló otra vez Max, y se puso a perseguirlos. Claro que, con el agua, el bromista se vio limpio de barro y plumas. Cuando los tigres vieron que era Max, se enfadaron mucho.

—¡Nos has asustado! —le dijeron.

—Era sólo una broma —dijo Max.

Le perdonaron con la condición de que no volviera a imitar a nadie.

—Está bien —dijo Max, convencido... ¡por ahora!

Lindos gatitos

En un rincón de la cocina, mamá gata ronroneaba en su cestito. Junto a ella, dormían sus cuatro preciosos gatitos. Uno era gris y se llamaba Fumo; la segunda, una gatita negra, Carbonilla; el tercero, Tigretón, era atigrado. Y el cuarto, Kiko, ¡era el gatito más bonito y dulce del mundo!

Fumo tenía unos enormes ojos azules con los que observaba todo con curiosidad. Una vez que Kiko y él salieron al jardín a perseguir abejorros, Fumo puso los ojos redondos como platos al mirar hacia la fuente.

—¡Cuidado, Kiko! —le dijo Fumo—. ¡Que te mojas entero!

—¡Chipi-chapa, plis, plas! —cantaba Kiko—. ¡No me importa! —Fumo asomó su nariz rosada por entre las flores riéndose a carcajadas mientras su hermano le salpicaba de agua.

—¡Kiko, mira lo que haces! —protestaba Fumo sacudiéndose el agua que le chorreaba por las orejas—. ¡Me estás poniendo perdido! —Pero Kiko daba vueltas a su alrededor saltando.

—¡Es tan divertido! —decía riendo.

—¡Dios mío! —dijo mamá cuando sus hijos entraron en la cocina

y las engulleron. Cuando los cangrejos regresaron con las conchas y las caracolas, los tiburones se las quitaron también y empezaron a jugar con ellas.

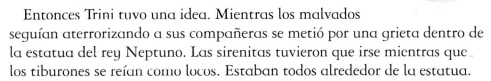

—¡Basta ya! —chilló Trini. Pero no le hicieron caso.

Los malvados tiburones vieron luego cómo se acercaban las sirenas y empezaron a perseguirlas.

—¡Parad! —gritó Trini. Pero los tiburones se rieron y continuaron la persecución.

Entonces Trini tuvo una idea. Mientras los malvados seguían aterrorizando a sus compañeras se metió por una grieta dentro de la estatua del rey Neptuno. Las sirenitas tuvieron que irse mientras que los tiburones se reían como locos. Estaban todos alrededor de la estatua.

De pronto se oyó una voz como un trueno.

—Oídme, soy el rey Neptuno, señor de los mares y océanos. —Los tiburones se asustaron. La voz continuó—: ¡Obedeced a Trini o seréis expulsados del reino!

Después, la misteriosa voz ordenó a los tiburones recoger los platos, buscar comida y preparar las mesas para el banquete. Entonces, Trini salió de la estatua sin que la vieran.

La fiesta fue un éxito. Acudió todo el mundo, incluso los tiburones. Pero ellos tuvieron que quedarse fuera haciendo guardia mientras los demás se divertían. El rey Neptuno quedó muy satisfecho y preguntó a Trini si quería ser su asistente de dirección.

—¡Será un placer! —dijo Trini ruborizándose.

Una niña y un niño

Una niña y un niño salieron a la mar
en un barco amarillo,
con mochila y bocadillo
de sardinas en lata y calamar.

La niña iba navegando en cubierta
observando todo muy atenta,
silbando y cantando contenta
siempre muy alerta.

El niño duerme con la puerta abierta,
que bate la mar revuelta.
Como el pobre está mareado,
ni se despierta.

La niña sabe navegar
y marca el rumbo sin dudar.
Pero el niño en altamar
¡no para de vomitar!

Arre, caballo

Arre, caballo,
ve más de prisa
que de esta guisa
nos canta el gallo.
Arre, corcel,
no te demores
que me espera
la dama de mis amores.

Ratón y caracol

Señor ratón,
orejas grandes
y dentón.
Señor caracol,
la casa arrastra
para protegerse del sol.

Despacito y buena letra

Si vas despacito, llegarás antes;
si te aceleras, andarás tarde.

Es mejor tomarte tiempo
pero hacer las cosas con tiento.

Más vale esfuerzo y paciencia
que chapuzas y mala conciencia.

El gato gaitero

El gato del vecino es un gran gaitero,
toca la gaita y baila al compás
con mucha gracia y mucho salero.
Lo compraron en Escocia hace tiempo
y ha demostrado ser un gato
con un gran talento.

Navidad

¡Qué bien, qué bien,
que es Navidad!
Tiempo de regalos
y de felicidad.

Muchas cosas buenas
para compartir
con todos aquellos
que quieran venir.

Muchas cosas
lindas para regalar
a todos aquellos
que nos quieran visitar.

Mi tortuga

Mi tortuga chapotea
en verano y primavera.
¡Cómo come mi tortuga!
Gambas, peces y lechuga.

Los traviesos ratones

Los traviesos ratones
montan en tiovivo
y juegan a la feria
¡con las tazas de mi tío!

317

El Café Monstruoso

¡El Café Monstruoso es un lugar increíble! A los monstruos les encanta ir allí a comer y piden unas raciones enormes de aspecto y colores rarísimos. En cuanto a los ingredientes…¡seguro que es mejor ignorarlos!

Uno de sus platos favoritos es nabos con salsa negra asquerosa, o espaguetis de cuerda con tornillos al regaliz. Les chiflan las colas de rata, las babosas y las culebras. Y como decoración suelen usar moscas.

En cuanto a las bebidas, la reina es el cóctel de babas verdes, moradas y rosas, con espinacas y patas de araña muerta. Dicen que ese combinado es especialmente adecuado para acompañar el postre monstruoso preferido que está hecho de pie de dragón, con uñas dulces y patas al chocolate. Suena horroroso, ¿verdad?

Sus chucherías empiezan a burbujear en cuanto les quitas el envoltorio. Las más populares están hechas de alquitrán y piezas de coche, lo que naturalmente suena más a un castigo que a un caprichito. Por suerte, los monstruos suelen tener dientes grandes y afilados para mordisquear los tentempiés sin problemas.

Pero lo más terrible del lugar son los precios. Cenar en el Café Monstruoso es carísimo, pero para ellos vale realmente la pena. ¿Qué? ¿Vas a empezar a ahorrar para tomarte algo con los monstruos?

Se está cociendo una tormenta

A los magos les chifla cocinar. Suelen tener un caldero enorme en el que mezclan sus pociones mágicas. Así pueden preparar grandes cantidades de guisos maravillosos para sus amigos.

Desde luego, la idea que tenemos nosotros de un guiso no es la misma que la que tiene un mago. Por ejemplo, para comprar los ingredientes, tú y yo vamos a una tienda o un supermercado, mientras que los magos suelen acudir al estanque más cercano. Su receta favorita se llama «Tormenta». Si supieras lo que contiene, no te extrañaría el nombre.

Primero, el mago pone a hervir bigotes de gato en agua sucia. Luego añade las alas de tres murciélagos, ojos de pez y babas de rana. Lo deja cocer a fuego lento durante setenta minutos. Finalmente añade diez kilos de cohetes gigantes, varias latas viejas, una trompeta, un par de platillos y un bombo. Cuando la mezcla rompe a hervir, empiezan a temblar las ventanas y el cielo se ensombrece. ¡Y comienza la tempestad! Por fin caen los chuzos de punta, llueve a cántaros y caen rayos y truenos del cielo: ¡el guiso está listo! El mago ha preparado una estupenda tormenta.

La fortaleza de las nubes

Érase una vez una familia que vivía en una aldea situada al pie de una montaña. En la cima de la montaña había un castillo enorme de granito gris. El castillo estaba siempre rodeado de nubes, así que todos le llamaban la fortaleza de las nubes. Desde la aldea sólo se podía distinguir el contorno de sus altos muros y torretas. Nadie del pueblo había estado jamás en el castillo porque parecía un lugar fantasmagórico y prohibido.

La familia de la que hablábamos tenía siete hijos. Uno tras otro fueron saliendo al mundo para probar fortuna. Finalmente llegó el turno del más pequeño. Se llamaba Sam. Todo lo que tenía era un gato llamado Misi. El minino era un excelente cazador de ratones. Sam no quería abandonarlo por nada del mundo cuando se fuera en busca de trabajo. Así que tuvo una idea.

—Ofreceré los servicios del gato en la fortaleza.
Seguro que lo necesitan para cazar ratones y es posible
que también me den trabajo a mí —pensó.

Sus padres se disgustaron mucho con la idea de que Sam
quisiera trabajar en la fortaleza, pero el joven no cambió de idea.
Así que se dirigió al castillo con Misi. El aire comenzó a volverse frío
y húmedo a medida que el camino ascendía por la montaña atravesando
un denso bosque de pinos. Tras un recodo se toparon con una gruesa
muralla de piedra, y después de bordearla vieron el portón del castillo.

Sam se acercó a la puerta y llamó. El viento les devolvió el eco.

—¿Quién vive? —preguntó de pronto una voz.

Sam levantó la vista y vio que en una ventana, en lo más alto
del muro, había un rostro que le observaba con desconfianza.

—Esto… quería saber si necesitan un gato que cace ratones —dijo Sam.

La ventana se cerró de golpe, pero un instante después se abrió la puerta
del castillo. Una vez dentro, Sam y Misi se encontraron con un anciano.

—¿Un gato cazador de ratones? —se interesó el viejo—.
De acuerdo. Pero más te vale
que sea verdad.

Sam soltó a Misi para
que mostrara de lo que era
capaz, y preguntó al anciano,
que era el guarda del castillo,
si también había trabajo para él.

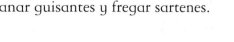

—Creo que podrás ayudar en la cocina. Pero es un trabajo duro —dijo.

Así que Sam empezó a trabajar en la cocina donde tuvo mucho
quehacer: pelar patatas, desgranar guisantes y fregar sartenes.

A media noche, cuando terminó su tarea, estaba exhausto. Se tendió a dormir en una pila de paja.

De pronto echó en falta a Misi. Salió a buscarlo, pero no había ni rastro del gato. Cuando ya se había perdido por los pasillos del castillo vio los ojos verdes de Misi que brillaban como ascuas en lo más alto de una escalera de caracol.

—¡Ven, Misi! —lo llamó cariñosamente Sam.

Pero el gato se quedó sentado delante de una puerta. Parecía escuchar atentamente lo que sucedía al otro lado. Sam se acercó y se puso a escuchar también. Pudo oír como alguien sollozaba. Llamó suavemente.

—¿Quién es? —contestó una voz femenina.

—Soy Sam, el ayudante de cocina. ¿Puedo pasar? —preguntó Sam.

—Ojalá pudieras… —sollozó la voz—. Soy la princesa Rosalinda. Cuando mi padre murió, mi malvado tío me encerró aquí para apoderarse del castillo. ¡Y me temo que ya nunca podré escapar!

Al instante, Sam supo exactamente lo que debía hacer. Recordaba haber visto unas llaves colgadas de una viga del techo sobre la cabeza del guarda que le habían llamado la atención por estar tan altas. Ahora sabía por qué… ¡Tenía que hacerse con esas llaves!

Cuando Sam y Misi volvieron, encontraron al guarda casi dormido en su silla… ¡debajo de las llaves! Misi se subió a una estantería y fue trepando hasta la viga. Tomó las llaves con la boca, pero justo cuando saltaba al suelo, rozó un jarrón que cayó y se rompió con estrépito. El guarda despertó sobresaltado.

—¿Quién va? —chilló viendo desaparecer la punta de la cola de Misi por la puerta.

—¡Huye hacia otro lado! —susurró Sam a Misi dirigiéndose escaleras arriba hacia los aposentos de Rosalinda, mientras el guarda perseguía a Misi. Sam abrió la puerta y vio a la joven más hermosa del mundo.

—¡Deprisa! ¡No tenemos tiempo que perder! —Le dio la mano y la condujo fuera de la torre.

—Dame la otra llave —le pidió la muchacha. Luego le llevó a las mazmorras del castillo. La princesa abrió una minúscula puerta con la segunda llave. Dentro había un baúl y, en su interior, un cofrecillo lleno de joyas—. Es mi joyero; me lo robó mi tío —explicó Rosalinda.

Ambos corrieron con el cofre hacia los establos y se subieron a un caballo. De pronto apareció Misi perseguido por el guarda. De un salto, el gato subió a lomos del caballo.

—¡Vámonos de aquí! —gritó Sam.

Y así abandonaron la fortaleza de las nubes para no volver jamás. Sam se casó con la princesa y fueron felices y comieron perdices.

Las campanillas azules

Las hadas de Villa Florida siempre andaban muy ocupadas. El jardín estaba repleto de flores y era tarea suya cuidarlas. Las hadas no se dejaban ver. Trabajaban siempre de noche y se escondían durante el día. Lucecita, la más pequeña, pintaba de color azul las campanillas. Villa Florida tenía muchas campanillas bajo el manzano. Una tarde, Lucecita se puso enferma.

—Estoy muy resfriada —le dijo a su amiga Pétalo, sonándose la nariz—. Creo que no podré trabajar esta noche.

—Me encantaría ayudarte, pero hoy tengo que rociar de perfume las flores. ¿Por qué no pides ayuda a los gnomos?

¡Oh cielos! A nadie le gustaba acudir a Ris y Ras, los gnomos del jardín. Lo único que hacían era irse a pescar y gastar bromas. Pero Lucecita no tenía alternativa.

—¡No te preocupes! —le dijeron cuando el hada les explicó su problema.

Al día siguiente Lucecita comprobó que habían pintado las campanillas, sí, ¡pero de color amarillo!

—¿Has visto lo que han hecho? —preguntó a su amiga Pétalo al día siguiente—. ¿Qué pensará Pablo?

Pablo era un niño que vivía en Villa Florida con sus

padres. El muchacho solía jugar en el jardín. Aquel día salió como siempre y se dirigió al manzano. Sentado en su rama favorita se dio cuenta de que algo había cambiado.

—Estoy seguro de que esas flores eran azules —pensó—. Mamá —dijo luego en la cocina—, toma estas flores.

—¿Campanillas amarillas? —dijo mamá poniéndolas en un jarrón—. No recuerdo haberlas plantado de ese color.

—Tenéis que volver a pintar las campanillas de azul —les dijo Lucecita a Ris y Ras. Pero los gnomos se rieron.

A la mañana siguiente, Pablo salió de nuevo al jardín para encaramarse al árbol y las flores eran de color... ¡rosa! Recogió un ramillete para dárselo a su madre, y ella las colocó junto a las campanillas amarillas del día anterior. Cuando Pétalo le contó a Lucecita lo sucedido, el hada se lamentó.

—Sabía que pasaría algo así.

Pero aún se sentía demasiado débil para trabajar.

—No te preocupes, Lucecita —dijo Pétalo, que hizo que los traviesos gnomos pintaran de nuevo todas las campanillas de color azul.

Al día siguiente, las campanillas volvían a ser azules y Lucecita se sentía ya mejor.

—Me alegro de poder volver a trabajar —dijo el hada.

Cuando Pablo y sus amigos salieron al jardín, todo tenía el aspecto de siempre. Todas las campanillas eran azules.

—¡Esto es cosa de brujas! —dijo su madre.

—O de hadas... —pensó Pablo.

La fiesta de cumpleaños

Pepa estaba bajando las escaleras cuando se abrió la tapa del buzón y el correo cayó al suelo. Uno de los sobres tenía forma de conejo y el nombre de Pepa escrito en letras muy gordas. Pepa corrió con él a la cocina.

—¡Mira, mamá! —gritó Pepa—. Una carta para mí. ¿De quién será?

—No sé —contestó mamá—. Vamos a abrirla.

Dentro del sobre había una invitación para una fiesta de cumpleaños de una amiguita de Pepa que se llamaba Laura.

—¡Que chuli, una fiesta! —exclamó Pepa—. ¡Qué ganas tengo de ir! —añadió, y con un poco de ayuda de su mamá contestó con un «Sí». Pero Pepa empezó a preocuparse—. ¿Qué le puedo regalar? —se preguntó.

Entonces mamá tuvo una estupenda idea.

—Si quieres, mañana iremos a comprarle algo especial.

Al día siguiente, se fueron de compras a la juguetería.

—¿Qué crees que le gustará a Laura?

—¡Un conejo! —dijo Pepa—.
A Laura le encantan.

—Ven —dijo mamá
sonriendo—, creo que he
visto algo.

Mamá condujo a Pepa a la
sección de la tienda donde estaban
los peluches. Allí le enseñó un precioso
conejito con unos pantalones azulones.

—¿Tú crees que a Laura le gustaría éste?

—¡Le encantará! —dijo Pepa. Así que compraron el peluche.

En casa, Pepa envolvió el conejito con papel de regalo.

—Mamá —preguntó Pepa—. Y en una fiesta… ¿qué se hace?

—Pues jugaréis a muchas cosas —dijo mamá.

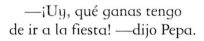

—¡Uy, qué ganas tengo
de ir a la fiesta! —dijo Pepa.

Y por fin llegó el día. Pepa se
puso su vestido más bonito. Mamá
le dio a Pepa el regalo.

—Mamá —preguntó—, ¿y qué pasa
si no me gusta la comida?

—No te preocupes —dijo mamá—.
En las fiestas hay siempre muchísimas
cosas ricas para picar. Ya lo verás.

—¡Jo, qué ganas tengo de llegar!

Cuando llegó a casa de Laura, su amiga

le abrió la puerta. Había muchos niños, pero Pepa no conocía a ninguno.

—¡Hola, Pepa! —le dijo Laura abrazándola. Pepa le dio el regalo. Cuando su amiga abrió el paquete, una sonrisa le iluminó la cara—. ¡Ay, Pepa! —dijo Laura—. ¡Qué bonito!

Todo el mundo quería jugar con el conejito.

—¡Venga, a jugar! —dijo la mamá de Laura. Pepa se quedó en la puerta mirando.

—No sé cómo se juega a esto —dijo.

—Haz lo mismo que yo —dijo Laura, y la tomó de la mano. Pepa se lo pasó de primera.

—¡A merendar! —dijo la mamá de Laura.

—¡Uau! —exclamó cuando vio la mesa. Estaba llena de todo lo que más le gustaba: ¡pizza, salchichas, patatas fritas, helado y pastelitos! También había globos, y tazas y platos de papel con dibujos.

Pepa se sentó junto a Laura.

—Espera a ver la tarta —dijo Laura.

Justo en ese momento, su mamá entró en la habitación con la tarta de cumpleaños. ¡Tenía forma de conejo! Laura pidió un deseo y sopló las velas. Y todos cantaron la canción de cumpleaños muy, muy fuerte y le tiraron de las orejas, también muy, muy fuerte.

Después de merendar jugaron a las sillas. A Pepa le encantaba. Al final sólo quedaban ella y un niño. Cuando la música paró, Pepa fue la más rápida en sentarse y ¡ganó! El premio era un rompecabezas.

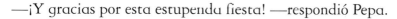

Al cabo de unas horas, las mamás y papás vinieron a recoger a sus niños.

—Muchísimas gracias por el conejo —dijo Laura al despedirse.

—¡Y gracias por esta estupenda fiesta! —respondió Pepa.

Laura dio a cada niño un globo y una chapa, por supuesto, con un conejito. De camino a casa, mamá le preguntó si lo había pasado bien.

¡Uy, sí! —dijo Pepa—. ¡Los juegos eran divertidísimos, los amigos de Laura, muy simpáticos y la comida estaba más rica…! —Pepa preguntó de repente—: ¿Cuándo es mi cumpleaños, mamá?

—Dentro de un mes —respondió mamá—. ¿Por qué?

—Porque me encantaría dar una fiesta… —respondió Pepa—. Tengo muchos amigos a los que me gustaría invitar. Y ya sé qué tarta quiero: ¡una con forma de dinosaurio!

—¡Jo, tengo unas ganas de que llegue la fiesta…! —dijo mamá riéndose.

Una sirena en la piscina

Juan y María estaban de vacaciones junto al mar. Sus padres habían alquilado una casita preciosa con una piscina. Pero lo mejor era que desde los dormitorios se veía la playa. ¡Era una casa perfecta!

La primera noche hubo una tormenta fortísima. El viento rugió y las olas azotaron la playa, e incluso llegaron a la casa. Los niños se quedaron en su habitación contemplando la tormenta.

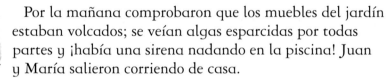

Por la mañana comprobaron que los muebles del jardín estaban volcados; se veían algas esparcidas por todas partes y ¡había una sirena nadando en la piscina! Juan y María salieron corriendo de casa.

—Siento ocupar vuestra piscina —se disculpó atemorizada.

—No pasa nada —dijo María muy amable—. No queríamos asustarte, sólo hablar contigo. Nunca habíamos visto una sirena.

—Me llamo Anémona —dijo la sirena—. Estaba jugando en el mar con mi amigo el delfín Azul cuando empezó la tormenta. Entonces, una enorme ola nos arrastró hasta aquí, y de mi amigo Azul no sé nada.

—No te preocupes. Te ayudaremos a buscar a Azul —dijo María—. Quizás veamos a tu amigo desde la ventana de nuestro cuarto.

Cuando sus padres salieron a dar una vuelta, Juan y María llevaron a Anémona a casa en una carretilla.

—Hasta ahora sólo había visto el cielo sobre mi cabeza! La casa no se caerá, ¿no? —preguntó inquieta.

—Claro que no —respondió Juan sonriente.

Entonces le enseñaron a Anémona cosas suyas que
la sirena nunca había visto antes. Ella pensó, por ejemplo,
que las imágenes móviles de la televisión eran muy misteriosas,
le encantó el osito de peluche de María y consideró que una cama era
la cosa más tonta que había visto en su vida. Pero, aunque estuvieron
mirando largo rato por la ventana, no divisaron a Azul.

—¡Tengo que regresar a mi casa! —dijo Anémona—. No puedo estar
mucho tiempo fuera del agua y además quiero salir en busca de Azul.
Si no hubiera perdido la caracola con la tormenta, le podría llamar.

—Si quieres podemos llevarte hasta la playa —le dijo Juan.

De nuevo, con la carretilla llevaron a la sirenita a la playa donde
María encontró la caracola en la arena.

—¡Mi caracola! —dijo Anémona muy contenta. La lavaron bien y
Anémona sopló por ella. Surgió un hermoso sonido que se adentró en
el mar. Al instante oyeron que alguien contestaba. A lo lejos, en el mar,
un delfín saltaba sobre las olas y nadaba hacia ellos. ¡Era el delfín Azul!

Anémona dio un grito de alegría y nadó a su encuentro. Cuando llegó
junto a él, le dio un abrazo muy fuerte. Luego se volvió hacia los chicos.

¡Muchísimas gracias por vuestra ayuda!
—dijo despidiéndose.

—¡Hasta el año que viene!
—contestaron Juan y María.

Y se quedaron contemplando cómo
Anémona y Azul se alejaban dando
elegantes saltos sobre las olas.

El búho y el gato

El búho y el gato ponen una tienda.
El búho la abrirá de noche
y el señor don gato,
hasta la hora de la merienda.

Para los gatos venderán sardinas;
para los búhos noctámbulos,
linternas y serpentinas.

El búho trabaja de noche,
el gato por el día,
vendiendo los dos su mercancía.

La jardinera

Al salir a pasear,
una jardinera se encontró.
De las flores que tú llevas,
dime cuál es la mejor.

La mejor es una rosa
que se viste de color,
del color que se la antoja,
y verde tiene la hoja.

Tres hojitas tiene verdes
y las demás encarnadas,
por eso a ti te escojo,
por ser la más resalada.

Flores bellas y amapolas
recojo en mi bello jardín;
en la mar corales y caracolas
sólo, mi amor, para ti.

El almirante

El almirante de la flota
de la marina mercante
pasea tan campante
con uniforme y sus botas,
muy rimbombante.

Hay que cuidar la Tierra

Con la Tierra y sus criaturas
antaño el ser humano
iba cordial de la mano.
Pero empezó a dañar la naturaleza
ensuciando los mares y los ríos
quemando bosques y maleza.

Ahí comenzaron los males,
cuando por simple diversión
mataba a los animales.
Tenemos que cuidar la Tierra,
el mundo que nos rodea
y no hacer más la guerra.

Soy un pobre pastorcito

Soy un pobre pastorcito,
que camina hacia Belén;
voy buscando al que ha nacido,
Dios con nosotros, Manuel.

Caminando camina ligero,
no te canses, no, de caminar
que te espera José y María
con el Niño en el Portal.

Aunque soy pobre, le llevo
un blanquísimo vellón,
para que le haga su Madre
un pellico de pastor.

Guardadito aquí en el pecho
yo le llevo el mejor don:
al Niñito que ha nacido
le llevo mi corazón.

El jardinero y sus flores

Hola, señora amapola.
¿Quiere alguna cosa, doña rosa?
¿Está usted hoy muy amarilla,
señora campanilla.

Por usted preguntó Amelia,
señora camelia.
Está usted muy bonita,
doña margarita.

Michi se hace a la mar

A Michi, el gatito del puerto, le encantaba el pescado. Se comía los restos que le echaban los pescadores y, cuando nadie miraba, algún que otro pescado entero acababa en su barriga en lugar de en el mercado.

—¿Nunca te cansas de comer pescado? —le preguntaba su amigo Gulliver. Y Michi negaba con la cabeza sin dejar de mascar con deleite una sardina o una anchoa. No, nunca se cansaba de comer pescado.

Un día, Michi tuvo una brillante idea.

—Sólo hay una cosa que puede ser mejor que ser el gato del puerto —le dijo a Gulliver—. ¡Ser el gato de un barco! Entonces sí que podría comer todo el pescado que se me antojase…!

Al día siguiente, cuando los pescadores estaban distraídos, Michi trepó a la *Sardina Saltarina*, el mayor de los barcos pesqueros del puerto. Todos los miembros de la tripulación estaban tan ocupados que nadie reparó en el gato escondido bajo un chubasquero.

El mar estaba en calma cuando el barco partió rumbo a alta mar, y Michi se sentía feliz soñando con las enormes cantidades de pescado que comería a bordo.

Cuando por fin los pescadores subieron las redes, no podía creer lo que veía. ¡Aquello era el paraíso gatuno! Nunca en su vida había visto tanto pescado junto. Había jureles, merluzas y bacalaos. Y desde luego la especie favorita de Michi: ¡sardinas!

Además, había tantas que nadie notaría si desaparecían unas pocas debajo del impermeable.

Michi comió y comió hasta que ya no pudo más. Luego se enroscó y se dispuso a dormir. Pero, cuando ya estaba ronroneado, sucedió algo extraño.

El *Sardina Saltarina* comenzó a balancearse y a oscilar. Luego se notaron violentas sacudidas y crujidos. Las olas chocaban contra el

barco, y el agua empezó a acumularse en cubierta. Michi estaba asustado y comenzó a marearse. Sentía el estómago como una lavadora centrifugando y deseó no haber comido tanto pescado. ¡Oh, cómo deseaba ahora mismo estar sequito en tierra firme!

—Nos vamos a hundir —pensaba Michi cada vez que una gran ola rompía contra el barco. Completamente empapado y muerto de frío, Michi asomó la cabeza para ver qué hacían los pescadores. No podía creerlo. En lugar de gritar o correr atemorizados, todos seguían tranquilos haciendo su trabajo. Uno de ellos, seguramente el capitán, incluso silbaba alegremente. Y otro se estaba comiendo una salchicha. Todo parecía indicar que, en un barco, eso era normal.

Cuando el *Sardina Saltarina* llegó a puerto, a Michi le faltó tiempo para saltar a tierra firme.

—¿Qué tal a bordo? —le preguntó Gulliver cuando le fue a ver por la noche.

—¡Ah! —dijo Michi, mientras se comía una raspa de sardina—. Los barcos no están mal, pero prefiero el puerto. Después de todo, no sólo de pescado vive el gato.

La abuela encantadora

Martina quería mucho a su abuelita. Cada día, cuando la niña regresaba de la escuela, allí estaba la abuela, sentada frente a la chimenea haciendo punto. La abuelita tejía tan deprisa que parecía que las agujas echaban chispas a la luz del fuego.

—¿Tú sabías que soy una bruja? —le preguntaba a veces la abuelita. Martina siempre se reía cuando le decía eso, porque no lo parecía. Tenía una cara muy agradable y nunca, nunca se enfadaba. A veces, Martina hurgaba en el armario de la abuela buscando el palo de una escoba o un sombrero de bruja. Pero lo más que encontró fue un libro de hechizos.

—No te creo. Tú no eres una bruja —le respondía siempre Martina.

—Que sí, que lo soy —respondía la abuelita—, y un día de estos voy a hacer un hechizo. Ya verás como ese día mis agujas tejen solas.

De vez en cuando, Martina vigilaba el cesto de costura de la abuela. Pero no le pareció que las agujas se movieran solas en ningún momento.

Un día, Martina estaba jugando en el jardín cuando oyó un lamento. Parecía venir de debajo de un árbol que había en un rincón.

Se acercó a ver qué ocurría pero no vio a

nadie, aunque desde luego, el ruido se oía más cercano. Al final miró hacia abajo y, allí, sentado en una piedra llena de musgo, vio a un hombrecillo. Iba muy elegante: chaleco de terciopelo amarillo y bombachos hasta la rodilla. Llevaba zapatos con hebillas brillantes y un sombrero triangular con una enorme pluma que temblaba cuando el hombre agitaba la cabeza al sollozar. Cuando el hombrecillo vio a Martina, sacó un pañuelo y se enjugó las lágrimas.

—¿Pero qué le ocurre, buen hombre? —preguntó Martina.

—¡Oh, cielos! ¡Oh, cielos! —sollozó de nuevo el personajillo—. Soy el sastre de la princesa de las hadas, quien me encargó hacerle un vestido para el baile de primavera de esta noche. Pero un malvado elfo me ha embrujado y ha transformado toda la fina gasa que tenía en alas de murciélago. Así que no tengo material para hacerle el traje a la princesa, y se enfadará mucho conmigo. —Y empezó a llorar otra vez.

—¡No llore! —le dijo Martina—. Seguro que se nos ocurre algo. El cesto de costura de mi abuelita está lleno de retales. Voy a ver si tiene algo bonito para hacer un vestido de noche. Seguro que no le importa darnos algo, puesto que se trata de una emergencia —dijo la niña. Y el hombre respiró algo más tranquilo y esperanzado—. Espere —le dijo Martina—, voy a ver. —Y corriendo abandonó el jardín y entró en la casa.

—¡Abuela, abuela! —llamó la niña. Corrió hacia la sala esperando

encontrarse con la anciana haciendo punto frente a la chimenea.

La abuelita estaba en su sillón, pero tenía los ojos cerrados y susurraba entre dientes. En su regazo, las agujas ¡se movían solas mientras la madeja de lana giraba y giraba!

En un primer momento, Martina se quedó tan atónita que no podía moverse. Luego pensó:

—Espero que la abuela no esté haciendo ningún mal conjuro. Voy a ver si el hombrecillo está bien.

Así que volvió a salir al jardín. Allí vio al sastrecillo rodeado de una gran cantidad de gasa que brillaba a la luz del sol.

—¡Jamás he visto un material más fino que éste! —exclamó—. ¿De dónde proviene? He cerrado los ojos un momento para enjugármelos con el pañuelo y cuando los he abierto de nuevo, la tela estaba aquí.

—No estoy segura, pero creo que mi abuelita podría tener algo que ver con esto...

—En fin, sea como sea, nunca podré agradecerle lo suficiente lo que ha hecho por mí —dijo el sastrecillo—. Seguro que con esto puedo hacer el vestido más bonito del mundo. Y la princesa bailará toda la noche más radiante que nunca. También estoy en deuda contigo por ayudarme. Me encantaría que vinieras al baile.

—¡Oh, muchas gracias! —exclamó Martina—. Me encantaría ir al baile. —No quería decepcionar al sastre, pero en realidad estaba convencida de que era demasiado grande para asistir a un baile de hadas.

LA ABUELA ENCANTADORA

—Tengo que ponerme a confeccionar el vestido —dijo el hombrecillo, tomado un par de tijeras diminutas—. ¡Hasta luego! —dijo, y desapareció.

Por la noche, Martina se preguntó si de verdad las hadas celebrarían un baile. En ese momento oyó que alguien llamaba a su ventana con los nudillos. ¿Era el sastrecillo de las hadas o simplemente se lo estaba imaginando? Al mismo tiempo oyó un ruido sobresaltada. Se oía un «clic, clic, clic» en la oscuridad.

—Abuelita, ¿eres tú? —preguntó.

—Sí, cariño —respondió la abuelita—. No podía dormir y he pensado en hacer punto. Pero las agujas parecían algo inquietas, así que creo que es hora de hacer un hechizo. ¿Deseas algo, Martina?

—Esto… —balbuceó Martina—. Pues, sí: me gustaría ir a la fiesta de las hadas.

—¡Ea, pues así sea! —dijo la abuelita.

En un instante, Martina sintió un cosquilleo y se dio cuenta de que se hacía cada vez más pequeña. Comprobó encantada que estaba vestida con un elegante vestido de noche y zapatitos de satén. De pronto se sintió transportada por dos alitas que tenía en la espalda y salió volando por la ventana hacia el baile.

Martina despertó en su cama. ¿Había sido todo un sueño: la cena, la orquesta de ranas, el baile con el príncipe de las hadas? Entonces vio algo en su almohada: ¡un diminuto vestido de noche y unos zapatitos de satén!

Una espina

Tengo en el corazón una espina
que me duele y me lastima.
Ha pasado una semana, es otro día,
¡y en el corazón tengo alegría!

Me topé

Me topé con un chico
que se que llamaba Pachico.
Me topé con una señora
que se llamaba Carola.

Las hermanas

Marisa
me da risa
y Almudena
me da pena.
¡Estas hermanas
son unas tarambanas!

Estrellitas

Estrella, estrellita del firmamento,
tú bien sabes, estrellita,
¡que yo nunca miento!

Pesadillas

Tendrás pesadillas
si en la cena
te pones muy llena
de quesadillas.

La noche

La noche está clara, la noche está despejada.
Me pongo la cena y me como una tostada.
La noche está clara y muy estrellada.
Me voy a la cama, ¡que estoy muy cansada!

Sally la oveja

Sally la oveja no era muy lista.
Le dolían las muelas
y no iba al dentista.
Sally la oveja
no se cepillaba los dientes.
Y tenía caries y dolores muy fuertes.

Mi madre y tu madre

Mi madre y tu madre
no paran de charlar.
¡Y nosotros pobres
aquí sin merendar!

Vamos al zoo

—Papá, vamos al zoo
a ver los animales.
Pues no salgáis de casa
sin coger las llaves.
—Vimos los leones
y se asustó mi hermana;
vimos a dos monos
comiendo una banana.

Los tíos y tías

El tío Alberto
te cuenta un cuento.
La tía Ramona
te regala una mona.
El tío Antoñete
te da un juguete.
La tía Genara
no te da nada.
¡Menuda tía,
es una avara!

Lágrimas de osito

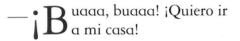

—¡**B**uaaa, buaaa! ¡Quiero ir a mi casa!

Cuando un hada llamada Mavis pasó volando sobre el basurero tapándose la nariz con los dedos oyó un inconfundible sonido desde un montón de basura cercano.

—¡Uy, me suena a lágrimas de osito! —se dijo a sí misma—. Será mejor que me acerque a ver si puedo ayudar.

Voló más bajo para mirar y, en efecto, entre peladuras de patata y mondas de plátano, había un osito de peluche muy triste y desconsolado. Mavis se sentó junto a él y le tomo de la patita mientras el osito le contaba entre lágrimas lo que había sucedido.

—Mi dueña, Matilde debía recoger su habitación. Es una niña muy desordenada, pero muy dulce y simpática. —El osito suspiró—. Me tiró por error con una manta vieja. ¡No se dio cuenta de que yo estaba arropado con ella echando un sueñecito! Luego vinieron unos hombres en un camión, vaciaron el contenedor en el vehículo y me trajeron aquí. ¡Pero yo me quiero ir a casa! —Y el pobre osito se puso a llorar de nuevo.

—Tranquilo —le consoló Mavis—, yo te ayudaré a volver a tu casa. Pero primero necesito dos de tus lágrimas. —El hada sacó un frasquito, le quitó la tapa y tomó dos gruesas lágrimas de las mejillas del osito.

—¿Y para qué las quieres? —preguntó el osito un poco más aliviado.

—¡Para hacer polvo mágico! —respondió Mavis—. Ahora espérame ahí sentadito, que yo volveré pronto. Te lo prometo. —El hada se despidió y se alejó volando.

El osito se arropó con la manta tratando de ser valiente y no llorar. Así estuvo toda la noche, muerto de frío, sintiéndose muy sólo y atemorizado. Lo único que quería era volver a su casita, con Matilde.

Mientras, Mavis estaba muy ocupada. Voló y voló recorriendo todo el pueblo, hasta que

pasó por una ventana abierta de la que salía un sollozo. Entró y vio a una niña tumbada en la cama con su mamá sentada al lado.

—¡Yo quiero mi osito! —gritaba la niña.

—Si no fueras tan desordenada, Matilde, no perderías las cosas —le dijo su mamá.

—¡Pero si he ordenado mi habitación hoy mismo! —protestó Matilde.

—Venga, ahora tienes que dormir —le dijo mamá con cariño, y le dio un besito—. Ya buscaremos al osito mañana.

Mavis se quedó mirando cómo Matilde lloraba sobre la almohada hasta que, por fin, se quedó dormida. Entonces, el hada bajó del alféizar de la ventana, tomó el frasquito y frotó las lágrimas del osito sobre los ojos cerrados de Matilde. Luego la roció con polvo mágico, que con un resplandor comenzó a hacer su efecto. Así Matilde comenzó a soñar. Soñó que veía un neumático viejo, un periódico arrugado, algunas latas oxidadas, pieles de naranja, una manta… ¡Eh, un momento! Ésa era su manta y, arropado con ella, ¡estaba su osito, derramando lagrimones que le rodaban por las mejillas! ¡El pobre estaba en el basurero!

Al día siguiente, Matilde despertó sobresaltada. Recordaba su sueño perfectamente. Corrió escaleras abajo hacia la cocina, donde su mamá preparaba el desayuno, y le contó todo.

Mamá intentó convencerla de que todo había sido un sueño, pero Matilde no quería escucharla. Sabía que tenía razón. Así que al final, su mamá accedió a ir a echar un vistazo.

Llegaron al basurero justo cuando una enorme excavadora se disponía

a remover una montaña de residuos. Pero en la cumbre de tanta basura... ¡estaba el osito!

En ese momento apareció Mavis encima de la cabeza del peluche.

—¡No te preocupes, que ahora te salvamos! —le dijo. Agitando la mano hizo aparecer un resplandor para llamar la atención de Matilde.

—¡Mamá, mamá! —gritó, señalando la montaña de basura—. ¡Mi osito está ahí! ¡Lo van a enterrar! ¡Haz algo, rápido! —Mamá corrió hacia el hombre de la excavadora agitando los brazos en alto.

El hombre paró la máquina justo en el último segundo.

Así, por fin se reunieron Matilde y el osito, y hubo más lágrimas, pero esta vez de felicidad. Y desde entonces, la habitación de Matilde fue la más limpia y ordenada del mundo.

... A pesar de todo

A Rumpo le gustaba mucho el agua.
Le encantaba chapotear y salpicar
y saltar en los charcos que veía por calle.

Le gustaba tanto el agua que, allá donde
hubiera un charco o una acequia ¡siempre se
las arreglaba para meterse y ponerse perdido!

Y como mamá quería mucho a Rumpo,
se limitaba a suspirar profundamente
y a secar al osito de pies a cabeza.

A Rumpo le encantaba
el barro. Le volvía
loco chapotear
y saltar
en todos los
charcos de lodo
que podía.

Nadie sabe cómo lo hacía, pero Rumpo
siempre se las arreglaba para estar
cubierto de barro de la cabeza a los pies.

Pero papá quería mucho a Rumpo
y simplemente suspiraba y limpiaba todo.

A Rumpo le encantaba pintar.
Le gustaba mucho extender la

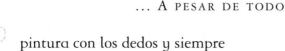

pintura con los dedos y siempre
terminaba ensuciando todo.

Pero el hermanito de Rumpo le
quería mucho, así que se limitaba
a suspirar y ayudarle a lavarse.

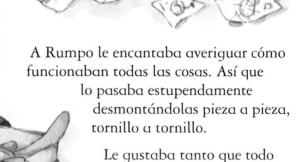

A Rumpo le encantaba averiguar cómo
funcionaban todas las cosas. Así que
lo pasaba estupendamente
desmontándolas pieza a pieza,
tornillo a tornillo.

Le gustaba tanto que todo
lo que caía en manos de
Rumpo... ¡no funcionaba
mucho tiempo!

Pero el abuelito
quería mucho a Rumpo, así que se
limitaba a suspirar profundamente
y arreglaba todas las cositas que
su nieto había desarmado.

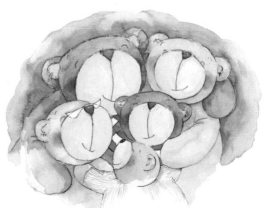

Y Rumpo quería mucho a su
mamá y a su papá, y a su
hermanito y a su abuelito. Y mamá,
papá, el hermanito y el abuelo
querían a Rumpo... ¡a pesar de todo!

Este gato lindo

Este gato lindo se quiere dormir,
y el pícaro sueño no quiere venir.
Este gato lindo que nació de noche,
quiere que lo lleve a pasear en coche.

Al niño bonito

Al niño bonito
¿qué le daré?
Un lindo gatito
que ayer pillé.
Es muy mansito,
no sabe morder.
Aquí se lo traigo,
para que juegue usted.

Adivina, adivinanza

Adivina, adivinanza:
dos compañeras
van al compás,
con los pies delante,
los ojos detrás.

¿Qué es?
Las tijeras

Mi señor don gato

Mi señor don gato
hoy amaneció
enfermo, postrado
por un hondo dolor.
Su esposa alarmada,
llena de aflicción,
dispuso que a escape
viniera el doctor.

348

Mari tiene un cordero

Mari-Toñeja
tiene un cordero,
hijo de la señora oveja
y del señor carnero.

Lo lleva al mercado
y lo pasea por el prado.
¡Qué cordero tan salado
la Mari se ha comprado!

El tendero

El tendero de Sevilla,
el de la tienda de Triana,
es la comidilla:
¡sale con doña Ana!

Que si con doña Pepa,
que si con doña Ana,
que salga el buen hombre,
con quien le dé la gana.

La pobre oveja negra

La oveja negra no tenía amigas.
De las otras ovejas nadie la quería.
Ha aparecido un lobo en el prado.
¡y todas las ovejitas se han ajuntado!

La cabra y la oveja

La señora cabra
tiene la pelagra.
Y doña oveja,
dolor de oreja.
Bala la oveja
y la cabra se queja.

La bella durmiente

Hace mucho, mucho tiempo, en un país muy lejano había un rey y una reina que eran buenos y justos. Cuando la reina dio a luz a una preciosa niña, todo el reino lo celebró jubiloso.

Cuando llegó la hora de bautizar al bebé, los reyes organizaron una gran celebración. Preguntaron a las siete hadas buenas del reino si querían ser sus madrinas, pero para sorpresa de todos, fueron ocho las que se presentaron al convite.

La octava hada era una muy vieja y muy fea, y nadie la había visto desde hacía años. El rey y la reina creían que había muerto y por eso no la habían invitado al bautizo.

El día del bautizo llegó la hora de que las hadas entregaran a la princesa los dones mágicos. El primero fue el don de la belleza; el segundo, el de la sabiduría; la tercera hada le dio a la niña el don de la gracia; la quinta le otorgó el regalo de bailar como el viento; la sexta le concedió talento para la música y las canciones, de modo que cantara y tocara como los ángeles.

350

Justo antes de que la séptima hada pudiera entregarle su presente, la octava se adelantó.

—La princesa —anunció con voz lúgubre— se pinchará el dedo con una rueca ¡y morirá!

Todos los presentes en la habitación quedaron horrorizados. La reina empezó a llorar. Pero entonces habló la séptima hada.

—Aquí está mi regalo —dijo en voz muy alta—. La princesa no morirá. En lugar de ello se quedará dormida durante cien años. Transcurrido ese tiempo despertará.

Los reyes se sintieron aliviados, pero aún así mandaron destruir todas las ruecas del reino. No podían permitir que su hija se pinchase en el dedo.

Los años pasaron y la princesa creció y se convirtió en una maravillosa joven: inteligente, bella y llena de gracias, como habían prometido las hadas.

El día que cumplió dieciséis años, estaba caminando por un corredor del palacio cuando se fijó en una pequeña habitación desconocida en

una torre apartada. Se asomó y vio a una anciana hilando en una rueca.

—Pasa, pasa querida —le dijo la mujer con voz gangosa—. Pasa y prueba a hilar tú misma.

En cuanto la princesa tocó la rueca, se pinchó y cayó al suelo desmayada.

Al descubrir a su hija, a los reyes se les partió el corazón, ya que sabían que estaría dormida durante cien años. Los soberanos llamaron a la guardia real. Los soldados llevaron a la princesa a sus aposentos. Allí la depositaron en su lecho entre almohadones de terciopelo. El rey y la reina pasaban las horas junto a su hija contemplándola y llorando.

—¡Oh, querido! —decía la reina a su marido—. ¿Cómo vamos a vivir ahora sin nuestra hijita?

El hada que había salvado a la princesa de la muerte se enteró de lo que había sucedido. Temiendo que un día la princesa despertara y no conociera a nadie, hizo un conjuro. Todos los habitantes de palacio,

desde los guardas hasta las cocineras, incluso el perrito de la princesa, cayeron en un sueño muy, muy profundo.

Luego, el hada hizo crecer alrededor del castillo muchos árboles de gruesos troncos y matorrales retorcidos y espinosos para que formaran un muro verde que nadie pudiera franquear. Desde el horizonte sólo se veían las puntas de las torres del castillo.

Y así pasaron cien años.

Un día, el príncipe de un reino vecino estaba cabalgando por los alrededores cuando vio las torres que asomaban por encima del espeso muro vegetal. Preguntó a las gentes del lugar, que le informaron de la triste historia de la bella durmiente.

— Muchos han intentado atravesar ese muro de espinas —le dijeron—, pero todos han muerto en el intento.

El príncipe estaba decidido a abrirse paso en la espesura y entrar en el misterioso castillo. Para su sorpresa, cuando lo intentó,

la vegetación, troncos, árboles y maleza se apartaban a su paso y le dejaban el camino libre.

Por fin, llegó ante el portón de palacio y entró.

El príncipe pasó por pasillos y corredores, cruzó salas y cámaras, y en todos ellos vio personas y animales que dormían, como si estuviesen muertos. Finalmente, llegó a la habitación de la bella durmiente.

—¡Oh, princesa! —exclamó el príncipe. —Eres más hermosa que la más delicada flor que haya visto.

El príncipe se acercó despacio a la muchacha y se quedó mirándola embobado. Tomó con delicadeza sus manos y sintió que se había enamorado perdidamente. Se arrodilló junto a la princesa y la besó en los labios. Entonces, la bella durmiente abrió los ojos.

—¿Eres tú mi príncipe azul? —le preguntó al verle—. ¡Te he estado esperado durante tanto tiempo!

El hechizo se acababa de romper y todo el mundo comenzó a despertar.

Esa noche se celebró el decimosexto cumpleaños de la princesa con una estupenda fiesta... ¡cien años más tarde! El príncipe y la princesa bailaron juntos toda la noche y pronto se casaron. Y fueron felices y comieron perdices.

La feria de las sirenas

Pablo le encantaba bucear y lo hacía muy bien. Le gustaba sumergirse en busca de conchas y caracolas, pero sobre todo, de perlas. Las perlas eran la joya más preciada del océano, y a él le gustaba coleccionarlas.

Un día que Pablo estaba buceando vio una inscripción en una roca. Se quedó muy sorprendido. Se acercó nadando y ¡no podía dar crédito a sus ojos! En la roca ponía: ¡HOY FERIA DE SIRENAS!

Desde luego, Pablo había oído hablar de las sirenas, pero nunca había visto ninguna. Aspiró un poco de aire y se dirigió a la feria. Se escondió detrás de una roca y observó. Allí había muchísimas sirenas, algunas montando sobre delfines y haciendo carreras, otras jugando ante los diversos puestos. ¡Y cuántas perlas! En algunas casetas se podía ganar una perla lanzando un aro sobre ella. En otras se estiraba de una palanca que accionaba un artilugio. Si aparecían tres caracolas en fila, caían por un agujero cientos de perlas. Dos sirenas le vieron y se le acercaron.

—¡Eres un pez muy raro! —le dijo la más rubia de las sirenas.

—¡Creo que es un chico! —exclamó la morena riéndose.

—¡Hola! —dijo Pablo, y se extrañó de poder hablar y respirar bajo el agua en compañía de las sirenitas—. ¿Puedo participar en la feria? ¡Me encantan las perlas!

—Seguro que no te refieres a esas bastas perlas —dijo una sirena—, sino a éstas otras. —Y mostró a Pablo un peine de plástico con una flor. La sirena lo había encontrado una vez entre las rocas y pensó que era la cosa más bonita que había visto nunca. Pablo prometió traerles más si le ayudaban a ganar perlas.

—Eso es muy fácil —dijeron las sirenas—. Puedes hacerlo ganando la carrera de delfines. —Pero no era nada fácil. No podía montar bien los delfines porque resbalaban y tampoco resultaba sencillo cruzar un aro de un salto dentro del agua. ¡A no ser que uno fuera una sirena, claro!

Pablo casi tenía que regresar a la superficie y aún no había ganado ni un solo premio. En una de las casetas descubrió la perla más grande que había visto en su vida. Tenía casi el tamaño de un coco. Para ganarla había que alcanzarla tirando esponjas. Pero Pablo no tenía mucha puntería ¡y mucho menos debajo del agua!

Las sirenas le rodearon para animarle. Había fallado ya un par de veces, pero en medio de las risas logró alcanzar la perla al tercer intento.

—¡Has ganado! —exclamaron las sirenas—. ¡La perla es tuya!

Pablo volvió nadando a su barco. Estaba muy contento. Al día siguiente regresó a ver a sus amigas con una caja entera de peines de plástico. Cuando las sirenas lo vieron, se pusieron a bailar de alegría entre las olas y le dieron muchos besos.

Desde entonces, Pablo nunca hizo submarinismo sin llevar un peine de plástico consigo.

Las vacaciones de la señora ratona

La señora ratona estaba muy nerviosa. Había sido un año de mucho trabajo, primero con la recolección de las nueces y bayas para el invierno; después con los arreglos y la limpieza general en su casita para hacerla aún más acogedora. Ahora que el cálido sol lucía en lo alto había decidido darse unas vacaciones. ¡Pero los preparativos eran mucho más cansados que cualquier trabajo! ¡Había tantas cosas que hacer!

Primero buscó su maleta de viaje. La puso encima de la cama y la abrió. Luego se dirigió al armario y sacó varios vestidos de verano fresquitos. Los plegó cuidadosamente y los colocó en la maleta. Seguidamente buscó en el armario de los zapatos. Eligió unas sandalias frescas para ir a pasear, un par de zapatos cómodos para ir de compras, unos elegantes para salir de noche y ¡otro par de zapatos por si acaso!

—Ah, y necesito una pamela para el sol —pensó, y metió un sombrero en la maleta.

Después decidió llevarse una chaqueta, guantes y un chal por si refrescaba por la noche. También, por si había mucha claridad,

358

LAS VACACIONES DE LA SEÑORA RATONA

unas gafas de sol, crema protectora
y una sombrilla. Pero llenó tanto la
maleta que no podía cerrarla. Intentó
sentarse encima y apretar con fuerza,
pero no logró nada.

La señora ratona no tuvo más
remedio que sacar todas la cosas
y devolver la maleta al armario, de
donde sacó otra más grande. Esta vez sí le cabía
todo y pudo cerrar la maleta sin problemas. ¡Incluso le sobraba sitio!

Ahora ya estaba preparada para irse de vacaciones. Se sentó en el
tren después de colocar la maleta en el portaequipajes de su asiento,
se comió sus bocadillos de queso y miró pasar el paisaje por la ventanilla,
impaciente por divisar el mar. Finalmente, el tren salió de una curva
y ¡ya habían llegado! Allí estaba el ancho azul brillando bajo los rayos de
sol, con olas coronadas de espuma que rompían contra el acantilado.

—La verdad es que estoy deseando echar una siestecita
reparadora —se dijo a sí misma.

La pensión era muy agradable y estaba tan cerca del mar que la
señora ratona podía oler el aire salado en cuanto abría la ventana.

—Esto es vida —pensó—. ¡Qué bonito y tranquilo!

Después de colocar sus cosas en el armario, la señora ratona se puso un
traje de baño, un pareo y un sombrero, y se fue a la playa. ¡Ahora sí que
estaba preparada para tomar un baño de sol!

En la playa encontró un rincón tranquilo. Cerró los ojos y casi se
durmió, pero la paz no duró mucho tiempo. A la playa llegó una familia
de ratones colorados... ¡que no pararon de montar escándalo! El más
pequeño era el más gritón, salpicaba a todos de agua y le dio varias veces

con su pelota a la señora ratona, que estaba tumbada al lado.

Cuando ya pensaba que la cosa no podía empeorar más, apareció un grupo de ruidosos hurones. Con sus risotadas y sus canciones, a la pobre le entró dolor de cabeza.

Así que decidió no quedarse en la playa ni un segundo más. Estaba buscando un lugar tranquilo, cuando vio una gran roca alejada de la orilla.

—Ya sé. Nadaré hasta esa roca —se dijo—. Seguro que allí no me molesta ningún dominguero. —Recogió sus cosas y nadó hasta la roca.

Su superficie era dura y áspera, pero tranquila al fin y al cabo. Así que se dispuso por fin a echarse la siesta. Se quedó profundamente dormida al instante.

¡Pero en ese momento la roca se movió! La verdad es que no era una roca, sino una enorme tortuga que se había acercado a la playa. La tortuga se fue adentrado en el mar mientras la señora ratona dormía plácidamente sobre su caparazón sin darse cuenta de lo que estaba pasando.

La tortuga se dirigió a una isla desierta. En ese momento, despertó la señora ratona. Miró hacia la playa, que estaba mucho más lejos que antes, sin darse cuenta de dónde había estado durmiendo. Saltó tan tranquila al agua, dispuesta a volver nadando, convencida de que, simplemente, la marea había subido mucho.

Pero en seguida vio cómo la tortuga se alejaba y se dio cuenta de lo sucedido. También comprobó que muy cerca, detrás suyo, había una bella playa desierta con muchas palmeras y se acordó de la otra llena de barullo que había dejado.

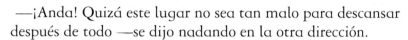

—¡Anda! Quizá este lugar no sea tan malo para descansar después de todo —se dijo nadando en la otra dirección.

Y eso es exactamente lo que hizo. Se quedó varios días descansando en su playa privada, donde nadie la molestaba. Había muchos cocoteros y árboles frutales. No necesitaba nada más. Incluso se hizo un cómodo lecho con hojas de palmeras.

Un día se dijo que empezaba a echar de menos su casita y decidió regresar. Eligió un coco y vació su sabrosa pulpa.

—Será un bote estupendo —se dijo.

Le colocó una hoja de palma a modo de vela. Lo arrastró hacia el agua y, cuando el viento comenzó a soplar, recogió sus cosas y se dispuso a navegar.

—Han sido las vacaciones más tranquilas que he tenido nunca. ¡Creo que volveré el año que viene!

¡Al agua, pato!

La señora pata nadaba orgullosa por el estanque seguida de una hilera de patitos. Oculto en su cómodo nido, el pequeño Tito los miraba alejarse. Cómo deseaba seguir a su familia... ¡Pero le daba miedo el agua! Había fingido dormir para que la pata le dejara descansar.

Cuando todos regresaron esa noche, los otros le contaron historias de terribles animales que se habían encontrado en su paseo por el lago.

—Hay uno enorme que se llama «caballo» —le dijo Doti.

—Y hay otro gordito y rosa que se llama «cerdo» —dijo Gordi.

—Pero el peor de todos —añadió Dorita— es un pájaro enorme llamado «garza». ¡El cerdo dice que desayuna patitos!

Y todos sus hermanos piaron y aletearon inquietos.

Al día siguiente, la señora pata llevó de nuevo a sus hijos de paseo.

Tito se quedó con los ojos cerrados hasta que se fueron. Entonces vio ¡un pájaro enorme que volaba sobre él! Se echó al agua detrás de su familia:

—¡Esperadme! ¡Esperadme!

—Ha sido un truco —le dijeron—. La señora garza no te comerá. Sólo queríamos que perdieses el miedo al agua. ¡Ja, ja, ja! ¡Al agua, pato!

La nana

Pajarito que cantas
en la laguna,
no despiertes a mi niña
que está en la cuna, ea, ea, ea.

La cuna de mi niña
se mece sola
como en el campo verde
las amapolas, ea, ea, ea.

A dormir va la rosa
de los rosales.
A dormir va mi niña
que ya es muy tarde, ea, ea, ea.

El comercio de la esquina

Abrimos todo el día
y vendemos cantidad
de fresca mercancía.
Atendemos festivos
y tenemos de todo,
sólo nos faltan higos.
La clientela está contenta
regalamos chicles de menta.
Vendemos peces de colores
y remedios para mal de amores.
Tenemos buenas ofertas
y la puerta siempre abierta.

Arrorró, mi niño

Arrorró, mi niño; la luna llegó,
porque a su casita se ha marchado el sol.
Arrorró, mi niño, arrorró, arrorró.
Ya la florecilla sus ojos cerró;
la hierba en los prados
sombra se volvió.
Arrorró, mi niño, arrorró, arrorró.
Todo pajarito duerme sin temor
y sus ventanitas ya la noche abrió.
Arrorró, mi niño, arrorró, arrorró.

¿Cuántas horas duermes?

Una hora duerme el gallo
dos el caballo,
no digo más y me callo.
Tres el santo,
cuatro el que no lo es tanto,
no digo nada y canto.
Cinco el peregrino,
seis el teatino,
y yo nunca atino.
Siete el caminante,
ocho el estudiante;
quiero ser cantante.
Nueve el caballero,
diez el majadero,
once el muchacho,
¡y doce el borracho!

Me han dicho

Me han dicho que has dicho un dicho
que han dicho que he dicho yo,
el que lo ha dicho, mintió,
y en caso de que hubiese dicho
ese dicho que tú has dicho
que han dicho que he dicho yo,
dicho y redicho quedó.
Y estaría muy bien dicho,
siempre que yo hubiera dicho
ese dicho que tú has dicho
que han dicho que he dicho yo.

Los peces en el río

Pero mira cómo beben los peces en el río.
Pero mira cómo beben por ver al Dios nacido.
Beben y beben y vuelven a beber
los peces en el río por ver a Dios nacer.

La Virgen está lavando y tendiendo en el romero,
los pajaritos cantando y el romero floreciendo.
La Virgen se está peinando entre cortina y cortina.
Los cabellos son de oro y el peine de plata fina.

La vaca que saltó por encima de la luna

¡**B**oing, boing, boing! Pompón, el conejito, correteaba y saltaba feliz por todo el prado.

—Mirad, puedo volar por los aires —dijo a los demás animales de la granja. Y movió su colita peluda, a la que debía su nombre, arriba y abajo.

—¡Muy bien! —dijo la oveja Bobalicona, a la que se impresionaba fácilmente.

—¡Sí, muy bien! —dijo también Leal, el perro pastor—. Pero yo lo hago mejor. Puedo saltar la verja. —Y diciendo esto saltó por encima de la valla del prado.

—¡Asombroso! —exclamó Bobalicona.

—Sí, asombroso —afirmó el caballo Trueno, resoplando y moviendo la cabeza—. Pero yo puedo superarlo. Mirad, voy a saltar el seto. —Se puso a galopar y salvó limpiamente la alta muralla vegetal.

—¡Increíble! —dijo Bobalicona con la boca abierta.

—Sí, increíble —repitió la vaca Luciana—. Pero más increíble es lo que puedo hacer yo. ¡Puedo saltar por encima de la luna!

—Me temo que eso es increíble en el sentido más literal de la palabra, Luciana —le respondió Trueno—. Nadie puede hacer eso. Te lo acabas de inventar.

—Que sí que puedo —repitió Luciana, testaruda—. ¡Y os lo voy a demostrar! El que quiera verlo está invitado.

Los demás animales dijeron que les encantaría asistir al espectáculo de Luciana saltando por encima de la luna.

—Nos encontraremos aquí mismo esta noche —les dijo Luciana—. Hay luna llena y estará despejado.

Así que esa misma noche, cuando la luna estaba ya alta en el cielo, todos los animales de la granja esperaban impacientes en el prado. Incluso vinieron animales del bosque y de las granjas vecinas porque se había corrido la voz y nadie quería perderse el espectáculo.

—¡Vamos, Luciana! —dijo Leal, impaciente.

Todos los presentes se rieron, porque la verdad es que nadie creía que lo conseguiría. Pensaban que se trataba de una fanfarronada de Luciana.

—Sí, os lo voy a demostrar ahora mismo —dijo Luciana tan tranquila—. Pero antes tenéis que seguirme. Éste no es el lugar adecuado.

Luciana cruzó el prado seguida de su público, hasta llegar a la orilla de un riachuelo. En el firmamento, la luna llena brillaba con intensidad. Parecía muy, muy lejana. ¿Cómo pretendía saltar por encima?

—Ahora necesito espacio para la carrerilla. Atrás todo el mundo

—ordenó Luciana solemne. Los animales la obedecieron en silencio mientras la miraban entre expectantes, nerviosos e incrédulos. ¿Qué es lo que tenía planeado esta vaca?

Luciana trotó por el prado, paró, bajó y subió la cabeza, estiró las patas y se colocó en posición.

—Venga, Luciana, menos teatro —gritaron los animales impacientes. Luciana tomó aire profundamente y echó a correr a gran velocidad hacia el riachuelo.

En el último momento, dio un gran salto, sobrevoló la corriente y aterrizó en el otro lado.

—¡Lo he conseguido! —gritó Luciana entusiasmada—. ¿No vais a aplaudir? —Los animales se miraron unos a otros confundidos.

— ¡Pero si sólo has saltado sobre la corriente! —dijo el caballo Trueno.

—Acércate y mira mejor —dijo Luciana desde la otra orilla. Los animales se asomaron al borde del agua. Miraron hacia abajo y vieron el reflejo tembloroso y reluciente de la luna llena. ¡Cómo se rieron todos cuando cayeron en la cuenta!

—¿Veis? He saltado sobre la luna, no hay duda. —Y para probarlo saltó al otro lado del río. Los animales no pudieron menos que aplaudir y aclamar a Luciana.

—Lo reconozco. Es un buen truco—dijo el perro Leal.

—¡Extraordinario! —dijo Bobalicona fascinada—. Pero ¿me podría explicar alguien cómo lo ha logrado?

Cuando salimos de ronda a cantar a las mozas

Salimos de ronda a cantar a las mozas.
Pero ellas no quieren saber nada.
Nos arrojan cubos de agua y ¡hasta la loza!
Mi prima Rosita salió ayer al balcón
y nos regaló un buen jamón.
Pero mi amada Pepita tiró un limón.
El fruto me dio en la cabeza,
el zumo en el corazón.

La familia numerosa que vivía en un zapato marrón

Una familia vivía al pie de un árbol en un zapato marró
Eran muchísimos hijos e hijas, ¡eran un montón!
Y por las noches la madre dormía a cada hermano y herm
mientras se tumbaban en el zapato, cantando una linda n

Una mujer anciana tres hijos tenía

Una mujer anciana tres hijos tenía:
Juan, Francisco y Jeremías.
Juan, el primero, era cantero.
El segundo, Francisco, era obispo.
Y el tercero, Jeremías,
se metió a policía.

El ganso y Ana

La buena de Gerda
no sabía volar.
Pero montada en un ganso
cruzó el ancho mar.

Una señora de mi pueblo bebía en porrón

Una señora de mi pueblo bebía en porrón
y sacaba el vino del garrafón.
Convidaba a su familia y a los vecinos,
al cura, al maestro y hasta al mendigo.

Un señor que conozco se llama don Enrique

Un señor que conozco se llama don Enrique.
El despistado que pregunta por su nombre,
la pregunta repite.
¿Cómo se llamaba don Enrique?

Mamá fue al armario

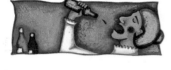

Mamá es muy despistada
pero muy bien intencionada.
Primero fue al armario
a buscar miel para Rocío.
Pero no había nada.
El armario estaba vacío.

Luego fue a la alacena
para sacar la avena
y hacerle la merienda
a la pequeña nena.

Pero mamá no encontró
ni miel ni avena
y, para colmo,
se le quemó la cena.

En una colina lejana vivía una mujer muy vieja

En una colina lejana
vivía una mujer muy vieja
que tiraba a los niños
bien fuerte de la oreja.

El jersey de Josefina

La oveja Josefina y el cerdo Rumboso iban a enseñar a los otros animales a hacer punto. Josefina era muy buena tricotando, pero necesitaba a Rumboso para obtener la lana. Y Rumboso, por su parte, no sabía tricotar pero hilaba como nadie la lana que usaba Josefina.

Para hacer punto hay que trabajar la lana y convertirla en hilos o hebras, que se hacen retorciendo la lana, igual que al fabricar cuerdas. Y ésa era la especialidad de Rumboso. El cerdito recogía los mechones de lana que perdían las ovejas e hilaba con ellos largas hebras. Entonces Josefina tejía calcetines y gorros de lana, y los mejores jerséis del mundo.

Josefina y Rumboso se sentaron uno cerca del otro; el cerdito de espaldas a un alto seto y Josefina al otro lado. El cerdito tomó un puñado de lana que tenía al pie del seto. Empezó a hilarla en una rueca hasta que tuvo terminada una madeja. Entonces se la pasó a Josefina.

La oveja hizo dos nudos en una aguja y comenzó a tricotar.

—Uno del derecho y otro del revés; dos del derecho y… —susurraba la oveja como si fuera una fórmula mágica.

—Uno del derecho y otro del revés; dos del derecho y…

Josefina estaba haciendo un jersey. Poco a poco se empezaba a ver la forma. Al aumentar de tamaño, los animales pudieron ver que era casi todo blanco, el color de la lana de Josefina, con un jaspeado rojo como las bayas que crecían en los arbustos.

El jersey de Josefina

Rumboso tenía que trabajar deprisa al otro lado del seto para tener lana suficiente porque Josefina iba muy rápida.

La oveja levantaba a veces la vista.

—¿Está anocheciendo? Empiezo a tener frío —decía.

Toma mi manta —le dijo el caballo Bravo. Y se la colocó a Josefina por encima del lomo. Pero la oveja seguía teniendo cada vez más frío.

—Yo cuando tengo frío me tumbo entre la paja —dijo Remigia la vaca. Y rodeó a Josefina de un montón de paja calentita.

Pero no servía de nada. La oveja seguía tricotando y, cuanto más tejía, más frío sentía. La oveja Josefina trataba de terminar el jersey lo antes posible, y cuanto más rápido tejía, más deprisa tenía que hilar Rumboso. El pobre estaba ya sudando.

¡Por fin terminó el jersey! Pero la ovejita estaba helada. ¡Le castañeaban los dientes! Bravo se quedó mirando a Rumboso.

—¿De dónde has sacado la lana para tejer ese jersey? —le preguntó.

—De unas madejas que había en el seto —contestó el cerdo.

El caballo siguió la hebra de lana…, hasta que llegó a la oveja.

—Josefina — dijo Bravo—, ¡has estado tejiendo tu propia lana!

Josefina dio un respingo del susto. Apartó la manta y la paja y vio que tenía el lomo y la barriga pelados. ¡Claro que tenía frío! Había perdido parte de su lana. Y Josefina con su labor ya terminada, dijo:

—No importa. ¡Ahora tengo un jersey grueso y calentito!

Poli, la cartera estresada

Poli, la cartera, tenía muchas cartas que repartir. Siempre iba con prisa. No le gustaba hacer esperar a la gente; además, don Melitón, el jefe de correos, la necesitaba en la oficina antes de las dos.

Una mañana, Poli tenía más prisa que nunca. ¡Se había quedado dormida e iba con retraso al trabajo!

—Venga, venga. Date prisa —se dijo a sí misma corriendo hacia la puerta—. La gente está esperando el correo —pensó Poli pedaleando a toda velocidad sobre su bici hacia la oficina—. Y don Melitón estará extrañado de que aún no esté en el trabajo.

—Siento llegar tarde, don Melitón —se disculpó Poli, aún jadeando.

—Buenos días, Poli —le dijo don Melitón—. Ya está preparada tu cartera, y hoy hay mucho correo.

—Gracias, don Melitón —respondió Poli—. Tendré que darme prisa con todas estas cartas y paquetes.

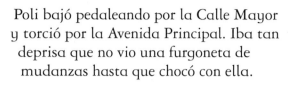

Poli bajó pedaleando por la Calle Mayor
y torció por la Avenida Principal. Iba tan
deprisa que no vio una furgoneta de
mudanzas hasta que chocó con ella.

—¡Cuidado! —le gritó el conductor.

—¡Ay, Dios mío! —dijo Poli mientras
volaba por los aires con su bici. También
voló todo lo que contenía la cartera—.
¡Oh, no! Tardaré horas en clasificar el correo de nuevo —se dijo después
de levantarse—. ¡Y hoy voy tan retrasada!

El conductor de la furgoneta y sus compañeros ayudaron a Poli
a recoger las cartas y paquetes repartidos por el suelo, y a guardarlos
en su cartera. No tardaron mucho.

Pero, cuando Poli se dispuso a montar de nuevo en su bicicleta,
se dio cuenta de que una rueda estaba desinflada.

—¡Un pinchazo! —exclamó—. Ahora ni siquiera
puedo ir en bici. ¿Qué voy a hacer?

—Pues tendrás que hacer el reparto andado
—le dijo el conductor de la furgoneta.

—¡No, hoy no! Si ya voy retrasadísima.
¡Será mejor que empiece ya! —Y Poli se echó
a correr con la cartera colgada del hombro.

¡Pero iba tan apurada que empezó a confundir
todos los nombres y las direcciones!

Don Camilo, el dueño del bar Manolo, esperaba
unos libros. En lugar de ello, recibió dos cartas y
la factura del gas del señor Manolo Sánchez.

El señor Manolo Sánchez, que vivía en la plaza, ¡recibió el correo de la señora Purita Plaza! Y a su vez, la señora Purita Plaza, encontró en su buzón los libros de don Camilo.

Todo el mundo estaba confundido, pero sobre todo Poli la cartera.

—Estoy un poco estresada hoy —se dijo.

Se apresuró e intentó repartir todos los envíos correctamente, tan deprisa como pudo, pero a la una todavía tenía la cartera medio llena.

Estaba ya desesperada cuando de pronto vio algo que le dio una idea.

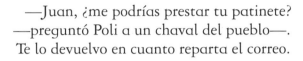

—Juan, ¿me podrías prestar tu patinete? —preguntó Poli a un chaval del pueblo—. Te lo devuelvo en cuanto reparta el correo.

—No hay problema —le dijo Juan.

Poli nunca había montado en patinete, pero se puso encima de pie, con valentía. Se tambaleó hacia los lados, luego hacia delante y hacia atrás con los brazos abiertos en cruz. Y poco a poco fue tomando velocidad hasta que..., ¡ziuuuu!, se lanzó calle abajo.

—¡Yupiiii! —gritó Poli encantada—. ¡Esto es lo que necesito!

La cartera comenzó a subir y bajar por las calles. Iba tan deprisa que repartió el correo que le quedaba en un periquete.

—Así voy más deprisa que caminando —se dijo—. ¡Y es mucho más divertido que la bicicleta!

Por fin, el reparto estaba hecho. Poli devolvió el patinete a su dueño y aún tuvo tiempo de regresar a la oficina.

—¡Ya estoy aquí, don Melitón! —gritó Poli, tropezando con su bici al entrar por la puerta—. ¡Llego puntual!

—Qué bien, Poli —dijo don Melitón—. Me alegro de que estés bien. Unos hombres trajeron tu bicicleta. Me imagino que querrás que reparemos el pinchazo ahora mismo.

—No hay prisa, don Melitón —dijo Poli—. ¡He encontrado el medio de transporte ideal para una cartera tan estresada como yo!

Marta y los monstruos

Marta era una chiquilla encantadora pero muy traviesa. Ella pensaba de sí misma que era muy valiente. Le gustaban todas las cosas que daban asco a otros chicos, como los huevos viscosos, las patas de araña e incluso los pelos de la hoja de afeitar del abuelo.

Un día que Marta pasó por delante de la puerta del sótano vio que la luz estaba encendida. La niña pensó que sería muy divertido entrar a curiosear. Sin pensárselo dos veces bajó las escaleras. Pero, cuando Marta estaba ya en el sótano, oyó cómo se cerraba con estruendo la puerta. ¡Y la luz se apagó! Todo estaba oscuro y Marta empezó a sentir miedo.

Entonces, la niña oyó una especie de extraño zumbido. Marta siguió avanzando tanteando la pared y adentrándose más y más en la oscuridad. Al torcer en una esquina, vio la silueta resplandeciente y blanca de un monstruo. Marta gritó.

En ese momento se abrió la puerta del sótano y se encendió la luz. La madre de Marta bajó las escaleras hacia su hija con cara de preocupación.

—¡Socorro, mamá! ¡Un monstruo! —chilló la niña. Pero, cuando ambas miraron hacia el fondo, sólo vieron el frigorífico viejo.

La madre de Marta se rió y la chica se sintió ridícula. A partir de aquel día, Marta nunca volvió a presumir de ser más valiente que los demás.

Cuando los monstruos van a una fiesta de disfraces

Todo el mundo sabe qué es una fiesta de disfraces. Los invitados se visten de algo que no son, por ejemplo de pirata, rey, princesa o monstruo. Disfrazarse de monstruo es divertido porque se puede hacer ruido y ser desagradable sin que nadie se enfade. Pero ¿cómo se disfrazan los monstruos para ir a una fiesta de disfraces?

¿Hacen lo mismo que nosotros? ¿Se ponen un traje lindo y se dicen cosas educadas unos a otros? ¿Se portan bien, comen con modales y bailan sin armar escándalo?

¡En absoluto! Los monstruos no son buenos fingiendo ni imitando. Engullen la comida que está en grandes pilas en el suelo, de forma que lo ensucian todo. Al bailar pisotean los restos hasta formar una pasta pegajosa. Por eso nunca juegan a las sillas, porque se resbalarían y caerían al suelo sucio.

Puede ser que los monstruos se disfracen como nosotros para ir a una fiesta, pero no pueden ocultar su auténtica personalidad. Se comportan siempre como monstruos. Lo que tú nunca, nunca harías, ¿a que no?

Duerme

Duerme, niño, en tu cunita
que mamá velará tu sueño.
Duerme, niño, en tu camita,
duerme tranquilo y risueño.

Cuenta, mi niño, nubecitas
para conciliar el sueño.
Cuenta, mi niño, muchas ovejitas,
y un corderito pequeño.

¿Cuántos días tiene mi niño para jugar?

¿Cuántos días tiene mi niño para jugar?
Tiene lunes, martes, miércoles,
jueves, viernes, sábado,
y todo el domingo para descansar.

Arrurrú, arrurraca

Al arrurrú, duerme mi amor,
que si no duerme, vendrá el ratón.
Al arrurraca, ya parió la vaca,
cinco terneritos y una garrapata.

Mi niño

Arrorró, mi niño,
que te canto yo.
Arrorró, mi niño,
que ya se durmió.
Arrorró, mi nene,
arrorró, mi sol,
duérmete, pedazo
de mi corazón.
Este lindo niño
no quiere dormir
porque no le traen
la flor del jardín.
Duérmete, mi niño,
duérmete, mi alma,
duérmete, mi amor,
duerme, mi sol.
Arrorró, mi niño,
que te canto yo.
Arrorró, mi niño,
que ya se durmió.

Calla, mi vida

Calla, mi vida, no hay que llorar.
Duerme, mi niño, y sueña feliz.
Siempre tú debes mi arrullo llevar,
así yo estaré siempre junto a ti.

Señora Santa Ana

Señora Santa Ana,
¿qué dicen de vos?
Que soy soberana
abuela de Dios.
Señora Santa Ana,
¿por qué llora el niño?
Por una manzana
que se le ha perdido
debajo la cama.
Vamos a mi quinta,
yo te daré dos:
una para el Niño
y otra para vos.

Duérmete, niño, duérmete ya

Duérmete, niño, duérmete ya,
duérmete, niño, duérmete ya,
que, si no duermes, el coco vendrá
y las paticas te comerá.

Este nene lindo

Este nene lindo
que nació en la aurora
quiere que lo arrullen
en la mecedora.

Este nene lindo
que duerme ahora
quiere que lo acunen
en la mecedora.

A dormir

Duerme en tu cama,
lindo gatito.
Duerme tranquilo
y sueña algo bonito.

El pequeño conejo
está en la gloria
si sueña por las noches
con muchas zanahorias.

Los gatitos juegan
con las madejas de lana
hasta que fatigados
se van a la cama.

También los ratoncitos
se van a dormir
cansados de tanto
jugar y reír.

Buenas noches

La señora Luna
guardará tu cama
toda la noche
hasta mañana.

Índice

A bailar 60
A dormir 382
A dormir todos 140
A la cama 29
A la media vuelta
    con la pelota 93
A la nana, a la nana 93
A la una 61
A la zapatilla 109
A pesar de todo 346
abejas, Las 188
abuela encantadora,
    La 336
abuelita Pía, La 61
Acuéstate 157
Adivina, adivinanza 348
Ahora que vamos
    despacio 205
¡Al agua, pato! 362
Al corro de la
    patata 204
Al laurel 284
Al niño bonito 348
Al pasar por
    el puente 92
Al pavo, pavito, pavo 44
Al rico helado 252
alfiler, El 268
almirante, El 332
amiga para Blas,
    Una 192
Amigos para
    siempre 282
Ana María 76
Anita perdió sus
    sandalias 108
anillo, El 157
Arbolitos tengo 141
ardilla Avellana
    aprende la lección,
    La 174
Arre, caballo 316
Arre, Arre 60
Arrorró, mi niño 364
Arrurrú, arrurraca 380
Arroz con leche 36
avestruz, El 173
¡Ay, osito! 90
Bajo el sol 220
bella, La 285
bella durmiente, La 350
bella y la bestia, La 254

besito lo cura
    todo, Un 116
Betty Boop, La 156
Betty, la veterinaria
    despistada 182
Blancanieves 158
Bono el valiente 127
bruja Piruja, La 62
Brujas al ataque 58
buen ejemplo, Un 278
Buf 92
búho, El 173
búho y el gato, El 332
cabra y la
    oveja, La 349
Café Monstruoso, El 318
Calla, mi vida 381
Calma, Sam, calma 128
caminito, El 11
Campana sobre
    campana 204
campanillas azules,
    Las 324
caniche coqueta, La 122
Caracol 18
Cardo borriquero 188
Carmina y Carmela 81
cartero, El 125
Casa Dino 42
casa fría, La 237
casita, La 61
Cenicienta, La 12
cerdo de altos
    vuelos, Un 214
cerdo volando, Un 125
cerdo y las joyas, El 260
cerezas, Las 140
chiquitines, Los 157
Cinco lobitos 92
Cinco patitos 172
cocherito, El 189
cocinero, El 253
colmena, La 236
comercio de la
    esquina, El 364
¿Cómo se llama
    la nena? 285
conejito Patablanca,
    El 132
conejo Bolita y la lista
    de la compra, El 154
Conejos y patos 157

Corazones solitarios 59
cadena, La 172
corte de pelo de
    Beba, El 96
cotorra Penélope, La 80
Cuando el viento 125
Cuando los monstruos
    van a una fiesta de
    disfraces 379
Cuando salimos de
    ronda a cantar
    a las mozas 370
¿Cuántas horas
    duerme...? 365
¿Cuánto falta,
    mamá? 221
¿Cuántos días
    tiene mi niño
    para jugar? 380
Cucú, cantaba
    la rana 173
cumpleaños de
    la abuela elefanta,
    El 74
Daba-daba, daba-du,
    daba-di 253
De colores 37
deshielo, El 45
Despacito y buena
    letra 316
día de lluvia, Un 144
día de nieve, Un 26
día libre del rey
    Neptuno, El 314
día ventoso, Un 246
Diez botellas verdes 253
Don Melitón 157
Don Nadie 268
Don Arlequín 77
¿Dónde están las
    llaves...? 221
Doña Asunción 61
Dormilón, el gato
    de la granja 68
Dos perritos 300
dragón que tenía
    miedo a volar, El 176
Duerme, niño 381
Duérmete, niño 381
Edelmira 109
Edelmira, la ranita
    pequeñita 186

elefanta Elsa, la
    ducha de la
    selva, La 94
elefante, El 222
Elena y las joyas 218
En la calle Mayor 77
En la oscuridad 250
En una colina lejana
    vivía una mujer
    muy vieja 371
Enrique se
    ha dormido 45
Era un gato grande 205
ermita, La 220
espina, Una 340
Este gato lindo 348
Este nene lindo 381
Estrellita 340
Estrellita, estrellita 221
familia numerosa que
    vivía en un zapato
    marrón, La 370
fantasma, El 285
feria de las sirenas,
    La 356
fiesta de cumpleaños,
    La 326
Fina la bailarina 20
fortaleza de las
    nubes, La 320
Fresita y la mariposa 100
frutas, Las 77
Galletas 301
gallina Kirika, La 44
ganso y Ana, El 370
Gracias 93
Gracias, Mini 138
gran día de Rústico,
    El 288
gatito travieso, El 238
gatito, El 284
gato gaitero, El 317
gato Grumo, El 301
gato Mimo y la
    mariposa, El 164
gimnasio para
    jirafas, Un 294
Guisantes con miel 11
hada Cascabel, El 46
hada de los
    dientes, El 276

hada futbolista, El 286
hada torpe, El 212
hámster glotón, El 118
Hay que cuidar la
    Tierra 333
Hay que lavarse 60
Hay un agujero en el
    fondo del mar 29
Helado 124
herencia, La 19
hermanas, Las 340
Hermano y hermana 11
herradura, La 157
hijas de Elena, Las 108
historia de las dos
    princesas, La 84
Hogar, dulce hogar 180
horas, Las 93
hormiga y la cigarra,
    La 150
Hoy es día de fiesta 37
huevos de Pascua,
    Los 102
jardín de la
    alegría, El 37
jardín encantado,
    El 202
Jardinera 109
jardinera, La 332
jardinero y sus
    flores, El 333
jersey de Josefina, El 372
Jorgito 124
Juan y Pinchamé 156
Juanita Pérez 108
juguetes que se
    fueron de
    casa, Los 38
Lágrimas de osito 342
lavanda, La 141
león, El 270
liebre y la
    tortuga, La 262
Lindos gatitos 310
lloronas, Las 269
Lluvia 18
Lucía y la puerta
    verde 22
luna en el
    lago, La 220
Luna, lunera 28
luna y el sol, La 221

Mamá fue al armario 371
Mamá va a tener un bebé 104
Mambrú se fue a la guerra 220
Manuela y las flores 170
manzano, El 140
Mañana domingo 92
Mari, agarra la tetera 252
Mari tiene un cordero 349
María la holgazana 108
Marido perdido 300
Marina y la sirenita 298
Marinero 236
Mariposa 124
Mariposas 124
Mariquita 92
Marta y los monstruos 378
más bella, La 156
Max el imitador 308
Me han dicho 365
Me topé 340
Mermelada 252
meses del año, Los 76
Mi burra Pepita 125
Mi burro está enfermo 141
Mi corazón 300
Mi gato 124
Mi hermano 284
Mi loro 19
Mi madre y tu madre 341
Mi mamá 300
Mi niño 92
Mi niño 380
Mi pelota salta y bota 221
Mi perro 124
Mi querido cachorrito 148
Mi querido conejito 149
Mi querido gatito 148
Mi querido poni 149
Mi señor don gato 348
Mi tortuga 317

Michi se hace a la mar 334
Mini y mamá al rescate 143
Mis caballos 19
Mis manitas 189
Miseria, el hada gruñona 190
monito, El 271
Monstruos por doquier 43
morsa y el marinero, La 28
mujer anciana tres hijos tenía, Una 370
Murciélagos 237
nariz de Berta, La 103
noche, La 340
noche de Carnaval, La 196
nana, La 189
nana, La 364
narciso rojo, El 54
Navidad 317
Navidad 301
niña y un niño, Una 316
No tengas miedo, Mini 142
oficios, Los 92
oscuridad, La 237
osito encuentra un amigo, El 228
osito tiene apetito, El 31
Ositos a bordo 302
Pajaritos 173
pajaritos, Los 300
Palmas, palmitas 156
Palmas, palmitas que viene papá 284
paloma, La 284
Pastelitos 253
patio, El 109
patito feo, El 48
peces, Los 188
pececillos, Los 156
peces en el río, Los 365
Pepito conejo 205
Pepito goloso 252
Pepo y yo 60
pequeña Clara, La 269
Pequeño y rosado 134
perro de San Roque, El 236

perro y el gato, El 285
Pesadillas 340
petirrojo, El 300
Piluca es una niña 76
Pim-Pom 36
Pinocho 18
Pito, pito, colorito 18
Platero 125
pluma, La 188
pobre oveja negra, La 349
Pobre molinera 93
Pobrecito osito 30
Poli, la cartera estresada 374
pollitos, Los 124
pollitos de color, Los 44
Primero 301
presumida, La 172
princesa altiva, La 224
princesa de corazones, La 244
princesa del guisante, La 32
Princesa Pétalos de Rosa, La 52
princesa que nunca sonreía, La 266
princesa Rosita, La 292
Problemas de trompa 240
Que llueva, que llueva 236
Quien robe este libro 29
Ratón 19
ratón, El 60
ratón Antón, El 300
ratón de campo y el ratón de ciudad, El 230
Ratón y caracol 316
ratita fugada, La 272
reina, La 28
reina de los monstruos, La 197
Ricitos de Oro y los tres ositos 207
río verde, El 204
Ronda 93
rosa es roja, La 19
ruiseñor, El 172
Salí a la calle 341
Sally la oveja 341
Santa Rita 268

Se está cociendo una tormenta 319
señor que conozco se llama don Enrique, Un 371
señor sapo, El 37
señor Toronjil, El 61
señora de mi pueblo bebía en porrón, Una 371
señora Mari, La 268
Señora Santa Ana 381
señores senadores, Los 301
señorita Fiorina, La 301
silla, La 18
Si fuera reina 189
sirena en la piscina, Una 330
sirena Serena, La 234
sirenitas traviesas, Las 78
sol, El 44
solita, La 76
sombrero, El 70
sombrero de Coni, El 126
Soy un pobre pastorcito 333
Susana 18
Susi la gordita 77
Te quiero mucho 285
tendero, El 349
Tengo una muñeca 10
Tengo un vaquita 45
tigre, El 223
Tío Ignacio 204
tíos y tías, Los 341
Tomasín Pérez 269
Trabalenguas 45
traviesos ratones, Los 317
Tres fantasmas 93
tres ovejas, Las 205
Tres ratoncitos 237
trompeta, La 189
Tú no eres mi mejor amigo 86
Tú puedes 269
Tú puedes, Mini 139
Vamos al zoo 341
vaca que saltó por encima de la

luna, La 366
vacaciones de la señora ratona, Las 358
Vecinos excavadores 198
verano, El 125
vestido, El 140
viejo granjero, El 156
viejo japonés coleccionaba ciempiés, Un 10
Voy a la guardería 166
Voy a Madrid 125
Yo tengo un gatito 284
zapatero y los duendes, El 110

384